T0003192

Un día llegaré a Sagres

Nélida Piñon

Un día llegaré a Sagres

Traducción del portugués de Roser Vilagrassa

Papel certificado por el Forest Stewardship Council®

Título original: *Um dia chegarei a Sagres*
Primera edición en castellano: octubre de 2021

Printed in Spain – Impreso en España

ISBN: 978-84-204-5613-3
Depósito legal: B-10772-2021

Compuesto en MT Color & Diseño, S.L.
Impreso en Unigraf, Móstoles (Madrid)

AL56133

Amigos y cómplices de Lisboa
Amada Suzy Piñon
Karla Vasconcelos
Eduardo Lourenço
Guilhermina Gomes
Leonor Xavier
Pilar del Río
José Carlos Vasconcelos y
Maria José Lobo Fernandes
Kristie Vasconcelos y
Márcio Medeiros

1

Nací el siglo XIX, en el norte de Portugal, e ignoro qué significa ser parte de este país. ¿Qué beneficios han concedido al pueblo los reyes de las diversas dinastías desde la comodidad de sus tronos, aparte de someterlo a sus caprichos? Esta gentuza de sangre real todavía no ha declarado la verdadera abolición de la esclavitud, que se promulgó en 1869. Pese a todo, yo decidí contar mi historia, soltarla a los cuatro vientos, un primero de noviembre, mes que coincide con el terremoto de Lisboa.

Era de madrugada, hacía frío y yo estaba tapado con una manta raída, la única que había en la casa. A la luz de la vela, los objetos sobre el aparador eran como fantasmas a los que, de vez en cuando, ahuyentaba con aspavientos. Son más perseverantes que mi propia voluntad, me dan guerra, forman siluetas en la pared, que no identifico con nitidez. Tengo una vida precaria, palpita en mi pecho, me brinda una frescura que mi memoria rehúye, pues se ahonda en el infierno. Gracias a estos recuerdos, visito la aldea en la que nací e inevitablemente la resucito.

A pesar de mi penosa rebeldía, imagino dibujos informes a partir de las migajas de pan esparcidas en la mesa. Si bien aprecio los productos de la tierra, que en esta casa no abundan, puede decirse que me sustento de sobras. Aunque, de no ser por estas, no estaría aquí, en esta colina de Lisboa, una de las siete de la ciudad, por la que deambulo apoyándome en las paredes de las casas para no caerme. Después de dejar el país de mi abuelo e instalarme en Lisboa, en Sagres y luego en el mundo, he regresado aquí. ¿Quién soy sin las ruinas de las urbes humanas y sin los pedazos de mi existencia? ¿Quién soy sin estas historias, mis escombros?

Vivo con rigurosa parsimonia. Las monedas que tengo en el bolsillo apenas si alimentan mis sueños. Es lo que me queda de un trabajo casi esclavo, de los viajes que hice a lugares donde los lusos otrora imperamos. Pero esas monedas no me aseguran el futuro. El miedo a la miseria me acecha a diario. ¿Qué haré cuando me gaste el último pataco?*

Las noches son amenazadoras, me inducen a ser prudente. La vivienda está situada en lo alto de la colina de San Jorge, esta misma, no muy lejos del castillo, que fue escenario de tantas batallas libradas. Ahí vivo. Es una casa modesta con las paredes desconchadas, pero carece de agua, que salgo a buscar y luego guardo en tinas. El conjunto de estas circunstancias pone de evidencia mi fracaso. Eso sí, el premio es el soberbio paisaje desde la ventana, que se difumina los días de neblina, y desde donde se divisa una franja del Tajo, cuyas aguas suntuosas soportan mis devaneos. Tardé mucho tiempo en surcar esta superficie plateada. Y, cuando me distancié de su visión, sufrí. Ahora, antes del último suspiro, me reconcilio con este río sagrado. Necesito morir tranquilo, hacer balance de mis adversarios y de mi existencia sin ambages. En este crepúsculo, todo y nada exige arrepentimiento por falsa solidaridad con lo que perdí y no conseguí.

He comido sardinas fritas empapadas en aceite, un exceso. He rebañado los restos con pan, como me gusta. Tengo poco, pero sigo adelante. Soy hijo de las adversidades infligidas a mi pueblo, un campesino sin nombre ni título. Y ahora, sumido en la pobreza, actúo como si esta fuera el único trofeo que merezco.

Las figuras del pasado son buitres que hace poco devoraron mi carne. No he sido feliz, bien lo sé. Mi propia madre me maldijo en la cama después de expulsarme de su vientre. Desafiando a su padre, allí presente, a coger en brazos a su nieto, fruto del pecado de una hija que lo avergonzaba. Me salvé gracias a él. Mi abuelo fue el único que me quiso. A partir de esta escena protagonizada por personas de la misma sangre, esta es la herencia que tuve que aceptar. No me haría falta ahuyentar amores malhadados, pues llamarían a mi puerta de manera natural.

---

* Antigua moneda portuguesa de bronce acuñada en la primera mitad del siglo XVI, cuyo uso perduró hasta entrado el siglo XVII. *(N. de la T.)*.

Hablo para que me oiga Lisboa, o al menos algún vecino desconocido, quienquiera que sea. Hoy solo me queda un cuerpo extenuado que se descompone poco a poco en esta ciudad que, por lo que sé, acogió a musulmanes y cristianos, y que españoles y finalmente portugueses se disputaron. Un conflicto desesperado que me produce tristeza. Y eso que soy un hombre de virtudes que ni a mí me atraen. Aunque en el pasado despertaba el deseo ajeno, incluso entre varones.

Los años son ingratos, nos sentencian al declive y sus efectos nos igualan. Por este motivo sé que soy como el rey en toda su repugnante majestad, pues se baña más bien poco y se impregna de perfume en los rincones del palacio de Ajuda.

Yo, desde mi propio rincón, me rasco las encías con los dedos, palpo los cráteres que han dejado los dientes que han ido cayendo, como si así fuera a recuperarme. Qué tristeza, Dios mío, no poder morder ya la carne ajena como antes, con furia, sin compasión, empujado por la obsesión del miembro hinchado. Nunca tuve piedad en el instante de culminar el deseo. Lo demás me servía para purgar el mal de la pasión. ¿Qué iba a hacer si no, lamentar la falta de cariño que solo mi abuelo Vicente y Leocádia me inspiraron en la vida?

En realidad la vida nunca me ha pertenecido. No he sido digno de ella. Esta certeza tal vez indica que ha llegado el momento de revisar partes de mi historia. No puedo saber ni sé si lo que hoy ocurre, en estas horas tardías, anticipa mi fin. Y en esta vejez que nunca pensé que llegaría me falta el consuelo de no haberme sentado a la mesa de los poderosos y haber probado sus manjares. Mi partida, asimismo indigna, me mortifica. Lo que más valoro de la pobreza son estos tres relojes colgados en la pared, próximos entre sí, casi sin espacio para respirar. El tiempo que señalan con las agujas desgastadas anuncia mi finitud, el paso de cada día. Cuando me despierto, la levedad de los minutos me trae esperanza desde su lugar, a la vez que simboliza, qué ironía, la ligereza de la cuchilla del verdugo.

El reloj de en medio es como Jesucristo con un ladrón a cada lado. Forman un modesto conjunto que me recuerda al poderoso rey de España y del Sacro Imperio, Carlos V, que, harto de la fastuosidad del mundo, se desentendió de sus bienes tras repartirlos entre sus herederos. Recluido en el monasterio de San Jerónimo de Yuste, en la provincia de Cáceres, donde moriría de gota, examinaba su colección, celoso del avance de las agujas del reloj, que iban consumiendo el plazo de vida que se le había asignado. Y de nada le sirvió el poder para acrecentar los días que empezaban a faltarle. ¿Habrá mejor modo de aguardar la muerte que observar con fascinación el recorrido de las implacables manecillas?

Mientras las contemplo por la mañana, aspiro el aire del día con vigor. Espero a que empiece a soplar la brisa nocturna y, algo más tarde, llegue el frío. Entonces, mientras duermo, dejo agonizar a los relojes.

2

Los recuerdos me invaden sin secuencia, sin orden, sin juicio. La memoria es halagüeña para la gente feliz. Para mí es ingrata. No vale la pena conservarla entre mis pertenencias.

Los recuerdos de mi vida son aleatorios, los de la mía y los de los demás. Se confunden contra nuestra voluntad, sin poder distinguir qué partes son exclusivamente mías. En este horizonte infinito de la historia, como decía Ambrósio, el anticuario, no heredé una parte del cerebro de Camões. Soy de mente débil y carne fuerte, casi salvaje.

Además, siempre me siento aturdido. Como si me hallara en medio de una encrucijada, cuyas líneas mi miseria no es capaz de interpretar. ¿A qué debe aferrar su vida el pobre para sentirse protegido? El cuerpo que lleva mi nombre solo es mío en parte. Basta que el rey lo ordene y puedo ir derecho al cadalso o a las mazmorras.

Estoy en Lisboa y he venido para quedarme. Recuerdo haber jurado en el pasado no regresar a mi aldea, allá en el norte, después del entierro de mi abuelo Vicente. Éramos pocos junto a su tumba rasa, su sepultura. Él era delgado, y el féretro, estrecho, no requería un hoyo demasiado profundo.

Mi madre, Joana, se vistió con la ropa de los domingos. Quizá la que mejor le quedaba. Su oficio consistía en estimular el deseo ajeno con evocaciones festivas. Guardamos silencio mientras lo dejábamos en la tierra, a la que había servido con devoción. Bastaba con observar sus manos de labrador, callosas y maltratadas, con marcas de viejas heridas, para recordar el vigor con que empuñaba el hacha sin vacilar un instante al hendirla en la veta central del tronco. Mi abuelo lo hacía todo. Limpiaba el corral, plantaba, recogía lo que la naturaleza nos daba. Me enseñó a agradecer a los dioses la cosecha obtenida del sacrificio humano. Se dejaba la vida con el propósito de alimentar a la familia.

Me gustaba cuando, estando yo junto a la bañera, me echaba con un gesto diligente para que fuera a pelar patatas. Lo hacía con gracia, como si fuera un día de fiesta. En esos momentos parecía liberado, como si, a pesar de su modestia, disfrazara el mundo, creara ilusiones.

Ahora, muchos años después, pienso que tal vez en aquel momento fingiera ser poeta, como aquellos trotamundos que aparecían por la aldea con aires de profeta, demiurgos en burro, con una vara en una mano y un manuscrito en la otra, convocando al pueblo a escuchar lo que tenían que contar. Hombres que iban de Galicia al norte de Portugal, quien sabe si habiendo cruzado el río Miño a nado, con el original a salvo, pues era su tesoro, imitando el gesto de Camões que nos enseñaban en la escuela. ¿Es posible que mi abuelo se sintiera así en su afán de ser feliz, al menos los domingos? ¿O me estoy inventando una persona que en realidad no existió, añadiéndole una complejidad que le haga justicia, o más bien que me la haga a mí, frágil anciano que contempla el mundo desde su dolorosa experiencia? ¿Que, además, movido por la fantasía, es capaz de enaltecer a aquellos pobres diablos que deambulaban por Portugal como juglares del Medievo, repartiendo bendiciones por tierras desposeídas?

Con el beneplácito del profesor Vasco de Gama, maestro de aldea, hijo de campesinos y padre de una gran prole, que vivía de patatas, hortalizas y carne que los aldeanos le regalaban y no tanto de las monedas que le pagaba el alcalde. Él me enseñó que existían otros mundos aparte del que yo ya conocía. Así, cuando aquellos hombres agitaban sus hojas de papel, diciendo que habían escrito poemas a partir de una misteriosa inspiración de pura esencia lírica, yo los creía a pie juntillas. Y así acepté que se hicieran llamar artistas a los que la palabra inflamaba la voz y el corazón. Al fin y al cabo, ser un creador como Camões significaba conocer el cielo.

Alguna que otra vez, mi abuelo les daba comida, que les servía sobre una rebanada de pan a modo de plato. Y les ofrecía otra de pan de harina de maíz para el viaje. Los pobres tenían un apetito voraz, devoraban la comida mientras relataban las vicisitudes de sus viajes. Con ellos aprendí que la aventura clandestina que incluía el sustento superaba el lirismo de la poesía. Tanto era así que, una vez saciaban el hambre, reanudaban su camino, dejando a un lado su función de oráculo, de transmitir la fuerza de la palabra a aquellos campesinos que vivían pendientes de la cosecha.

Estos demostraban ser resistentes al sufrimiento e insensibles al arte, un medio destinado a los nobles. ¿Cómo iba a emocionarlos un vate que recitaba sus penurias, que pretendía suscitar desasosiego en sus almas con declamaciones que les parecían aburridas y presuntuosas? Pero sí aplaudían a los saltimbanquis, a los acróbatas, a los payasos, a los circos ambulantes, que llegaban en grupo y los hacían reír.

3

Nací cerca de la frontera española, una región conflictiva, donde empezó mi tragedia. Una aldea relativamente próxima al río Miño, que desemboca en el Atlántico, gloria que compartía con Galicia, la mujer de la otra orilla.

El destino me llevó a beber de las aguas marinas y fluviales que se unían en la ría. Aguas que habrían sido del Jordán, de haber nacido yo en Galilea.

En una ocasión, mi abuelo Vicente, en un acto de imprudencia, me sumergió en el río como si me bautizara, indiferente a mi reacción. Había oído que, en otros tiempos, cierto rey hundió a su hijo al nacer en una tina de agua sagrada con el fin de protegerlo y demorar su muerte.

—Aquel que pise tierra y mar a la vez tendrá alas, sobrevivirá.

No frecuentábamos los maravillosos parajes del río. Sus excelencias quedaban reservadas a aquellos que lo explotaban, hatajos de bandoleros y marginales que dominaban el comercio de contrabando.

La aldea estaba lejos del Miño, era un lugar poblado de campesinos con sus tierras y burgueses que arrendaban sus propiedades. Entre estos, un hidalgo de alta estirpe, que exhibía un escudo en la puerta.

El territorio portugués estaba ocupado por casas de labranza, casas señoriales y castillos, muchos de los cuales seguían habitados. Así como por antiguas fortificaciones, otrora al servicio del rey, levantadas para combatir a los enemigos. Para conformar un sistema de defensa cuya capacidad bélica ostentaba esplendor y un manifiesto contraste con la pobreza imperante.

Yo no conocía muy bien los caminos que bordeaban el río. Y sabía aún menos de almas viles, asesinos, hombres ricos y doncellas encerradas en sus casas. Personas que temían ofender al monarca, a las autoridades, a los clérigos, señores del poder que castigaban y sofocaban ambiciones desmedidas o insurrecciones populares.

—La arrogancia, Mateus, solo sirve si refuerza la dignidad del pobre. Lo malo es que despierta la ira de los poderosos.

Mi abuelo pronunció esta sentencia un día, a mi regreso del monte, al volver con los animales, ansioso por escucharlo, por tomarnos el café que él colaba con gusto, como si hiciera un homenaje a su nieto, que estaba condenado, como los demás labradores, al olvido.

A veces caía en un mutismo inquietante, para luego distraerse hablando. Lo hacía de una manera marcada por la influencia de los viejos de la aldea, con unos matices que poco a poco iban desapareciendo. Quizá porque la muerte no les había permitido clavar banderas, predicar ideales o sembrar convicciones. La muerte es contumaz, no respeta las leyes de los hombres.

Mi abuelo se enorgullecía de ser un campesino capaz de trabajar bajo un sol inclemente o en la quietud de la noche, de convertir excrementos animales en fertilizantes que generaban riquezas. Y, cuando aludía al sublime gozo que podía brindarle una mujer al acogerlo en las profundidades de su cuerpo, de pronto se entristecía y su entusiasmo se desvanecía.

—¿Y por qué somos así, abuelo? —le pregunté un día.

Quería decirle que no confiara en mí. Yo era un hombre al despertarme y otro al acostarme.

—Porque así son las cosas, Mateus.

Y nunca más mencionó el asunto.

4

Ahora, en la vejez, nada me preocupa, nada tengo que proteger. La vida me ha debilitado. Retomo vagamente las huellas del pasado, que son un calvario. Sin olvidar a mi abuelo Vicente, que respondía por sus actos. Fui hijo y nieto suyo a la vez. De mi madre no hablo, no creo en el perdón. A veces pienso en el momento en que emprendí mi viaje a Lisboa. Parece que fue ayer cuando dudaba de mi valor y me preguntaba si sería capaz de partir sin mirar atrás. Abandonar a los animales, hijos de mi abuelo, a renunciar al pan de nuestra mesa. Pensaba en despedirme de los árboles, bajo cuyas copas había soñado, y hasta de los tejados que se alzaban al final de la cuesta. Eran las siluetas de un universo familiar, forjado por mi abuelo.

En primavera la aldea festejaba la cosecha, las frutas y la carne obtenida. Bullía con un fervoroso sentimiento de júbilo. El entorno natural que rodeaba la casa nos invitaba a levantar la copa de vino.

Yo ansiaba vivir, retenía cuanto observaba a mi alrededor, formas verdes y espléndidas, o las sinuosas curvas de la mujer, de un cuerpo que tardé en conocer. Jamás una criatura de esta especie, que se me antojaba tan ajena, me proporcionó el gozo que me proporcionaban mis manos callosas. Un ser femenino que habitaba aldeas y ciudades, que encarnaba una pasión que enloquecía a los hombres. Dueña de un poder contenido en un físico capaz de desatar un placer agónico que alteraba el equilibrio del mundo. ¿Y por qué yo, un campesino repudiado, no podía sentir esa atracción que se concentraba entre dos piernas hasta el punto de hacer desaparecer los demás frutos de la tierra? Solo estaba a salvo porque ninguna mujer me había tocado nunca.

Un diciembre lluvioso, movido por el afán de dar un nuevo sentido a la vida de su nieto, mi abuelo decidió atender sus necesidades, verter su savia masculina en el vientre de una mujer. De modo que me llevó con él al pueblo de al lado. Conocía bien el camino, pues solía frecuentar aquella casa donde las damas vendían su cuerpo a cualquiera. Entré asustado, con ganas de salir corriendo, pero mi abuelo me empujaba pasillo adentro, hacia la muchacha que había escogido para mí. Mis piernas temblaban, no me obedecían, estaba paralizado. Una vez en la cama, seguí las indicaciones de aquella criatura, pero me desenvolvía con torpeza. Sin embargo, lo que sentí aquel día fue algo indescriptible, que me trastornaría para siempre, pues nunca más me libraría de aquella ansia subyugada al gozo. Desde aquel día, sería incapaz de prescindir de aquella sustancia de voluptuosidad infinita que me dominaba, tendido en la cama. Un sexo inventado por un dios diabólico que despreciaba el espíritu humano hasta el punto de someter al macho incauto a la absoluta humillación de no poder renunciar a la hembra. ¿Qué clase de ardid era este, incomparable a ninguno?

Ah, cómo gocé aquel día. Luego quería más, siempre más. No sé si fue un acierto o un error. Sentí una conmoción tal en el pecho que me transformó, sabiendo que nunca volvería a ser el mismo. Era como si mi cuerpo, que hasta entonces había sido infeliz, de pronto hubiera adquirido una virilidad comparable al poder de la tierra. A partir del milagro de penetrar las entrañas de una mujer que, al parecer, también rezumaba, sentí que me crecía.

Salí de aquella habitación de aire viciado, embargado por un extraño sentimiento de muerte. Como si, tras conocer las delicias del paraíso, apenas pudiera respirar, como si me hundiera entre los sargazos de las emociones. Consciente de seguir estando ciego a pesar de la experiencia vivida, incapaz de definir algo que superaba mis límites.

Cerca de mi abuelo, mirando más allá de las montañas, el cielo no me apaciguaba. Como tampoco las nubes, que me arrastraban con su movimiento. Invitándome a abandonar algún día el lugar donde nací, cuando agotara los sinsabores del campo. Cuando ya no contara con mi abuelo Vicente, que siempre respondió por mi conducta, al margen de mi secreto. Y viviría la proeza de enfrentarme a hombres y fieras. Una andanza que me llevaría a dormir al raso, en la oscuridad, como hijo de una soledad que podría arrebatarme la esperanza de llegar algún día a Sagres.

5

Sé muy bien quién me habló por primera vez del infante don Enrique. Fue el escuálido profesor Vasco de Gama, que tenía hijos como si su obligación fuera poblar la orilla del río Miño, mermada de herederos a los que legar su fe en el pasado portugués. Mencionaba el nombre del Infante con solemnidad, casi pidiendo permiso. Aun cuando los demás alumnos no prestaban atención, yo escuchaba con devoción las hazañas de aquel héroe de sangre real. Inspirado por el maestro, iba haciendo sitio en mi imaginación para dar cabida al Infante. Descubrí que ningún portugués había mirado antes el mar con la voluntad de poseerlo. Quizá porque, al ser de cuna real, había nacido con un cuerpo recubierto de escamas, con branquias rosadas y cola de pez, y una mirada sagaz que escrutaba en todas las direcciones.

¿Quién era aquel príncipe que había hecho suyos los mares con el fin de ofrecerlos a su pequeño país? Habiendo heredado una distinción monárquica, ¿velaba por aquellos hombres y mujeres que labraban la tierra, que la araban para arrojar en ella semillas esperando que brotaran?

El profesor Vasco, arrepentido tal vez de haber traído al mundo a cinco hijos a los que apenas si podía alimentar, sostenía que el Infante, en tanto que señor de la tierra, había muerto sin conocer el peso de la paternidad. Nunca aclaró por qué mantuvo el celibato, por qué nunca fecundó a una mujer. Con todo, no renunció al mito guerrero. Y en su escudo de armas estampó sus creencias y vivencias, que se multiplicarían milagrosamente. Y cuando se refería a los istmos, las islas, a una geografía sin nombre, es posible que incluyera al mundo entre sus haberes.

Las aspiraciones del Infante eran bien distintas de las de la plebe portuguesa, como los vecinos de Lagos, cuya única ambición consistía en recoger una generosa cosecha, contar con unas pocas monedas en sus arcas y cualquier cosa que alimentara abundantes ilusiones. Así pues, cuando volvía de la escuela, me sentaba al fuego con mi abuelo y, mientras entrábamos en calor, yo repasaba la vida del Infante a partir de los relatos del profesor Vasco y, con afán, elaboraba escenas jamás descritas por los cronistas. El maestro aspiraba a conquistar adeptos a la causa del Infante, a desbaratar la realidad de aquellos niños de campo.

Y así como tenía que bregar con el intelecto de los demás alumnos para convencerlos de la soberanía de la historia, yo acataba sus preceptos sin resistencia. Convencido de que aquel hombre del pasado había vivido su vida por mí y ahora yo la perpetuaba en su nombre.

Sobre la pizarra negra en la que el maestro Vasco garabateaba nombres y fechas, yo veía el dibujo de la escuela de navegación que el Infante había construido en Lagos para que los alumnos de los alrededores pudieran formarse como navegantes intrépidos, dispuestos a afrontar la furia del mar en naves que en proporción parecían una cáscara de nuez, de cascos frágiles y velas henchidas. Confiando en que los instrumentos navales de la época resistirían a las olas fatídicas, a monstruos, arrecifes y calamidades. Rumbo a rutas inciertas y demás territorios desconocidos.

Por la noche, en la cocina, me perdía en mis conjeturas sobre cómo llegar un día a Sagres, a pie o en barco. Movido por la ilusión de ir al encuentro del príncipe Avís, pues, aunque no sabía qué tratamiento concederle, debía hacerle entender que aquel pobre campesino estaría incondicionalmente a su disposición. Porque para él aquel príncipe era rey, papa y obispo.

6

Soy poco dado a la alegría. En Lisboa no conozco mucho mi entorno, que llega hasta el Tajo o algo más allá. Contemplo cuanto está a mi alcance, me siento desterrado de Portugal. Desde lo alto de la colina escruto el horizonte de ultramar, más allá del río, y casi llego de nuevo a Brasil. Los excesos de mi imaginación me confunden, pero siempre me han dado sus frutos. Aun así, exagero. Suelo pensar en los navegantes que destacaron bajo la mirada del Infante, como el heroico Gil Eanes, que, guiado por el fulgor de una insana audacia, desde la cubierta de una embarcación con las velas a punto de rasgarse, enfrentándose a intemperies, vientos diabólicos, monstruos y sirenas que encontraba, logró sortear el cabo Bojador. Una acción que agrandó el mundo para los portugueses.

El episodio del navegante Gil Eanes, quien fuera escudero del infante don Enrique, me hacía reflexionar sobre quiénes fuimos en otros tiempos y en qué nos convertimos. Y, aunque ahora el Infante ya no esté para persuadirnos de acompañarlo en sus aventuras marítimas, su espíritu me impulsó a emprender caminos desconocidos. Incluso Vasco se dio cuenta del efecto que tuvieron en mí las peripecias del Infante, pues nunca volví a ser el mismo alumno. Vivía absorto en las historias que me narraba, exhibiendo tal falta de educación que a veces el maestro, para satisfacer mi curiosidad, recurría a la inventiva. Lo cual animaba las clases, pues era un hombre de vastos recursos. Aquel príncipe portugués, como si el profesor lo tratara en persona siglos y siglos después, lo animaba y lo ayudaba a ganarse algún que otro pataco indispensable para el sustento.

El maestro Vasco de Gama debía su nombre, refrendado ante la pila bautismal, a su padre, un montañés que tenía un rebaño de ovejas. En la ceremonia, contando con la aquiescencia del sacerdote, se alabaron las hazañas del comandante al frente del viaje oceánico más largo que se había emprendido hasta el momento, de Europa a la India, equivalente a una vuelta completa al mundo por el ecuador. Por lo tanto, su nombre merecía esparcirse ampliamente entre los niños portugueses.

Bajo semejante influencia histórica, al narrar las faustuosas aventuras del almirante, el profesor nos envolvía en una atmósfera de exaltación de la patria. Con todo, puesto que detectaba lagunas en aquellas vidas norteñas, acusaba a Portugal de maltratar a su pueblo, de casi abocarlo a la mendicidad. Y, lejos de disimular su descontento, maldecía aquella vida de miseria, partiendo de su propia existencia, ya que él solo no podía mantener a una familia que crecía sin control. Alcanzaba un estado de tensión tal que casi gritaba en la clase y solo conseguía mitigar su angustia cuando hablaba de Camões. Hasta que un día el director lo amonestó, exigiéndole obediencia al poder público que dirigía la educación escolar. Tras la reprimenda, el profesor Vasco decidió ennoblecer la figura del infante don Enrique, a la que había dejado a un lado.

Me contagió su fervor. El maestro proporcionaba aluviones de datos, mezclando siglos sin aclarar exactamente a qué época se refería. Y él esperaba que yo, bajo su influjo, prestara vasallaje al Infante, de quien sabía bien poco. Y que, si seguía sus pasos, conocería el mundo que él había concebido para que yo pudiera nacer y ser portugués.

Volví a casa impresionado, casi ni saludé a mi abuelo, que se encontraba en la cocina pelando patatas. Obviando su presencia, yo agitaba el cuaderno cual bandera que el Infante hubiera izado en el mástil de uno de los barcos de su flota al descubrir las Azores.

Sentado a la mesa, bajo la mirada de mi abuelo, consulté con inusitado interés los apuntes que había tomado en la escuela. En la primera página, en letra de imprenta, subrayé el nombre del príncipe de la poderosa dinastía de Avís. Y proseguí, secundando la afirmación del profesor Vasco acerca de la inmortalidad de aquel héroe, al que jamás debía olvidar. Cuando solo trataba de preservar sus aventuras como si fueran mías.

En otro momento, mientras mi abuelo estaba en el huerto cuidando de su gallina Filomena, a la que adoraba, le grité:

—Abuelo, creo que ahora ya sé quiénes somos.

—¿Qué dices, muchacho? Somos lo que hemos sido siempre. La gente como nosotros se queda en su sitio, solo los ricos se mueven.

No era verdad. Según el profesor Vasco, desde la época del rey Alfonso I, en el corazón de los portugueses existía un profundo vacío, que llenábamos con fundamentos con los que identificarnos. Que adoptaban la forma de una palabra nueva, de las lágrimas del pueblo o del oro procedente de Brasil. Fundamentos hechos de una materia indescifrable, difícil de determinar, con la capacidad de unir al pueblo y enseñarlo a rebelarse un día contra las sentencias injustas y arbitrarias, a oponerse al poder de las oligarquías. En fin, enseñar al pueblo a no aceptar la muerte antes de haber vivido.

Mi abuelo se afanaba en darme consejos. Sin dar rodeos, me pedía que me fijara en los prejuicios que existían en el mundo y que nos perjudicaban. Que observara las vidas de aquellos que se levantaban por las mañanas sin conocer la ciencia de la vida, sin saber nada, ni siquiera adónde ir. Mi abuelo temía que este fuera mi destino. Un nieto que sentía atracción por la ferocidad ajena, propenso a embriagarse con la sal del mar al pasar junto a la playa. Temía que los sueños fueran a envenenarme y no a salvarme.

Yo le pedía ayuda, me entregaba a mi fascinación por el Infante, que tenía a su favor la infausta ambición de los hombres con la que los gobernaba. Se aprovechaba de la debilidad de los hombres, del ansia de gloria que los dominaba. Prometiéndoles naves, conocimientos náuticos y, en última instancia, el regreso al reino del Algarve con especias y cargas preciosas.

Durante una salida al monte para sacar a pastar a los animales, no llegué a confesar a mi abuelo que aspiraba, desde hacía mucho tiempo, a llegar un día a Sagres, amparándome en la memoria del Infante, mi centro religioso, con el propósito de entender cómo el hijo de Juan I y Felipa de Lancaster había podido concebir tan precozmente lo que Portugal acabaría siendo: un universo capaz de albergar varios océanos en beneficio de su dinastía. Y a la vez codiciar el prestigio de las palabras que plantaba en la boca y la pluma de sus cronistas. ¿Acaso previó que, en el futuro, cierto bardo se empeñaría en consagrar a la ínclita generación de la que formaba parte? El poeta era Camões y su inmortalidad coronaría a la lengua y al Infante.

Al observar que su nieto se desarrollaba sin perjuicios a la sombra del ilustre príncipe y de la historia portuguesa, mi abuelo aprobó la presencia del Infante en casa, como si fuera un labrador más. Consideró que tal figura ayudaba a ahuyentar el pesimismo del muchacho, pues lo había hecho sonreír alguna que otra vez. Incluso a disfrutar de las visitas a las aldeas vecinas, de conocer la ría del Miño, que nunca había visto antes. Y lo ayudaba a salir al monte por su cuenta, en busca de una mujer, un ser real con el que relacionarse sexualmente. Entendía todo esto solo con mirar a mi abuelo, sin necesidad de contarle confidencias ni las cosas que hacía a hurtadillas. Ahora se mostraba, sobre todo, indiferente a mi inercia, al hecho de que no buscara un trabajo distinto de la labranza. Además, por él jamás lo dejaría. Solo por tenerme a su lado, aceptaba mi carácter taciturno, herido por un secreto que ni siquiera estaba a su alcance.

7

Consulté discretamente a mi abuelo. Él sabía más que yo del pecado. Era transigente con el mal, pues le parecía natural en los humanos. Según Vicente, era una cuestión de la que Dios debía mantenerse al margen. Sobre todo porque su conciencia no coincidía con la nuestra. Y decía, tajantemente, cómo podía Dios castigar a un hombre que tenía entre las piernas un miembro incendiario, peligroso, en cuyo nombre se llegaba a matar. ¿Qué sabría un ser divino del sufrimiento humano?

—Que Él no me juzgue a mí, que yo no lo juzgaré tampoco —dijo mi abuelo un día, lamentando la muerte de una vecina que siempre le regalaba una porción de bizcocho.

Su afán por defender a nuestra especie me resultaba extraño. ¿Qué habría hecho para temer el castigo de Dios? ¿Habría actuado alguna vez movido por el mal y yo no lo sabía? ¿Habría matado a alguien y la culpa le pesaba? Como ignoraba sus motivos, no lo contradecía, pues era mucho más astuto que yo. Tiempo después, me pregunté qué pecados habría cometido el Infante, sin duda secretos, que lo llevaron a confesarse antes de morir. ¿Habría pecado contra la carne, como yo suponía? ¿Tendría también la conciencia herida? Quizá le pesaba que muchos pensaran que él tenía la culpa del encarcelamiento y posterior muerte de su hermano. Y por ende, que era el asesino de un hombre de su misma sangre.

¿Es necesario que el pecador que busca el perdón antes deba enaltecer la naturaleza del pecado? ¿Y entender que la Iglesia dicta que ha de ser perseguido, aun cuando no sabe nada sobre aquello que embrutece a la humanidad?

Me acerqué a mi abuelo, quería que me considerase cómplice de sus faltas. Me mantendría al margen, jamás lo juzgaría. No tenía capacidad para aplicar castigos ni para borrar el rastro de los crímenes humanos. ¿Qué valor iba a tener un pecado cometido por un hombre confinado en una aldea que asfixiaba cualquier aspiración de libertad, que se distinguía por su sencillez y era incapaz de ofender a la moral portuguesa impuesta por el clero y la corona?

Los hombres se reunían en la iglesia y en la taberna, mi abuelo escuchaba con atención a aquellos que, entre vasos de vino y aguardiente, fanfarroneaban con mentiras porque no eran capaces de reconocer lo que en realidad pensaban. Dudaba por principio de aquello que contaban solo para impresionar a los demás. Eran hombres de pocas letras y escasa perspicacia, exponían razonamientos que mi abuelo rebatía apelando a la naturaleza, con ejemplos de dicción poética que reforzaban sus argumentos.

Pasábamos horas a la sombra de un roble que había sido plantado en la noche de los tiempos. Mi abuelo pelaba una manzana y me daba unos pedazos, casi en la boca. Sentía que iba a la deriva y que convenía curtirme, conmovido por un nieto que había venido al mundo para perderse. Tal vez porque los dos habíamos nacido en un país que en otros tiempos había gozado de grandeza. Y, cuando esta se desvaneció, el peso de la miseria recayó sobre los pobres. Prueba de lo acertado de esta convicción era que ninguno de nosotros había estudiado y solo sabíamos valernos de la fuerza bruta del trabajo.

—Aunque estemos al borde la muerte, nosotros seguimos trabajando. Nosotros, y nadie más que nosotros, nos granjeamos el pan de cada día —repetía mi abuelo.

Sus palabras reflejaban un sentimiento de escasez en su afán por definir el sentido de las cosas. Me explicaba por qué yo pensaba y escribía mal, por qué nunca sería un cronista como Fernão Lopes, pues él tenía en el horizonte la elocuente historia del mundo y supo conjugar a la perfección la acción del verbo.

De modo que no me culpaba por mis desdichas. Ni reaccionaba a mis frecuentes arrebatos de ira. Mi abuelo sabía ser justo en su rebeldía, aunque adornara las palabras para no abocarme al abismo. Siempre evitaba mencionar a Joana, su única hija. La madre a la que tardé en conocer, si bien conocía por los vecinos la desgracia familiar.

Mi abuelo sufría en silencio. Prohibió a los demás que resucitaran el recuerdo de su hija. En cuanto alguien abordaba algún tema que agravase la amargura que aquella le había causado, abandonaba el lugar visiblemente indignado. Hacía años que había renegado de su hija, dejándole en herencia el peso de su ira, que también sería su epitafio.

8

Algunas vecinas consultaban al abuelo bajo el pretexto de que era un sabio. Aun cuando frecuentaba poco la iglesia e incluso daba muestras de cierto anticlericalismo, era conocido por ser alguien poco inclinado a dar consejos, pero siempre dispuesto a pronunciar palabras que agradaban a las mujeres. Como si atesorara un saber de siglos pretéritos, de las turbulencias de antaño, lo cual lo investía de autoridad para acertar en sus pronósticos. Pero sin imponer la verdad que venía de Dios.

Lo normal para mi abuelo era reaccionar. Le molestaba que pensaran que un analfabeto como él supiera definir los caminos del mundo como si los hubiera transitado. Al fin y al cabo, había asistido a pocas clases de catecismo con el párroco local, que desde el claustro de la pequeña iglesia convocaba solamente a los niños a aprender las letras, condenando a las niñas al destierro. Se los llevaba a la sacristía y los hacía sentarse en el suelo, presto a reprender con una vara de membrillo al que no atendiera. En cuanto a los libros que casualmente saciaron su curiosidad, pues plasmaban la odisea de los seres humanos y de los días solares, iba a la comarca vecina a buscarlos.

Advertí que mi abuelo se retraía ante determinadas preguntas cuando no encontraba las palabras para responder al interlocutor. Pero había en él cierta vanidad que lo instaba a reunir las palabras que le quedaban y al final era capaz de enlazarlas.

Mi abuelo me conmovía. Mi amor por él nunca menguó. Me hacía sentir orgulloso de él cuando le oía enlazar una sentencia tras otra hasta la conclusión.

—Abuelo, ¿cómo haces para no equivocarte nunca cuando hablas?

Expresó su disconformidad con vehemencia. Pues cuando hablaba, nunca sabía qué acabaría diciendo.

—En realidad, las palabras nos gobiernan, Mateus, no al revés.

Tenía la convicción de que solamente los escritores dominaban la escritura, que las palabras estaban a su merced.

—Es el fuego sagrado de los dioses, se propaga sin arder. Un día lo entenderás.

Difícilmente seguiría la estela de mi abuelo. Lo tenía en un pedestal y no lo perdía de vista. No tenía modo de ascender al firmamento y contar las estrellas. Muy pronto comprendí que la caravana ya había pasado y que me había dejado atrás. Que mi castigo era ser considerado inapto para vivir lo inesperado, la aventura de los héroes. Estaba condenado a pasar el resto de mi vida dando vueltas alrededor del mismo árbol y que las venas se secaran, privadas de las llamaradas que emanaban de la eternidad.

Aún hoy me persiguen fragmentos de recuerdos de la grey de mi abuelo. A menudo me acuerdo de la figura escuálida del profesor Vasco, un pobre padre de familia que enaltecía exageradamente las épocas doradas de Portugal. Los detalles que contaba, entre verídicos y ficticios, dejaban mucho que desear. Su pasión impetuosa los invalidaba.

Tras las reiteradas amonestaciones del director de la escuela, que amenazaba con despedirlo, Vasco acabó regresando a su comarca, decepcionado. Nunca dejó de enfrentarse a los entrometidos que intentaban ridiculizarlo, siempre en defensa del patrimonio del país. Juró que instaría a sus alumnos a cultivar la imaginación, la materia bruta del mundo.

—Que los escolares sepan quiénes somos los portugueses. ¿Qué otro país ha tenido un infante don Enrique y un Camões? —repetía al terminar las clases.

En su condición de modesto mentor de la aldea, siempre defendió su ideario fallido con determinación. Su fabulario me acompaña aún hoy, en esta Lisboa vetusta. De él heredé su repetida frase.

—Por el Infante y por Camões sacrificaría a mi propia familia.

Pobre profesor Vasco, que se ahogó en la espuma de su propio sueño.

9

Siempre fui el nieto de mi abuelo, como si no hubiera otro en la aldea. Cuando alguien llamaba a Vicente, y no a Mateus, respondía yo, deseando que me relacionaran con él. Por otro lado, el único Mateus que había era yo, y era su nieto. Nadie se atrevía a decir que yo era hijo de Joana, la hija de Vicente. Como si, por un milagro, él me hubiera concebido y hubiera nacido de su vientre.

Siempre me llevaba con él. Protegía mi destino. Temía que hubiera venido al mundo con el alma corrompida. A pesar de que una vecina me había amamantado muy temprano con su leche.

Vigilaba mis pasos sin regañarme nunca. Pues tenía la certeza de que su nieto no tenía arreglo y de que, mientras él viviera, yo estaría a salvo. Para que estuviera tranquilo, cuando preparaba las comidas yo me sentaba a su lado en un rincón de la cocina. Un día le conté que acababa de poner nombre a las dos ovejas recién nacidas, para que todos supieran que tenían dueño, que no morirían como criaturas paganas. El bautizo tenía un sentido litúrgico, pues ponerle un nombre a una criatura era darle reconocimiento.

Poco a poco me adentré en los entresijos de la historia portuguesa y del mundo. Averigüé que ciertos hombres de letras del siglo XVI, como Montaigne, promovieron la idea de llevar a Europa algunos indios brasileños de la tribu tupinambá, con el propósito de exhibirlos ante Carlos IX de Francia y su corte. Esta visita alentó el ensayo del mismo autor *Sobre los caníbales*, en el que comparaba la cultura europea, sus actos a menudo atroces, con las costumbres salvajes y los bárbaros. Bartolomé de las Casas compartía esta inquietud y, en defensa de los indios de América, aseguraba que poseían alma y, por lo tanto, exigía a los españoles que se les diera un trato distinto, acorde con su condición humana. Ginés de Sepúlveda rebatió esta tesis, lo cual suscitó la célebre polémica inspirada por el emperador Carlos V, que tuvo lugar en Valladolid.

El anticuario me hizo partícipe de su opinión al respecto, asegurándome que el alma de los indígenas americanos, manifiesta y admirable, se integraba armoniosamente con el paisaje continental. Que había que suprimir el valor de las transacciones de compraventa de cualquier ser humano. Por otra parte, el entusiasmo con el que defendía esta tesis del siglo XVI me hizo entender el significado de la naturaleza libertaria, incluso en el caso de un campesino como mi abuelo.

Yo solía sacar a apacentar a la oveja Antônia, a la que tratábamos como un miembro más de la familia. Una mañana, murió inesperadamente en mis brazos. No lloré ni revelé la deuda que tenía con ella: que también me había amamantado como una madre. Algunos vecinos acudieron para despedirse de ella. Era habitual entre nosotros rendir homenaje a los animales que nos habían brindado un servicio especial. Al fin y al cabo, el campo no renunciaba a criaturas valiosas. La oveja Antônia pertenecía a esta categoría afectiva. Durante el rigor del invierno dormía en casa, comía en la cocina y nos exigía constantes muestras de afecto. Nunca estuvo expuesta a malos tratos ni a la crueldad de los hombres.

La solidaridad de los vecinos nos reconfortó. En ese momento desdeñé el recuerdo de mi madre, que después del parto me entregó a mi abuelo Vicente y a los animales de ubres llenas. No tenía instinto de mujer. Me había hecho creer que yo no era hijo de nadie. Y los hechos que fui recabando con los años confirmaron mi calvario.

A modo de despedida, mi abuelo besó a Antônia en la frente. Y me consoló como una madre. Después de saludar con la mano a los vecinos, se marchó. Más tarde, en casa, se sacó del bolsillo unas monedas y las echó sobre la mesa, junto a una vela encendida.

—No las malgastes —me dijo.

Y, dando tregua al dolor, me explicó, refiriéndose a las monedas, que aquella herencia no iba a librarme de las adversidades, pero tendría algo que llevarme el día que me fuera de la aldea.

Y después de terminarnos una botella de vino peleón, comimos queso con café. Y me pidió que le friera un huevo con la yema casi cruda, como le gustaba, pues le daba fuerza para el día siguiente. Aquella noche el sueño no le traería paz. Hacía mucho que las ilusiones ya no lo ayudaban a sobrevivir.

10

Todo lo que sé me lo contó él. Lo demás, lo de los misterios y las mujeres, vino luego. Aun así, nunca dejé de venerar a mi abuelo.

Todo esto que narro de forma tan inconexa, de la infancia a la vejez, sin estar seguro de si lo recuerdo o lo invento, me sosiega, me ayuda a morir. Pues este sentimiento proviene de un testimonio oral, esparce la palabra de Dios, de los eruditos que escribían en latín, de los vanidosos que predicaban el indecoroso apogeo humano.

Lo cierto es que no sé muy bien por qué recuerdo debería haber empezado. ¿Cómo dominar frases que exigen casi un manual jurídico, un rigor propio de decretos reales, de protocolos seculares, y un contenido equiparable a un libro de horas cuando he sufrido tanto, y todavía sufro? ¿Cómo abordar únicamente aquello que retrate a mi especie? Sin obedecer a ninguna secuencia de tiempo ni lugar, cuando parece que nada existe cuando hablamos de la vida y la muerte. ¿Qué credibilidad iba a tener un desdichado campesino como yo?

No consigo articular ideas. Sufro con estas palabras, que se desprenden con las ansias de volar. Pese a ser portugués, no me reivindico como heredero de Camões, que sufre cuando maltratamos la lengua que nos legó.

En mi cabeza aún resuenan sus cantos. Aquellos que, a mi entender, reflejan el punto álgido de la grandeza a la que el profesor Vasco se refería. No alcanzo a entender el sentido de algunas estrofas, son difíciles para un hombre del norte como yo. Aún así, apreciaba al viejo de Restelo, que con sus arengas a orillas del Tajo auguraba, bajo la pluma de Camões, el fracaso a la epopeya lusa. El bardo lo concibió como un anciano como tantos de los que hay en Lisboa, un pesimista capaz de desconcertar al propio Camões con otra versión de la realidad.

A pesar de todo, aun habiendo viajado, sigo siendo un campesino. Y como tal, gracias a mis lecturas, me rendí al genio de Camões. No hay vate que se le compare, ni con lentes de largo alcance. El Poeta que engendró e inmortalizó a la ínclita generación, que incluía al Infante y sus otros hermanos, una mujer y cinco hombres en conjunto. Todos hijos de Juan I y de Felipa de Lancaster, llamados Eduardo, Pedro, Alfonso, Fernando, Juan e Isabel. Todos ellos tuvieron una trayectoria excepcional, tal como pronosticó Camões, y cada uno hizo su aportación para restituir la épica a Portugal.

Cuando pienso en esta dinastía, me pregunto: ¿y dónde estamos ahora, siglos después, igual de pobres y harapientos, sin poder descansar en el panteón de la patria? Y entre tanta indigencia, ¿tendremos los portugueses una segunda oportunidad para redimirnos?

11

Mi abuelo demostraba su devoción por los animales a todas horas. Estaba convencido de que Dios establecía con los hombres una alianza desleal cuando aceptaba sus ofrendas aunque fueran en forma de catedrales. Dios no creía en sus rezos ni en sus promesas de amor. Pues, como entidad divina, conocía sus falsos testimonios, sus traiciones, sus pecados y su crueldad. ¿Qué más le hacía falta saber para tener fe en nosotros? Esto pensaba mi abuelo del Señor, y tenía presente que daba igual un campesino que un monarca, pues todos profanaban la imagen de Dios y de Cristo.

Su severo juicio excluía a los animales de la casa. Los tenía en alta estima por ser hijos de lo divino. Encarnaban el proyecto que Dios había reservado a la tierra. No al ser humano, que estaba sometido al pecado y al oprobio.

—El animal es el hombre que nosotros no somos.

Sus máximas sobre animales y hombres me acompañan en la vejez, me infunden fuerza. Y, aunque su defensa de los animales y el amor que les consagraba eran excesivos, yo lo emulaba. Miraba con intensa ternura a las vacas mientras pastaban. Y ellas mugían y agitaban el rabo con familiaridad al verme, inclinando la cabeza con rara mansedumbre, en vivo contraste con la violencia que se desataba en hogares y tabernas. Me emocionaban y les pedía perdón a la menor ofensa. Y, agradecidas, consentían nuestras caricias.

Siempre pensé que los animales portugueses estaban dotados de cierta vocación poética, tal vez por los trovadores que pasaban por las aldeas buscando comida, ya que se los acomodaba en los corrales, con vacas que desprendían olor a estiércol. A cambio de pernoctar una noche, con lo cual conocían la casa, el corral y los animales y comían lo que se les ofrecía, recitaban poemas en honor a los amos y sus animales.

Nuestras vacas mostraban piedad por los humanos como ningunas otras. Cuando mugían, me hablaban con el compasivo lenguaje de la tristeza. Quizá en realidad estaban recriminando los defectos de las personas, eximiendo de culpa únicamente a mi abuelo. Él les hablaba en voz alta, en rara armonía, y entendía lo que le decían.

El mismo abuelo al que acompañé en su entierro. Después de la ceremonia, la misma noche, dormí fuera de casa, al raso. Y, queriendo traerlo de vuelta a la vida, grité:

—No me abandone, abuelo. Permanezca en mí, en mi recuerdo.

No tenía muchos recursos para expresar mi pena. Pensé en los horrores del mundo, en hombres y mujeres masacrados, en ciudades y pueblos arrasados, escenas que me transmitían un sentido trágico de la pérdida. Aquella madrugada recurrí a aquellas imágenes para reflejar mi cuerpo en llamas. Para confirmar que la humanidad era indigna de la salvación, pues era irresponsable, con su perpetuo afán de exigir venganzas y desagravios.

En esos momentos de dolor, sentí consuelo al entender que el pecado que había heredado del mundo era imperecedero. Sin la atención de mi abuelo me hundiría en el lodazal del bien y del mal. Y tendría que afrontar yo solo sus respectivas cargas. Mi juicio era débil, por lo que debía pedir perdón de antemano a mi abuelo. Él era el Cristo que me relegaba al abandono.

—Refúgiese en mí, abuelo —grité, sabiendo que, por mucho que sufriera, nunca escribiría una frase que mereciera perdurar.

12

Cuando entendí que el mundo era carnívoro, que devoraba sin piedad partes de mí que todavía palpitaban, pedí clemencia. Me avergonzaba de revelar una debilidad que había aprendido de Jesus, mi asno, cuando me lamía el rostro por las mañanas.

Yo fingía sorpresa a modo de agradecimiento. La menor caricia, tan inusual, me embriagaba, me emocionaba. ¿Qué iba a ser de mí en el futuro, cuando me faltara el cariño de Jesus, que reviviría cada vez que viera el corazón sangriento de Cristo en un retrato colgado en alguna casa vecina. Jesus era el único que acudía a mi encuentro, dispuesto a expresar sentimientos supuestamente solo humanos, para que nunca perdiera la fe que mi abuelo y los animales me habían transmitido.

Los ojos de Jesus desprendían un brillo de ternura y a veces se empañaban. Para mostrar mi agradecimiento, rozaba la cara contra el calor de su hocico, que mantenía intacto el olor de su raza.

Pienso en Jesus con frecuencia. Gracias a él mi adolescencia fue maravillosa. Un asno cuyo nombre causaba extrañeza a todos, salvo a mí, que lo había bautizado. Había pensado un nombre pomposo como Samarcanda, en honor a la Ruta de la Seda que había oído mencionar y que quería conocer algún día.

Recorría los montes a lomos de Jesus, sorteando juntos los socavones abiertos por las lluvias. Así celebrábamos las mañanas después de una tormenta. Eran gestos de cariño reparadores, pues repartíamos amor entre los otros animales de la casa.

El día que salió del vientre de su madre con serenidad, como un jumento alado, sentí una alegría exultante. Hoy sé que parecía más un Pegaso que un borrico portugués, de aldea, sin la marca de Dios. Predicaba la alegría, en contraste con los dictados sacerdotales que enaltecían la tristeza. Y, al esparcir felicidad, sin duda confiaba en los efectos de sus convicciones. Cuando saltaba, obraba milagros.

En las noches de invierno en que ni las llamas del infierno nos habrían calentado, mi abuelo metía algunos animales en casa. Así, dejaba entrar a Jesus y Filomena, su gallina, en la habitación. Y Jesus se acomodaba a mi lado, ambos en el suelo. Nos dábamos calor el uno al otro. Sabía muy bien qué se esperaba de él: su deber era evitar que yo pasara frío. Me lamía de arriba abajo, moviéndose con cuidado, sin hacerme daño. Entregándome su generosa naturaleza de animal de cuatro patas. Y, con su resuello agitado, parecía decirme que tenía el don de protegerme.

Quise a mi asno como a un hermano, el único que tuve. Cuando cavé la fosa para enterrarlo, mis manos sangraron, pues solo me quedaba mi abuelo. Y, al dejarlo en el hoyo, poniendo cuidado en no arañar ninguna parte de su cuerpo amigo, allí me quedé, postrado, contemplándolo. Tardé en dejarlo solo en su sepultura, no quería despedirme, cubrirlo de tierra. Pero al anochecer había que partir. Entonces, para que solo él me oyera, le susurré en un doloroso arrebato:

—Adiós, Jesus, hasta que volvamos a encontrarnos en el monte donde pasábamos las tardes.

En casa, mi abuelo me esperaba con un plato de sopa y pan de maíz. Comimos bajo un riguroso silencio. Y nunca más volví a hablar de Jesus. Aún hoy cargo con este dolor como un yugo.

13

Hoy lo sigo recordando. Jesus entendía que, al no tener a nadie que me prestara apoyo, él debía usar su naturaleza cuadrúpeda para ayudarme, actuar como si hubiera nacido de él. Nunca me dejaría morir, su propósito era rescatarme.

Cuando lo enterré, no pude expresar con palabras la profunda pena que sentía. Nunca he sido un hombre instruido, no he sabido usar el lenguaje con la corrección debida. Nunca supe expresar a los demás la esencia apasionada que llevaba dentro. Aun así, aquel día juré en voz alta, y repetí varias veces para que solo él lo oyera, que volveríamos a encontrarnos en el horizonte infinito.

A la muerte de Jesus, se sucedieron otras. La tristeza era menor con cada despedida. Me iba acostumbrando a la desaparición del mundo, hasta que le llegara el día a mi abuelo. La muerte del asno me dolió como ninguna. Un pesar que mi abuelo no compartió, pues era su nieto, y no él, quien apreciaba al animal.

El recuerdo de Jesus me asalta por vías distintas. Así es, sufría, y yo tuve que enterrarlo. En la aldea todos conocíamos el valor de los animales, más apreciados que los humanos. Viéndome tan abatido, mi abuelo confirmó que yo no estaba preparado para afrontar adversidades. Un corazón que se desmoronaba con semejante aflicción no servía para labrar la tierra.

Sin embargo, no podía sentirlo de otro modo, pues yo casi le había dado la vida, había nacido de mí. Mi abuelo incluso consintió que mi amor por Jesus prosperara en todas las estaciones del año. En invierno, sobre todo, cuando desdoblaba mis cuidados. Los mismos que mi abuelo reservaba a la gallina Filomena cuando a veces le daba abrigo en su cama.

Él se anticipaba al día en que ese afecto desaparecería, para sustituirlo por otro. Aceptar que en la casa vacía solo permanecerían las sombras. Yo apenas si conocía las hirientes reglas del amor. Cómo hallar consuelo, a quién amar después de sentir el dolor de ver partir a un ser querido.

Mi abuelo sabía que era débil de nacimiento, una cruel verdad de la que no podía librarme. Aun así, me enseñó las pautas para poder encauzar mi cariño a la naturaleza, a los animales y sus enigmáticas sensibilidades.

Ahora que soy viejo no tengo quien me fuerce a entender la invasión del amor y su dramática carga de misterio. Me distraigo observando los árboles de Lisboa, que no me hablan, son forasteros. Como criaturas venerables, flanquean los bordes de las calles. Robles, tejos, eucaliptus, pinos, olivos, araucarias, alcanforeros esparcidos por la ciudad. Para nosotros, la gente de pueblo, son igual de fraternales que las vacas. En todos estos años, incluso cuando estaba lejos de Portugal, temía que la locura humana acabara prendiendo fuego a estos seres frondosos, carbonizándolos en nombre de la codicia.

Nunca fui dado a combatir, a destruir el mundo. Fui un vagabundo desde el instante en que abandoné la aldea, crucé mares, urbes, montes, arroyos, cordilleras, campos donde el trigo resplandecía y los animales rumiaban la hierba de los pastos, y jamás levanté la mano para lastimar el patrimonio humano. Asimilé temprano ciertos mandamientos y me preparé para visitar algún día al infante don Enrique en Sagres. Y así, alentado por una fantasía de carne y hueso, puse rumbo a mi destino.

14

Mi abuelo aseguraba que, aunque viera el mundo a medias, con seres y objetos envueltos en sombras, para él era más que suficiente.

Como perdió la visión de manera progresiva, tuvo tiempo de retener aquello que le interesaba, prestándole el doble de atención. Así, cuando tropezaba con su nieto, que era de constitución pequeña, palpaba lo que no podía ver y memorizaba aquel volumen que ponía en riesgo su equilibrio. Se estaba preparando para hacer frente al futuro.

Los animales del corral y los que andaban sueltos por el prado le merecían una atención que no concedía a los hombres y mucho menos a las mujeres. Nunca fue galante, y yo seguí sus pasos. En mi caso, sin embargo, fue un error, pues mi timidez excesiva me dificultaba relacionarme tanto con mujeres como con hombres. Daba igual a quién tuviera delante, yo me limitaba a callar para evadirme de una situación embarazosa.

Igual que mi abuelo, yo era cariñoso con los animales, disfrutaba de su compañía. Esto me valió una inesperada confesión:

—Los seres humanos somos cobardes, no confíes en nadie que maltrate a un animal. No te fíes de él. Pero de mí sí, Mateus. Porque yo moriría por ti.

Teníamos pocos animales. Perder a uno de ellos era un golpe doloroso. Su suerte era la nuestra. Rezábamos por ellos. Y los cerdos, cuanto más opulentos, más me conmovían.

Mi abuelo no me contó que estaba perdiendo la vista. No lo hizo hasta más tarde, cuando expresó su temor a quedarse ciego un día. El único ciego de una aldea cuyos habitantes estaban entrenados para contemplar la tierra con voracidad y duplicar cuanto veían.

Sigo recordando bastante a mi abuelo pese a que hace mucho de su muerte. Lo tengo más presente que a mí mismo. Sus recuerdos reaniman lo que llevo dentro, recuperan episodios perdidos.

En verdad, lo he escogido como personaje y lo defino como yo quiero. Al no ser escribiente, no debo obediencia a una pauta que exija lógica y orden. ¿Es posible que pudiera haber sido escritor pese a no tener las habilidades necesarias para narrar? Comoquiera que sea, tanto el profesor Vasco como mi abuelo alababan la sensibilidad con que manejaba la lengua, atento a su significado. Según ellos, cuando vertía palabras con la pluma de mi boca, estas brotaban con la expresión lírica propia de un poeta. Yo me negaba a ejercer un don que dependía de la inspiración, del fenómeno creativo. Carecía de la cultura necesaria para descifrar frases, paisajes, música, párrafos brillantes, las delicadas fimbrias del universo. De la materia que imprimía sentido de civilización a la superficie humana. Es más, cualquier cosa que dijera expresaba un doloroso silencio, pues estaba sometido a emociones ligadas al amor.

El poder avasallador de los años puso de manifiesto que mis dotes fueron fugaces y toscas, limitadas a lo provisional. Mi abuelo no se equivocaba cuando un día me dijo que mi grito para azuzar a las ovejas parecía el de un cristiano agónico en la arena romana, presto a morir en las fauces de un león traído de Etiopía. Sentí un escalofrío a pesar de no entender el sentido de la frase.

En la vejez, de nada sirve rectificar o enmendar pensamientos del pasado. Dicho esto, y desde mi absoluta insolvencia emocional, bendigo las palabras profanas que repartí por el mundo.

15

Conocí a mi madre muy tarde. Desde el día que nací, mi abuelo me alimentó con leche de la vecina y de una oveja llamada Antônia. La lavaba en el arroyo o en una tina para evitar que ensuciara a su nieto, que ya tenía suficiente con haber sido abandonado a su suerte. De modo que Antônia suplió las funciones de una madre.

Mi madre se presentó un día sin avisar. Como una desconocida que se acerca a una casa pidiendo agua o un plato de comida para luego seguir su camino.

Pero ella conocía muy bien los riesgos de volver a casa. Sabía cómo habría reaccionado su padre si le hubiera pedido permiso para hacerle una visita, por breve que fuera. Pues seguía siendo la hija a la que había expulsado de su vida, prohibiéndole regresar. Para él estaba muerta. Hacía mucho tiempo que, para él, ya no era parte de la familia.

Aquel día volvíamos con las vacas del monte cuando yo, que iba algo más adelante, vi a una mujer vestida de negro, de luto por una muerte reciente. Cuando estuvimos más cerca de la casa y me vio, subió la voz para que mi abuelo Vicente, de lejos, identificara la visita que lo esperaba. En cuanto la vio, antes de poder pronunciar un sonido audible, ordenó silencio y me apartó de un empujón, diciéndome que me fuera, porque no debía presenciar la escena. No entabló conversación con ella hasta que no me hube alejado.

—Soy yo, padre, todavía no me he muerto.

Mi abuelo dio unos pasos indecisos. Entonces echó a andar más deprisa hasta llegar al umbral de la puerta para apoyarse, cerca de donde estaba su hija. Estaba agitado, como afectado por un mal súbito. Parecía un hombre al que hubieran engullido las tinieblas, despojado de la honra que su hija le había arrebatado.

Hacía muchos años que no se veían. Sin poder contener la emoción, ella extendió un brazo en un impulso de impedir un posible movimiento inesperado de su padre, como tirarla al suelo, o pisarle el pecho, o arrastrara por el pelo para demostrar su desprecio.

Los dos parecían estar petrificados. Ambos renunciando a su derecho a reclamar retazos de sus vidas. Regresé sin pedir permiso, pero mi abuelo no se percató. Me arrodillé a su lado y me abracé a sus piernas para que no se moviera. Temía un desenlace que escapara a mi control. Aquella mujer había aparecido para separar a la familia, quizá para destruir al abuelo. Era una escena perturbadora. Tal como yo la recuerdo, la dimensión que alcanzaba sobrepasaba la sensibilidad de un muchacho como yo.

Aun así, cuando perdió el equilibrio, mi abuelo, que siempre estaba dispuesto a ahorrar a su nieto disgustos, interrumpió por un instante la tensión del episodio que se estaba desarrollando entre él y aquella desconocida.

—¿Este es el hijo que te dejé?

No comprendí hasta más tarde estas palabras, que pronunció señalándome con el dedo.

Mi abuelo me atrajo contra su pecho, me tapó los oídos para impedir que oyera los silbidos viperinos de una mujer a punto de atacar a una cría y me apartó otra vez de un empujón.

—¿Acaso no reconoces a una persona de tu propia sangre, miserable? —le espetó mi abuelo.

Ella intentó entrar en casa a la fuerza, pero mi abuelo le impidió el paso plantándose en la puerta.

No la dejó entrar, la empujaba enérgicamente hacia el patio, tratando de borrar de mi memoria aquel incidente. En aquel momento, él gobernaba mis recuerdos, seleccionaba furiosamente qué debía retener y qué no del altercado con aquella forastera.

Acabaron entrando en casa los dos y, acto seguido, cerraron la puerta. Desde fuera, yo no tenía modo de participar del duelo que se batía dentro. Ni siquiera pegando el oído a la puerta oía nada, solo gritos y lloriqueos. Transcurrió un largo rato. Hasta que, al parecer, se dieron tregua y cesó el intercambio de palabras preñadas de podredumbre. La puerta seguía cerrada, impidiéndome acceder al hogar en llamas.

Nunca supe qué sucedió exactamente entre padre e hija. Qué llevó a aquella mujer a abandonar precipitadamente su casa, a huir como perseguida por un puñal asesino. Sin dirigirme una mirada, una palabra, ni bendecir mi cabeza, pasó por delante de mí como si yo no existiera. Pese al vínculo que nos unía, pasé años sin sospechar quién podía ser.

¿Por qué se presentó sin avisar y luego fue expulsada de nuestras vidas? ¿Qué motivo los había llevado a gritarse, a demostrarse un odio irreprimible que venía del principio de los tiempos? Sí advertí que tenía poder para perjudicar a mi abuelo, para clavarle un puñal en el pecho. ¿Qué crimen habría cometido que lo disgustaba tanto que no podía perdonarla?

Cuando nos sentamos a la mesa, mi abuelo no dijo nada, aunque yo esperara una explicación. El porqué del rencor que los dominaba, que jamás permitiría reconstruir el tejido desgarrado.

Mucho después supe que aquella mujer, de nombre Joana, me había parido y tenía prohibido regresar a casa. La misma mujer que había provocado la discusión que presencié. Al enterarme de todo el daño que había causado, durante mucho tiempo pensé que nunca más querría verla. Pero mucho después la vi otra vez.

16

La primera vez que oriné, lo hice en la aldea. Tal vez sobre el regazo de mi abuelo, que me mecía en su tiempo libre. Después del parto, mi madre se desentendió del retoño, ya no quería apegarse a él. En esta aldea del norte reposan ahora los restos mortales de mi abuelo Vicente, cuyo recuerdo forma parte de mis agonías. Aquel hombre que me bañó con un cucharón, que me redimió con el agua del pozo y evitó mi muerte. Tenía profunda fe en que aquellas aguas tenían la propiedad de salvar a quienes tenían sed. Se negaba a transmitirme una herencia que podría ser maldita.

Mi abuelo era un hombre descreído, como yo lo sería más tarde. Aun así, un día le pregunté si alguna vez había tenido la tentación de ser Cristo o Juan el Bautista, protegido por ambos mesías. Pero guardó silencio, envuelto en un aura de misterio. ¿Acaso tendría que revivir su vida, ser su representante, incluirla en mis dominios? Y, por ello, crearme la ilusión de arrastrarlo conmigo a Sagres para enmendar mis errores, para que pudiera compadecer los posibles desvaríos de su nieto, que ya sufría con discreción en la aldea donde ambos nacimos. ¿Y qué podía significar que yo quisiera resucitarlo para que su espíritu me acompañara a Sagres? Pues que necesitaba su mirada atenta para seguir protestando contra las injusticias que sufríamos. Cuando mi mirada moderna a veces era insensible a las adversidades a las que la labranza portuguesa estaba expuesta. De haber podido hacerlo, mi abuelo habría denunciado al Infante la situación, ya que desatendió los infortunios a los que los campesinos portugueses debían hacer frente.

Con los años comprendí que, aunque mi abuelo hubiera estado vivo, el litoral escarpado de Sagres no era un lugar para él. Como labrador, no habría servido para los rigores marítimos que marcaron el siglo xv, la época de los navegantes, de los imperios que hicieron germinar las ilusiones que el infante don Enrique dirigía. Hasta yo, que vivo en las tinieblas y el sol no ilumina mi camino, me pregunto si en aquellos tiempos áureos habría sabido exhibir confianza.

Contaba mi abuelo que, muchos años atrás, hordas de nobles y mercenarios al servicio de la cúpula monárquica invadían las comarcas saqueando cosechas y animales, matando a cuantos se opusieran a sus actos criminales. Además de con los víveres, arramblaban con reliquias, manuscritos ilustrados con miniados y sentencias en latín que encerraban enigmáticos castigos eclesiásticos. Incluso incunables que aparecieron a finales del milenio, cuando la extinción del mundo era inminente.

A pesar de los constantes saqueos, los aldeanos no se rebelaban, pues aún conservaban el sentido de obediencia al poder incontestable. ¿Cómo iban a enfrentarse a villanos que blandían la espada y la cruz sin compasión, aun siendo devotos de la Virgen y Cristo? Asaltantes, además, acostumbrados a las guerras de conquista que abultaban su vanidad y sus arcones. El propio Sebastián I fue víctima de esta misma prepotencia, pues se empeñó en emprender su propia aventura africana sin poder regresar luego a su patria.

La congoja que los asaltos causaban a las familias aldeanas era tal que estas celebraban sus aniversarios bajo una estricta intimidad, a fin de no revelar ningún signo de riqueza. La vida se reducía a la tierra, a los animales, al sexo, al pan y al vino. Quedó prohibido soñar.

—El sentido del misterio pasó a ser de uso exclusivo de la Iglesia y la nobleza —se lamentaba mi abuelo.

Pero, como quería tanto a su nieto, intentaba animarlo. Mencionaba las maravillas que el pueblo tenía a su alcance, y que estaban libres de injurias y bajezas. Tenía la convicción de que algún día los pobres gozarían de otras ventajas. ¿Acaso las construcciones monumentales del pasado no se habían erigido a costa de los puños rabiosos, de las manos callosas de los artesanos? Los mismos que, gracias a las innovaciones estéticas, eran capaces de levantar un templo de modo que no se derrumbara.

Ahora bien, en una ocasión, el sermón de Pascua tuvo cierta repercusión en casa. El párroco aseguró vehementemente que cada uno tenía la vida que se merecía. Que cada existencia obtendría una cantidad de años de vida según la conducta del individuo. A modo de castigo, cada pecado restaría años de vida al pecador. Y, cuando no le quedara saldo a favor, la muerte vendría a buscarlo. Era una suerte de ejecución.

El anuncio me hizo temer por la escasez de mis días. Una vez en casa, mi abuelo se puso a lavar el repollo del huerto como si tuviera el cielo asegurado. Pero después de tomarse la sopa, clamó ferozmente contra el despiadado proyecto del cura para controlar la intimidad de sus párrocos.

—El muy miserable quiere sembrar el pánico para que renunciemos al placer. Además, ha impostado la voz para imitar el timbre de Dios en el monte Sinaí al dirigirse a Moisés.

Después del incidente, mi abuelo evitaba frecuentar la iglesia. Se reservaba el derecho a pecar. Se negaba a un ajuste de cuentas que sin duda acabaría repartiendo gloria entre los ricos y migajas entre los pobres.

—Escucha, Mateus, no voy a aceptar la extremaunción cuando me llegue el momento de morir. No quiero el perdón. A mí siempre me ha sentado bien pecar —proclamó ofendido.

17

Soy víctima de mis propias ilusiones. Me lancé al mundo con el propósito de cobrar lo que se me debía. Y, como castigo, cargué con la condena del destierro allá donde fui.

Raro era el día que no recordara a mi abuelo, que cosechó en su sangre la furia ancestral que se propagó entre la gente que, como nosotros, sufría. Una furia que se detuvo en mí. En el nieto que se retraía ante los percances, que se acobardaba. Y lo hacía sin remordimientos.

Me di cuenta de que algunas confesiones de mi abuelo pecaban de insinceras. Tal vez por querer proteger su tristeza, las envolvía con delicadas mentiras. Una decisión motivada acaso por su hija y por su dura existencia, que revestía de nobleza, pensando en mí. Como si los errores tuvieran su origen en Dios.

Con él aprendí ciertas reglas. Como, por ejemplo, que había nacido en la ilusoria línea del horizonte que era el norte de Portugal, donde no moriré. En esta tierra transcurrió mi infancia, viví fascinado con la ría del Miño, allí donde sus aguas se dan encuentro con la ferocidad del Atlántico, fundiéndose en un turbulento abrazo apasionado. Un panorama profético que albergaba en su vientre el tesoro de mis incertezas.

A media que crecía y mi inteligencia me desconcertaba, oía a mi abuelo rugir como un león, silbar entre los espacios de los dientes que le faltaban. Una encía que a veces sangraba, aunque a él le importaban bien poco los efectos que pudiera causar su físico desgastado. Lo que él había sido en el pasado ya no existía. Su dignidad lo protegía. Ahora comía con parsimonia en su esfuerzo por triturar los alimentos. Aun así yo lo quería.

A veces, de repente, me atizaba un golpe con el bastón. Yo me reía, me apartaba, y él no insistía. No me había pegado a propósito.

—Pero ¿qué he hecho para merecer este castigo, abuelo?

Y me pedía que saliera corriendo al monte, que los animales echaban de menos el pasto. O me enviaba lejos, a hacer algún recado, con la excusa de que debía distraerme. Y sonreía con cariño a su nieto, sin que hicieran falta más gestos.

Cuando volvía a casa, le llevaba alguna que otra fruta que hubiera caído al suelo, a veces ligeramente aplastada, o alguna hierba de su gusto. Nadie tendría autoridad para defenderme si un día decidía descargar su rabia contra mí. Ni siquiera mi madre, desde el otro pueblo, donde se ganaba la vida con aquel maldito oficio de recibir a hombres que la ofendían con su brutalidad carnal; ni siquiera ella habría podido atajar las sentencias de mi abuelo, pues ni ella misma podía salvarse.

Esta madre, para mí alguien desconocido, carecía de un rostro que yo pudiera identificar en algún encuentro fortuito. Sin embargo, tenía la intuición de que no tardaría en aparecer por casa, atraída por el estado de salud de su padre. ¿Debía yo convocarla en caso de urgencia, aun sin saber si mi abuelo la recibiría? No osaba pedir su opinión. Yo suponía que la muerte imponía una tregua, extinguía las discordias y los odios irreductibles que separaban a las familias.

No imaginaba un encuentro entre mi madre y su padre moribundo, ni abriéndole la puerta de casa para la última despedida. ¿Empuñaría un arma al verla, lanzaría dardos contra su corazón o la abofetearía buscando consuelo?

Fue la vecina Ermelinda quien me confió, a escondidas de mi abuelo, que mi madre había tenido desde niña la voz ronca, estridente, y que solía reírse a gusto, soltando unas carcajadas que se oían desde las antípodas. Asimismo llamaba la atención su vanidad, el frufrú de su traje de fiesta. Y pese a manifestar un placer por la vida, no había en ella indicios de que fuera a tomar el camino del pecado.

Un día apareció sin mencionar su nombre, sin decir quién era. Preguntó por Vicente, no por su padre. Me miró de arriba abajo y, compadeciéndose de lo que tenía delante, dijo, aunque sin ninguna intención de protegerme:

—Huye, hijo de mi miseria.

Luego me partió el alma asegurándome que yo no tenía derecho a vivir. Y, al advertir el deterioro de la casa, lo reprobó moviendo la cabeza. Eché a correr para alejarme de aquella mujer y me tropecé como un ciego contra unos árboles que había cerca. Entonces vi a mi abuelo, su gesto de desconsuelo, tomando conciencia de que aquella dinastía estaba abocada a la fatalidad.

Los dejé a solas un buen rato. Pasara lo que pasara, la situación no me incumbía. Cada gesto que intercambiaban me hacía daño, aun sin saber muy bien quién era aquella mujer. Su simple existencia era un castigo, me encadenaba a una sucesión de desastres. Su mirada malévola me impediría saborear los placeres del mundo, me sentenciaba al fracaso. Sería la primera persona en decirme que, por mi condición de bastardo, no tendría derecho a volar con libertad. Y, por muy lejos que estuviera de mí, frustraría mis iniciativas. A su lado jamás sería un héroe.

Yo no quería que mi abuelo muriera. Pero sí quería verla muerta a ella, que expiara su culpa de una vez y me dejara en paz. Su fantasma no osaría acercarse a nuestro hogar.

Juré que no pasaría mis últimos años a la sombra del roble que otrora la familia había plantado con la ilusión de vivir el mismo tiempo que aquel arbusto que brotaba de la tierra. No permitiría que mis venas se secaran por la falta del impulso de algún delirio redentor, inesperado, comparable a la llama de la eternidad. ¿Cómo ubicarme en el mundo, si solo sabía leer, solo sabía vivir? Cuanto más conocimiento adquiría, lejos de tranquilizarme, más confuso estaba, pues me hacía girar alrededor de elementos confinados en mi sensibilidad.

Cada libro que leía suscitaba dudas que planteaba al profesor Vasco en la escuela. ¿Cómo era posible que a un hombre le quedara talento para empuñar una pluma y describir las desdichas de su vida después de sufrirlas? ¿Cómo alguien podía declararse feliz, sin tener el valor de reconocer que lo había sido desde la cuna? ¿Y adentrarse en las turbulencias del corazón, a riesgo de sacarlo por la boca, y aun así mantener la esperanza?

Dios mío, ¿de qué me sirvió hacer tantas preguntas que ni yo mismo he podido responder en la vejez?

18

Mi abuelo formó parte de mi vida desde el instante en que salí del maldito vientre de mi madre. Llamó a la vecina Ermelinda para que lo ayudara a sacar a la criatura del cuerpo de su hija, que se había presentado días antes con la barriga hinchada, a punto de reventar.

—Ayúdeme, padre.

Le suplicó que la librara del peso que traía en el vientre.

Fue el momento en que supo que su hija, notoriamente puta, iba a parir un hijo.

—¿Sabes, al menos, quién es el padre? —dijo mi abuelo Vicente en tono de queja.

Y, cuando los dolores se acentuaron, la arrastró hasta el catre que otrora había sido suyo hasta el día que huyó de casa sin dejar siquiera una nota con su letra desmañada, pues no sabía escribir bien.

Ermelinda, la vecina, se puso al lado de Vicente, abrió las piernas a la parturienta y la exhortó a acelerar la respiración para expulsar mejor al retoño, cuya cabeza empezaba a asomar.

Según me contaron, los gritos de mi madre atravesaron las paredes. Despotricaba entre la sangre y las heces, espectáculo que le servía de excusa para poblar el mundo con la unión de un canalla y una meretriz.

Mi abuelo se limitó a decir:

—¿Cuántos desgraciados más tendrán que nacer aún en Portugal como este nieto bastardo?

Después de nacer yo, mi madre se quedó unos días con su padre. Toleró durante un tiempo la mirada furiosa de mi abuelo. Él enseguida le preguntó qué nombre debía ponerle a su nieto.

—Preferiría evitar un nombre cristiano. Pero cualquier otro me sirve.

¿De qué valen el agua bendita, un sacerdote y una pila bautismal si va a ser un miserable, como todos nosotros?, debió de decir ella, convencida de no tener ninguna responsabilidad sobre aquella criatura que gritaba y succionaba con avidez la leche de sus pechos.

Vicente se avergonzaba de aquella hija que, después del disgusto, aún repudiaba al recién nacido.

—Dale el niño a quien lo quiera. Yo no puedo ocuparme de él.

Me enteré de aquellas palabras que mi madre pronunció con impaciencia por Ermelinda, años después, cuando consideró que debía conocerlas. Una mujer a la que nunca di las gracias por salvarme de la muerte, impidiendo que me ahogara entre las piernas de mi madre.

A pesar de que yo la enterré la víspera de partir a Lisboa, convencido de que, tras vivir en esta capital donde los pecados sin duda se concentraban, estaría preparado para afrontar nuevos desafíos, como el de dirigirme a Sagres.

Cuando Ermelinda se preparaba para morir, con las escasas fuerzas que le quedaban, me cobró el antiguo favor.

—Los animales de la casa son tuyos. A cambio de todo lo que he hecho por ti, Mateus, cumple el deber de enterrarme. El ataúd está en el cobertizo, esperándome desde hace tiempo. Muchas veces me lo quedo mirando. Fui precavida al comprarlo después de vender una vaca.

Fue cerrando los ojos con una discreta sonrisa. En el momento de partir, parecía estar viviendo un día glorioso. Su muerte era un triunfo, pues con ella desaparecían los años de humillación que la habían hecho infeliz.

Le cerré los ojos. La acomodamos en el ataúd del que se enorgullecía, después de quitarle la ropa estropeada y peinar sus cabellos blancos, que adorné con una flor que había brotado en su huerto, entre los repollos. Hice el esfuerzo de imaginármela joven. Debió de ser bella. Y tal vez un macho ansioso, como tantos otros, la había poseído con violencia como ejerciendo un derecho.

—Descanse en paz, doña Ermelinda.

19

En aquella ocasión, al acercarse el final, mi abuelo mencionó a las mujeres con las que había gozado en la cama y al aire libre, bajo un árbol o contra alguna tapia de la aldea. Hablaba de ellas como quien habla de un ente de misteriosa carnalidad, con el poder de alterar su sentido de la orientación. En encuentros fortuitos, desconcertantes al punto de no saber hacia dónde ir, instantes después de que el sexo se adueñara de su cuerpo hasta vaciarlo. Como el mástil de un barco que se quiebra en una tempestad.

Lo confesaba como si yo fuera su mentor espiritual y quisiera purificarse, expiar una culpa que yo ignoraba. Ante el apremio de una muerte próxima, evocaba pasiones vividas.

Como si su existencia me perteneciera, instándome a seguir sus pasos, a adoptar fragmentos de la naturaleza trágica que insinuaba haber vivido, sin haber tenido derecho a quejarse. ¿Qué sinsabor agónico, qué estado incendiario era aquel que le hacía ocultarlo a su nieto y le imponía silencio? Hasta llegué a sospechar que la carnalidad a la que mi abuelo se refería no se debía a una única mujer, sino que alcanzaba a toda la especie habida en la Tierra. Como si a su miembro furioso le correspondiera la rara virtud de elegir a una sola mujer y repudiar a las demás. La soberanía moral de ser dueño de sí mismo, de su dignidad, y no sucumbir a cualquier hembra que exigiera obediencia ilimitada a su instinto sexual. Pero cedió todas las veces, pues le faltó voluntad para resistirse al acoso femenino. Era un hombre sin dominio propio, incapaz de dar la espalda a las personas que lo querían.

—Cedí a la tentación y siento vergüenza por ello. No supe dominar al animal que hay en mí.

Poco a poco, bajo el fuego de un deseo que tardó en extinguirse, mi abuelo fue bajando la voz para hablar de su hija Joana, que, al igual que él, había sido víctima del sexo. Jamás conoció el grado de atracción que su hija sentía por otros cuerpos. Tampoco comprendía la clase de pasión que hacía humedecer a las mujeres cuando las penetraba. Prefería no pensar que también le sucedía a su hija. También reconoció que no entendía su propia reacción física, la erección, que hacía que su miembro se agigantara como un ser maléfico en estado febril.

Lo veía preocupado, como si un desvarío senil lo asaltara, y yo no podía ayudarlo. Quizá pensaba que había ofendido a muchas mujeres en el pasado, por lo que no merecía el perdón.

—Nunca se me ha castigado por mis errores. Así que ahora me tocará rendir cuentas a Dios. ¿Qué me dirá que no me haya dicho ya?

Hoy mi memoria presenta lagunas, incluso respecto a mi abuelo. Cuando hablo de él, el flujo de recuerdos suele interrumpirse inesperadamente. Y temo perderlo. Como un día, hace mucho tiempo, cuando Ambrósio, el anticuario, me daba vino para ayudarme a fortalecer mi ser interior. Mientras yo sorbía el tinto, apreciando el gesto, él babeaba, incómodo, procurando evitar que le cayera alguna gota por la comisura de los labios. La vejez le pesaba y, hoy, a mí también. Con la edad se había resignado a dejar de buscar compañía femenina. Cuando se lamentaba, se le movía la nuez. Estaba realmente acabado.

20

Un día, de repente, mi abuelo rompió el silencio que solía guardar durante las comidas. Para mi sorpresa, aquella noche, entre cucharada y cucharada, se quejó de no haber sido feliz con las mujeres. Sus facciones se tensaron con rabia, mientras masticaba, tomado por una ira que extrañamente lo rejuvenecía, comparable al brío de un joven ofendido. Y, aunque nunca había abordado este tema, ahora, con un cuerpo demacrado y unos músculos fláccidos, parecía afectarle más. Cuando mencionó a las mujeres con las que había estado, sin decir sus nombres, dio a entender que en realidad no las había amado, sino que solo les había pedido sexo.

No expresé curiosidad, más bien pensé en cómo debió de comportarse en el pasado las veces que había hundido la verga en aquellas mujeres. Pero en un momento dado se sintió amenazado por su nieto y se levantó para irse a la habitación.

Días después, siguiendo la misma extraña secuencia, volvió a sincerarse. Fue una noche de otoño, a la luz de la lámpara de aceite, con la ventana entreabierta, después de tomarnos la sopa de col, patata y manteca. Se puso a describir el huerto que rodeaba la casa como si lo viera por primera vez. Comentó que nunca como en ese momento había reparado en la armonía de la naturaleza. Un paisaje sin nada especial, que había suplido sus necesidades generosamente. Una realidad que se correspondía con su condición de mortal.

Esa noche, como aquella en que admitió haber sido infeliz con las mujeres, pensé que, aun estando débil, a lo mejor querría compartir su cama con una mujer, aunque fuera por la ilusión de sentirse viril, de ser capaz, con un corazón debilitado, de decirle de pronto a su amante una frase de amor arrebatadora.

—Ah, Mateus, no tener a una mujer que se entregue en cuerpo y alma es peor que no ser amado.

Bajó la cabeza al pecho escondiendo su vejez. Se avergonzaba de no tener el sexo frondoso de otrora, como el de un carnero sagrado que vi una vez sobre una vasija griega.

Le llevé café, me quedé a su lado, paralizados los dos por el miedo a la muerte. Mi abuelo iba languideciendo, cada vez tenía menos vitalidad para seguir amando a su nieto, a sus animales, que para él eran su misma sangre.

En la intimidad de aquella noche vi a mi abuelo apenado por la falta de deseo, por el deterioro de la carne. Y había en él la leve sensación de que el bien y el mal se entrelazaban. Entonces juré ser leal a mi abuelo, pues él me descubrió la vorágine de los sentimientos.

Y así, tropezándome contra piedras y personas, fui hundiendo los pies en el lodazal de la vida. Sin saber casi nada de amaneceres, de crepúsculos, de nacimientos, de cortejos fúnebres. Engolfado por la atmósfera enrarecida del universo, iba ahuyentando la felicidad, convencido de su inexistencia.

Y, aunque mi abuelo vivía dominado por una virilidad salvaje, supo callar el nombre de sus verdugos, salvo el de su hija Joana. Se los llevó con él. Y, pese a tener a mi abuelo presente, vivo con una zozobra que me resta esplendor.

21

Sin tener estudios, mi abuelo fue quien me habló por primera vez de la historia portuguesa, antes incluso de oír al profesor Vasco de Gama despotricar de los reyes, que no eran santos de su devoción. Ambos tenían la convicción de que estos habían perjudicado al pueblo, hundiéndolo en la miseria, exhortándolo a morir por ellos. Pues habían heredado al nacer el pacto sagrado de ser eximidos de cualquier cosa en cualquier circunstancia. El cadalso estaba destinado al vulgo angustiado y devoto.

Lamentaba que la ignorancia imperara entre su gente, que desconocía los acuerdos convenidos a la sombra del trono o del lecho real, a sus espaldas. Los que nunca tuvieron la intención de morir por el pueblo. ¿Cómo perdonar que José I y su familia se refugiaran en Santa Maria de Belém, desentendiéndose de la destrucción de la ciudad de Lisboa, e incluso del Palacio Real, y que sobrevivieran, incólumes, sin perder a ninguno de los suyos, a la monumental catástrofe del terremoto de 1755 que asoló a la población?

La tragedia, que ocurrió en pleno Siglo de las Luces, puso de luto a toda Europa. Fue de una magnitud tal que superó cualquier expectativa, escapaba a la comprensión humana. Fue una calamidad para arrogantes eruditos y cortesanos de ropajes pomposos, pelucas y rostros empolvados, pues, a pesar de estar acostumbrados a deshacerse de secretos y aplicar falsos racionalismos, no eran capaces de catalogar el mundo que se les escurría entre los dedos como el mercurio.

—Estos cortesanos desdeñan incluso el misterio que existe alrededor de cualquier conocimiento —dijo un día Ambrósio, el anticuario. Y entonces afinaba el pensamiento que le venía, sorbiendo fuerte su té sin azúcar y poca leche—. La muerte es el único progreso real: se da un paso adelante y no hay vuelta atrás —sentenció, para que yo lo recordara siempre.

En vísperas de su muerte, cuando ya estaba débil, sus facciones decaídas y quizá siendo aquella su última ocasión para pronunciarse, mi abuelo no perdonaba a aquellos que fingían vivir en un país compasivo y encomiable.

—Ni siquiera un día santificado sirvió para proteger a los cristianos. La Iglesia no amparó a sus fieles. —Y la mirada de mi abuelo se dilataba, iba más allá de lo que avistaba.

Se refería al 1 de noviembre, un día litúrgico. Aglomerados en la iglesia de Lisboa, postrados ante el Señor, aquel día los creyentes pedían al clero su bendición. Y, para reforzar su ruego, dejaron velas encendidas en casa.

Aquella mañana se levantaron dispuestos a pedir perdón por los pecados que habían acumulado día tras día. En ayunas, al abrigo de las oraciones, confiaban en la bondad del Señor. Es posible que en ese momento de contrición los sobreviniera la tragedia.

Mi abuelo estaba convencido de que la acción divina había intervenido en la tragedia combinando el terremoto y el incendio provocado por las velas encendidas.

—El Señor ni siquiera tuvo que buscar a los pecadores a sus casas ni indagar en las entretelas de sus corazones. Lo puso fácil para enviarlos a todos juntos al infierno congregándolos en los templos. Una matanza.

Con escaso aliento, mi abuelo siguió diciendo que Dios conservaba una lista de nombres. Y que encaminó a los penitentes a su destino final con un golpe certero.

Sin embargo, esta maquinación que comprometía la honradez del Señor complacía a mi abuelo. Pese a no temer el castigo de Dios ni gustarle tales conjeturas, contemplaba la posibilidad de que el Señor, en el caso del terremoto, no hubiera sido ecuánime. Pues al castigar por igual a santos e impíos, su sentido de la justicia había fallado.

Mi abuelo procuró que sus últimas palabras fueran benevolentes, pues por ellas sería juzgado. Lo que decía me hacía sufrir. Él era lo único que yo tenía. Su escepticismo había echado profundas raíces en mí y, al partir, se llevó con él la clave de la felicidad. A su muerte solo me quedó comer solo en la cocina una rebanada de pan untado con aceite y chorizo de casa. Y mantener viva la idea de que un día sería devuelto al paraíso que perdí con su muerte.

Las protestas de mi abuelo, hombre rústico y sensible, oscilaban entre su espíritu cristiano y pagano. Siempre se amparaba en la creencia basada en un cristianismo ensalzado por un carpintero judío y en el hecho de ser del norte, de una región donde confluían el lenguaje de lo sagrado y lo profano, según el cual se tendía a confiar en las providencias resultantes de aquellos que, por alguna casualidad, obraban milagros. Mi abuelo y yo averiguamos que en tiempos primitivos se mezclaban sin distinción los santos de la nueva religión y los hastiados dioses del Olimpo. En este caso, mi abuelo aplaudía que esos dioses fueran amantes de las delicias humanas, bebieran, fornicaran y tuvieran hijos bastardos.

—Dime, Mateus, ¿crees que seré feliz allí donde iré?

22

¿Dónde están aquellos que pasaron por aquí en algún momento de la historia? Y se sentaron en torno a una mesa a comerse el guiso de una cazuela.

Mi abuelo no decía nada. Yo le transmitía mi congoja buscando su amparo. Le preguntaba cualquier cosa como si tuviera la obligación de responderme. Pero sobre todo me empeñaba en llamar su atención sobre mis sentimientos, que no siempre estaban alineados con una realidad compartida. ¿Por qué sembraba dudas, si tenía edad suficiente para resolverlas?

Algunas veces, mi abuelo se distanciaba para que yo me resignara a mi propia ignorancia. Cierto domingo de zozobra, busqué refugio en el monte, dejando a los animales en casa. Tardé en regresar, quería que mi abuelo sufriera por mi ausencia. Por la noche, mientras se tomaba la sopa de patata y nabas y rebañábamos el plato con la corteza del pan de maíz, me observaba de soslayo.

—Y he visto morir a la familia. Pero Dios no me dio el placer de ver morir a quien me habría gustado ver perecer delante de mí. —Y, con ademán brusco, me prohibió añadir nada más.

Me fui a dormir repasando a los vivos que merecían la sentencia de muerte que Dios no les otorgaba. Intentaba entender por qué mi abuelo, siendo un hombre hábil con la navaja, no había resuelto sus asuntos entablando una lucha mortal contra sus enemigos. La curiosidad me quitaba el sueño. ¿Quién lo habría ofendido hasta el punto de causarle una profunda herida en el corazón que lo desarmaba y le había dejado una cicatriz insuperable?

Este asunto me atormentó durante días sin hallar la solución. No osaba poner nombre a los fantasmas que desfilaban ante mí, los evocaba por medio de conjeturas que resultaban ser falsas y luego invalidaba.

Nunca pregunté a mi abuelo el origen de su desesperación. Quién respondía por un sentimiento tan inhóspito. Consciente de haber implantado en su nieto una duda dolorosa, tumbado en la cama que lo acogió toda la vida, casi a punto de morir, en el momento en que todo se le escapaba, pero tal vez aún estaba a tiempo de pronunciar un nombre, me apretó la mano.

—Nunca quise que lo supiera.

Y miró a su hija Joana, que acababa de llegar a casa, convocada para despedirse del padre que jamás la perdonó.

Al dar el último suspiro, su hija se arrodilló a su lado, le cerró los ojos y le entrelazó las manos. Al instante, ante mí y los presentes, mi madre asumió el poder de la casa como mujer y única heredera. Aprovechando esta condición, expulsó a las visitas y me pidió que me quedara. Dispuso una jofaina con agua, jabón, un paño de cocina viejo y, con rara delicadeza, se puso a limpiar a su padre, apartando poco a poco la ropa.

Examiné a mi abuelo tendido, inmóvil, sobre la cama, sin atreverme a decir que yo también debía participar de la ceremonia. Había vivido con él toda la vida y nunca lo había abandonado, ni aun cuando había tenido la tentación de huir donde fuera. Y ahora mi madre me arrebataba este deber.

En el suelo, junto al cuerpo inerte de mi abuelo, me resigné a contemplar aquella operación que envolvía a dos personas que durante años se habían dado la espalda. Ella le quitaba la ropa poco a poco, con cuidado, desnudándolo, respetando sus partes íntimas, respetando su pudor.

Me eché a llorar bajo para no distraer a la mujer de su ritual.

23

A lo largo de la vida, aprendí que la palabra es aquello que hacemos con ella. Y que, la mayoría de las veces, comporta tales errores que erradicamos su nombre. Yo mismo induje a mi adversario a morir cuando me ofendió con la palabra.

Regreso a la figura de mi abuelo Vicente pelando patatas como si limpiase la corona del rey instalada en el Palacio de las Necesidades. Enseñándome cualquier cosa, aun sabiendo que yo no era culto, sino más bien un aprendiz de la lengua que simplemente hablaba con desenvoltura.

António, el vecino y amigo de infancia de mi abuelo, era un hombre diligente. Llegados los dos a una edad avanzada, solían entretenerse jugando a las cartas en la taberna. Ahora bien, António lo hacía con el placer del vencedor. No aceptaba apostar con dinero, por el que sentía apego a causa de haber sido siempre pobre, y llevaba pocas monedas en el bolsillo. Pero, como quería que los demás lo respetaran, dejaba junto a la mesa una cesta repleta de mazorcas de maíz que le indicaban el límite de lo que podía arriesgar en el juego. Así, cubría las pérdidas con estas y los demás jugadores aceptaban su valor. Por aprecio a António, mi abuelo aprobaba que este afianzara su suerte en el juego con estas prendas amarillas, cuyo destino era la cazuela o el molino a la orilla del río, donde se trituraban para obtener harina.

En el entierro de mi abuelo, António, luciendo una cinta negra en el brazo, preguntó quién iba a decir la oración fúnebre para rendir homenaje a su amigo. Pues un cristiano como Vicente era digno de ser ensalzado. Su hija Joana me consultó con la mirada, como pidiendo permiso para hablar o para que yo lo hiciera.

Las manos me temblaban. Quería declinar el desafío de una madre que me quería crucificar, agravar el martirio que me dejaba como herencia. Cualquier cosa que dijera delante de mi abuelo me comprometería, diría más de mí que de él. Como muestra de respeto, me quité la boina, que era suya. Pensé en confesar mi amor por él, que me había acogido cuando llegué solo al mundo. Si alababa este mérito apartaría a mi madre del féretro, la devolvería al territorio escabroso donde vendía su cuerpo.

—Mi abuelo era bueno. Yo debería haber muerto en su lugar. Debería haberme ofrecido en holocausto.

Ensalcé su amor por los animales, pues habría dado su vida por ellos. Y estos, con su sentido divino, presentían ese cariño. Donde fuera Vicente, allí estaban ellos. Se comunicaban con ruidos, pues era su lenguaje. Movían las mandíbulas, las orejas, el rabo, las patas e inclinaban la cabeza para recibir sus familiares caricias.

—¿Qué más decir de un abuelo honrado, que vino al mundo para amar a los animales y despreciar a los hombres?

Pensé en la devoción que me demostraba, en su parca herencia. En vivo contraste con el patrimonio del infante don Enrique, que celoso de su fortuna dictó su testamento en Sagres poco antes de fallecer. Conocí a fondo los detalles de la muerte gracias a Ambrósio, el anticuario, un hombre sabio como nadie, que me hacía partícipe de todo aquello que los libros y los documentos le contaban. Como hizo al transcribir para mí un texto que había leído sobre el testamento del Infante:

> *El 28 de octubre de 1460, dos semanas antes de morir, intuyendo su final, el Infante, piadoso cristiano, confió al escribano el reparto de sus haberes, un minucioso inventario de su última voluntad, a fin de poder recibir sepultura, bajo el amparo de Dios y de la dinastía de Avís, en el monasterio de Batalha. Y aseguraba ante Dios que lo hacía en pleno uso de sus facultades.*

Entonces comprendí que, para el Infante, también duque de Viseu y señor de Covilhã, precursor de grandes cambios para Portugal y, por ende, para el mundo, la muerte era un consuelo. Por fin descansaría.

Mi abuelo debió de sentir lo mismo.

24

Algunas veces pedía piedad a esa entidad invisible. Aun así, expuesto como estaba a la vastedad del mundo, sabía que venía de una familia de depredadores que habían olvidado su condición de mortales. Y, despojados del discernimiento inherente al juicio humano, seguían mutilando a sus vecinos, hendiendo furiosamente el filo de sus cuchillos en la vagina de cualquier hembra que los rechazara. Ante semejante absurdo, me preguntaba si existía un Dios que impidiera los excesos, que fuera capaz de conciliar esta naturaleza indómita con el sentimiento de culpa, de modo que a cada pecado correspondiera una conciencia herida.

Vuelvo a recurrir a una imagen de mi abuelo, que se puso pálido al decirme en una ocasión con ánimo de consolarme:

—Es una pena que seamos pobres. Si me sobrara dinero, te regalaría un barco para que te lanzaras al mundo sin tener la obligación de regresar, aun cuando te ardiera el corazón y te embargara una profunda añoranza por la patria.

Sentí ganas de abrazarlo, de darle las gracias por el hogar que me había dado. Aquella casa con un pasillo oscuro que, como un puñal hundido en su vaina de cuero, atravesaba las dependencias hasta la parcela del fondo. Y que algún día quizá sería mi sepultura. Pero antes la suya que la de su nieto.

Y así, mi abuelo partió. Después del entierro, me quedé a solas con mi madre, que no regresó al pueblo. Durante los primeros días se pasaba casi todo el día encerrada en la habitación. Yo le dejaba la comida en la puerta y leía las notas que escribía para expresar sus deseos. Por las noches, salía a hurtadillas para que nadie la viera. Fuera se lavaba y hacía sus necesidades. Yo tenía prohibido mirarla si nos cruzábamos.

Tenía la voz ronca, de res, según dijo una vez Ermelinda. Una especie de vagido animal como los que suelen oírse de madrugada.

Alaridos que atraviesan el pecho. Ojalá se muera, pensaba yo de aquel cuerpo que me tuvo dentro tan poco tiempo, hasta el momento de expulsarme de su calor. Seguramente soltaba una carcajada cada vez que un desconocido insistía en que el niño no tenía padre. Cualquier hombre del mundo podría haber concebido aquel ser en su vientre. Ella no tenía por qué disculparse, ya que, a fin de cuentas, el dolor de su hijo era el dolor del mundo.

Pero mi abuelo me hizo compañía. Compadeciéndose de la soledad de su nieto, venía a verme las noches de invierno para cerciorarse de que aún respiraba.

—Ven a mi cama, criatura. Caliéntate con mis huesos.

Cuando la mujer que parió a su hija, y que vivía en otra casa, falleció, mi abuelo no quiso nunca otra compañera. Decidió tener la libertad de poder relacionarse con quien fuera por una sola noche. Con esta idea, a veces salía a deambular por el monte, cuyos caminos conocía bien y favorecían los encuentros fugaces. Sabía dónde se escondían las mujeres. Las olfateaba de lejos con su instinto de cazador.

—¿Cómo se busca una mujer, abuelo?

Era una noche fría, propicia para desahogarse.

—Ellas acuden, hijo. Las mujeres tienen las mismas necesidades que los hombres. Todos somos hijos de Dios.

Siempre me sorprendía. Incluso en cierta ocasión, cuando mi madre le pidió si podía quedarse unos días. Él accedió. No quería que se acercara a él ni a su nieto, pero tampoco había que molestarla, como si en cierto modo la protegiera. Irritado por haberle concedido tales privilegios, cerré la puerta con furia. Ella no reaccionó, aunque yo notaba su respiración, apoyada en la puerta. La porreé varias veces, enfadado, gritando que se doblegara y se arrastrara. Que pidiera perdón a su confesor, su propio hijo, víctima suya, verdugo de piernas manchadas de sangre y olor repulsivo.

Seguí golpeando la puerta, quería echarla abajo, darle una paliza a aquella mujer, enseñarle que tenía derecho a castigarla por destrozarme el corazón.

Mi abuelo, apoyado en su bastón, casi arrastrándose, se precipitó para defender a su hija.

—Sal de aquí. Deja a mi hija en paz. ¿De qué sirve martirizarla? ¿No ves que ya no tiene vida?

Me desmoroné. Al otro lado de la puerta, ella oyó a su hijo murmurar, revolviéndose en el suelo, implorando compasión por heredar la sangre repugnante de esa madre encerrada en la habitación. Tumbado en el suelo con la cara tapada para que nadie viera mis lágrimas, oí cómo se abría la puerta. Apareció ella como si acudiera a socorrerme. Y me sacudió para que sintiera su presencia angustiada.

Entonces se acercó mi abuelo y se arrodilló a mi lado para abrazarme. Llorábamos los dos, decepcionados con nuestra suerte, mientras su hija regresaba a la habitación sin decir nada, sin dar señales de vida en aquel rincón oscuro.

25

Recuerdo muy bien cuando, pocas horas antes de marcharme para siempre, mi madre, que también heredó la casa de mi abuelo y decidió instalarse en ella, como si así diera a entender que renunciaba a la vida de puta, me ofreció un café recién hecho y una bolsa con víveres para los primeros días de viaje.

—Siéntate a mi lado, por favor —me pidió con delicadeza.

Evitaba cruzar miradas desde que se había instalado en casa. Yo actuaba como si ella no existiera. Y ella fingía aceptar mi animosidad, como si considerarla una enemiga fuera lo justo.

La obedecí. Me dijera lo que me dijera, mis sentimientos no cambiarían. Se acercó a mí. Pretendía que aguzara el olfato para percibir su olor, que vendría con sus palabras.

—No te pido que seas clemente. Ni que escuches más de lo que voy a decirte.

Y empezó a contarme que, al marcharse de casa para dedicarse a la vida de meretriz, sabía que sería para siempre. Que no había vuelta atrás. Que no había olvido posible para una decisión así. Ni su padre ni la aldea la perdonarían. Como tampoco el mundo. Estaría firmando su sentencia de muerte. Una suerte de destierro. Y sería esclava, no solo del sexo, sino de la tragedia. Y así fue, un suplicio diario.

—Subía al cadalso a diario para dejarme cercenar el cuerpo por la mitad. Sentía una pena infinita, pero fue el único mundo que la vida me ofreció.

Pese a estar a punto de echarse a sollozar, pronunció aquellas palabras con firmeza. Me aseguró que, al darse cuenta un día de su gravidez, sintió que estaba perdida, que el niño sería un obstáculo más en su vida. Así, cuando nació en casa de su padre, tomó una decisión.

—No quise llevarte conmigo. Una mujer de la vida no tiene derecho a la maternidad, tiene prohibido ser madre.

Y eso hizo, confesar. No quería que yo pensara que había sido fácil renunciar a carne de su carne. Un hijo es para siempre. Incluso cuando muere es como si siguiera vivo.

—No sé si te sirve de consuelo, pero las palabras cargadas de odio que pronuncié las veces que nos vimos no se han vuelto en tu contra, sino contra mi propio sino. Soy una pobre desgraciada, hijo.

Y al decir «hijo» por primera vez, flaqueó, se apoyó en la mesa y apartó la mirada. Me levanté, tomado por la emoción, sin saber cómo responder a los confusos sentimientos que afloraban. No sabía qué decir. La vida me había hecho callar. Además, soy un hombre sin derecho a pronunciar palabras benévolas. Un falso poeta que no piensa, no escribe. No existo.

Maldición, pensé y seguí pensando. Y me precipité a la calle, anticipando mi partida. No tenía manera de despedirme. Debía dejar a aquella madre atrás, igual que ella me había dejado después de arrojarme al mundo. Y dejar que muriera sola, como yo.

Una vez fuera con mis pertenencias y la bolsa de comida, oí su voz, que gritaba:

—Adiós, hijo.

Oí sus palabras. Pero no me di la vuelta para despedirme, para que viera mi rostro por última vez.

Y de este modo inicié mi viaje.

26

Mi abuelo empezó a morirse cuando notó que su mundo se había estrechado y ya no tenía hacia dónde ir, solo podía aceptar la naturalidad de la muerte.

A pesar de ser todavía joven, yo ya había perdido a seres queridos a los que había puesto nombre, y a veces los mentaba. Después de enterrar a mi abuelo y despedirme de Jesus, yo sabía que no me quedaba nadie más a quien amar. Su partida me obligó a aceptar la presencia inquietante de la muerte. Esta me despojaba del amor genuino, el único que acompañó mi génesis, que me educó con el propósito de entender el paisaje natal, los árboles, la antigüedad del mundo. El mismo que, con raro acierto, había previsto mi destino de peregrino sin rumbo, entregado a su propia suerte, como ahora. Como si hubiera presentido que, para recorrer el trayecto hasta Lisboa, yo tendría que renunciar a su legado y dejar sus escasos bienes a mi madre. Esperando que, una vez que me sintiera libre de responsabilidades, hiciera acopio de valor para emprender una jornada interminable.

Aquella mañana, al partir hacia Lisboa con la mochila y la bolsa a cuestas, miré al cielo amenazador. Me fascinaban el relieve de la tierra, los arbustos, la cima de todos los montes que había recorrido. Pero sentí que la vida era astuta e iba a jugarme una mala pasada. Que estaba al acecho para no permitir que me sintiera libre.

Cuando dudaba hacia dónde ir, las nubes me guiaban, pero no me transmitían calma. ¿Qué más daba que hubiera algo más allá del firmamento, si al fin y al cabo aquel vasto paisaje no era mi destino? Cada paso iba definiendo las señales de la naturaleza. Puesto que siempre había estado expuesto a peligros por ser campesino, corría menos riesgos. Identificaba los detalles, contenían misterio. No debía distraerme, sobre todo al escoger el lugar donde dormir. Me hallaba bajo la amenaza de los hombres. Pero al defender mi propia vida también cercenaba mi libertad.

Me mantenía apartado del camino real deliberadamente, no quería pasar por allí. Pues contenía vestigios de sufrimiento, fugas, vagabundos, muertes, la huella de los guerreros romanos. Como no dormía tranquilo, me despertaba al menor ruido. ¿Cómo confiar en la oscuridad de la noche, en la penumbra, en el amanecer, si nada garantizaba el futuro? La muerte me rondaba, en cada rincón acechaban bandoleros. La soledad me atormentaba, me hacía creer que un día llegaría a Sagres, después de pasar por Lisboa. Avanzaba movido todavía por las lecciones del profesor Vasco sobre el infante don Enrique. Un nombre que se me antojaba mágico, el de un portugués con la mirada puesta en un mar que todos juraban que no existía, pero que él había vislumbrado como un lugar rico en especias, oro y maravillas.

Iluso como era, me preguntaba si las manos rotas de aquellos navegantes también habrían labrado la tierra a cambio de pan. El sabio profesor me habló de la arbitrariedad de la monarquía, algo que jamás olvidaría. Por ser hijo de rey, don Enrique era como un dios griego, ataviado con casco, escudo y yelmo, y con estos instrumentos bélicos ostentaría el poder de Portugal. Un reino en la inminencia de llegar al otro lado del mundo, donde nadie había estado y cuya existencia era insospechada.

El miedo a quedar expuesto a la oscuridad de la noche me impedía descansar. Me perturbaba una afirmación del profesor acerca de la audacia del Infante, que había alterado la fisonomía del mundo, como si yo entendiera qué significaba aquello. Siguiendo sus instrucciones y su bandera, las carabelas surcaban mares y océanos ignotos, vislumbraban rincones, esbozaban las líneas de una nueva geografía. Habían dejado atrás, y para siempre, las aguas del Tajo, la ría del Miño y el Atlántico.

Un día pregunté al profesor si, al haber fundado su escuela de navegación en Lagos, al servicio de sus designios y, para tal, había contratado a navegantes y maestros de todos los oficios con la intención de hacer realidad un universo todavía inexistente, aceptaría a hombres de pocas letras, de origen modesto, del campo. Hombres que, al igual que él, buscaban gloria y oro y estaban dispuestos a morir en su nombre.

—¿Y me admitiría en su escuela aunque no tenga madera de héroe?

Aparte de convocar a los habitantes del Algarve, inexpertos aunque temerarios, también apelaba a otros procedentes del norte de Europa, maestros del arte de la navegación.

—Lo que él quería era que estuvieran dispuestos a morir por su causa, por sus convicciones.

Los maestros contratados se inclinaban sobre mapas, manuscritos, el material del que se disponía, para abordar cualquier cuestión náutica hasta entonces conocida. Cualquiera que fuera capaz de impulsar el progreso náutico era bienvenido. Como los nacidos a orillas del océano, buenos conocedores del mar, dotados de una vocación marítima. Venían de Sagres, de Vila do Bispo, de Albufeira, de Faro o de los alrededores de Lisboa, de Escandinavia, un pueblo cuyo destino estaba marcado por los océanos del mundo que un día los engullirían. La muerte en el mar los acechaba, constituía una atracción apasionante. Para ellos, las olas eran un lecho abrasador, nada en la Tierra merecía tanto la pena como embarcarse en una nave sin la esperanza de regresar al hogar.

A veces, pese a hallarme en tierra firme, tenía la sensación de dormir en la bodega de un barco en dirección a Oriente, donde habíamos estado en otros tiempos y nunca habíamos dejado de estar. Atentos al cielo, a las olas, a la brújula y a los instrumentos que el Infante había impulsado. Y allá iba yo, a pie, sin rumbo apenas. Repitiéndome que un día llegaría a Sagres y ante mí se alzaría la imagen del Infante, su esqueleto, su fantasma, y no sabría qué tratamiento darle, como tampoco sabía cuál le debía al papa ni a los dioses cristianos o griegos. Al fin y al cabo, había prometido al profesor Vasco que sería fiel a sus ilusiones. Y, por consiguiente, seguiría soñando.

27

De camino a Lisboa, al pasar por Anadia, por lo que me dijeron, presencié la muerte súbita de un caballero al que acompañaba su criado. La emergencia me obligó a prestar ayuda al sirviente, que no sabía qué hacer con el muerto. Me ofrecí a velar por sus pertenencias, a condición de que corriera a buscar ayuda. Para tranquilizarme, aseguró que no tardaría en volver, pues vivían relativamente cerca. Llegados a este acuerdo y habiendo tomado las debidas precauciones, me di cuenta de los riesgos que comporta un viaje sin la ayuda de una caravana con camellos, tiendas, provisiones y agua para los tramos áridos, en fin, lo imprescindible para cruzar un desierto.

La familia no tardó en llegar. Me exigieron que aceptara ser hospedado a título de agradecimiento. Se deshicieron en reverencias, pidiéndome que participara de las exequias. Agotado como estaba, accedí, pues descansaría en un colchón con sábanas limpias y podría bañarme.

Al día siguiente me incorporé al cortejo fúnebre, que consistía en familiares y amigos, y hasta derramé algunas lágrimas, como los demás. Con todo, observé que, pese al cuidado puesto en los detalles pertinentes, algunos mostraban cierta ansia por despedirse del difunto, por librarse de la carga pesada de aquel ataúd.

Yo me mantenía al margen de los detalles. Las conversaciones no me incumbían. El mayor de los sobrinos, posiblemente uno de los herederos, se sinceraba con su padre, en mi presencia, a propósito de los bienes del fallecido, que ya empezaban a generar expectativas. Esto se debía a que el tío jamás había dicho nada sobre su fortuna. Constaba la existencia de un testamento, pero este era un misterio.

Otros familiares también expresaron inquietudes acerca del documento, sobre todo en lo tocante al valioso caserón donde vivía. En ese momento, el hermano mayor se apresuró a mencionar que el difunto no solo guardaba cartas, notas y demás documentos, sino que en vida había cultivado el hábito de hacer anotaciones en forma de diario, que, suponían, eran íntimas. Naturalmente, se trataba de declaraciones que incluían comentarios no siempre favorables sobre familiares y amigos.

—Qué manía de escribir como si fuera el mismo Garrett.

Ante la amenaza de que las notas pudieran ser un arma que les apuntaba directamente a ellos, el homenaje al difunto fue interrumpido al instante. A partir de ese momento, estaba considerado un hombre pernicioso para la familia y debían combatirlo.

El hermano y el sobrino se encargarían cuanto antes de recopilar las notas con el objeto de destruirlas y, de este modo, deshacerse de un legado dañino. Les llevó muy poco concretar esta misión redentora. Cuando volvieron, con un gesto discreto aplacaron el ánimo de los interesados. Ya no había nada que temer. Regresaron a tiempo para dejar el féretro en la cripta familiar y poder anunciar que su hermano, siempre previsor, había dejado su vida en orden. Temeroso de Dios, había vivido según sus mandamientos. Y les dejaba recuerdos inestimables.

Me despedí para reanudar el camino a Lisboa, desconcertado por aquella familia cuyo apellido no retuve. Pensaba en la mía, cuyo único afán había consistido en creer en el cariño purificador. No pertenecíamos al clan que acababa de conocer.

Me alejé antes de que iniciaran el discurso junto al sepulcro. Naturalmente, el panegírico ensalzaría las virtudes del difunto, entre las cuales se encontraba su inclinación literaria, pues al parecer aspiraba a alcanzar la misma gloria que Almeida Garrett.

Al caer la noche deseé paz al difunto. Y llegué a la conclusión de que si, de hecho, aquel hombre había sido el iconoclasta juzgado por su familia, sus escritos, que jamás obtuvieron alabanzas intelectuales, se habían enfrentado, desde su propia clandestinidad, a infractores de leyes humanas y divinas. Y sin duda quiso estar presente para ver arder la ciudad, como hiciera Nerón.

28

Los días pasaban y mi sustento seguía siendo la comida de mi madre. Restos de manteca, salchicha y demás delicias de los cerdos de casa. Era su forma de perseguirme, una presencia que amenizaba con el recuerdo de mi abuelo y los animales. Pues solo me quedaban ellos en mi vida.

El paisaje variaba como si con cada tramo superado dejara atrás Portugal e invadiera un país vecino. Mi mirada se iba ajustando al mundo. Sin un mapa que consultar, la incertidumbre era mayor. No sabía dónde me encontraba ni qué camino tomar. Confiaba en estar siguiendo la dirección correcta, hacia Lisboa, la tierra prometida. Pero sí sabía qué aldeas, pueblos, ciudades, cuyos nombres había aprendido en la escuela, iba dejando atrás. La idea de estar viviendo una aventura funesta me amedrentaba.

Me mantenía alejado de pueblos y ciudades, resguardándome en el campo, en los descampados, buscando refugio en los montes. Atravesé muchos ríos con la ayuda de barqueros, sin saber el nombre del que estaba cruzando, pero sí que era parte del mapa portugués. Me alejaba de las aglomeraciones, de la algarabía humana. Solo aceptaba los saludos casuales y las palabras de quien me ofrecía un plato.

Por las noches, antes de echarme a dormir, revisaba, sin la pretensión de acertar, dónde supuestamente me hallaba o cuánto me quedaba para llegar a Lisboa. Y recitaba en voz alta, como si fueran nombres en latín: Labruja, Ponte de Lima —de todos sabido, el pueblo más antiguo de Portugal—, Barcelos, Póvoa de Varzim, Vila do Conde, cuyo río crucé en una barcaza, disculpándome por no poder pagar el servicio, ya que el dinero iba a hacerme falta; la ciudad de Oporto, que contemplé de cerca sin entretenerme, y donde crucé el Duero Dios sabe cómo.

Confiando en mi memoria, subía la voz y proseguía, diciendo Anadia, Coímbra y, claro está, reverenciando las aguas del Mondego. Y pese a no querer ir más allá de donde estaba, me arriesgué a mencionar Pombal y Leiria, y me detuve. Pues todavía tenía que llegar a estos pueblos.

No tenía prisa. Si algo me sobraba, era tiempo. Los vagabundos son así, nada pierden, porque nada ganan. Lo importante era salvar cada noche con prudencia. A veces, aprovechando la oscuridad, me bañaba en un arroyo. El agua fría me hacía temblar. Ensuciaba la superficie con mi mugre y mi irreverencia, preguntándome si estaría dispuesto a alcanzar lo mejor de mí algún día, como nieto de Vicente. O si acabaría abrazando la maldad, solidarizándome con aquellos hombres de mirada criminal.

Las distancias se multiplicaban, me agotaban, pero debía superarlas. Vencía las millas, pero no el alma. Y bendecía cada amanecer regalado. Poco tiempo después, vi a unos extraños, uno que huía del otro. Y un día me topé en una ladera con un peregrino con un sombrero de ala negro y un bastón de apacentar ovejas; parecía haber salido de la primitiva era cristiana.

Nos miramos. De inmediato, tras un breve saludo con las manos, inició una agria diatriba contra la patria que lo había crucificado. Me exigió atención y se la di. No me costó reconocer que compartíamos la opinión sobre el asunto que trataba. Era aceptable que su motivo para vivir fuera acusar a una humanidad dirigida por nobles. Según él, eran gentuza que había aniquilado, con falsa conmiseración, al pueblo portugués.

Hablaba como si estuviera sobre una tribuna, exhortando a los presentes —aunque fuera yo el único— a sublevarse contra la legión celestial de la Tierra.

—Acompáñame en la venganza. Juntos echaremos abajo las verjas del palacio con los arietes que usaban antes. Y sabrán que serán castigados para toda la eternidad en el infierno de Dante por haber matado al mismísimo Jesucristo. ¿Sabes quién es Dante? —dijo en un tono implacable.

Sabía a quién se refería. Aquellos que entraban en la zona del horror permanecían eternamente en las llamas. Apreció mi consonancia con su opinión y vio que no era tan inculto como pensaba a pesar de mi aspecto de campesino. Aquella certeza lo animó a proseguir, instándome a apreciar su conocimiento de las frases del poeta florentino.

Su ideario, entre desesperado y grotesco, repleto de toques caricaturescos, me desconcertaba. Porque afirmaba y luego negaba, siempre con falsas conclusiones. De pronto, elogió el pecado libre de culpa. Y, aunque se negó a decir su nombre, insinuó que era de alta cuna. De ahí su cultura, aseveró. Y, por lo tanto, se merecería un trato formal.

Estando ambos sentados sobre la hierba, me ofreció un poco de la comida que traía. Me instó a dar las gracias por la suerte que había tenido al conocerlo. Le di la razón asintiendo con un gesto. Apreciaba tanto su valor que le confesé, agradecido, mis pretensiones.

—Un día llegaré a Sagres. Y en condición de heredero del rey.

Él se rio. Y me hizo ver los efectos de viajar, aun con escasos recursos, teniendo que dormir en el suelo. Bastaba con abandonar el hogar para iniciar la aventura de conocer el bien y el mal.

—Cuán necesario es equivocarse.

Y pensé qué sucedería al día siguiente al amanecer.

29

Un día llegaré a Sagres con todo lo que soy. No dispongo de mucho, arrastro conmigo la condición humana que mi abuelo me proporcionó. Mi único legado es mi desconcierto.

De camino a Lisboa dormía al raso, debajo de árboles de raíces añosas que habían conocido el origen de los tiempos. El amanecer y el crepúsculo. Al abrir los ojos, casi cegado por la incipiente luminosidad del día, abrazaba los troncos para que me transmitieran su espléndida antigüedad. Entendí muy pronto que la naturaleza, además de rodear mi aldea, el entorno humano, reinventaba las historias de los hombres, las nutría y les infundía valor para conservar en la memoria todo aquello que les pareciera verosímil.

Avanzaba despacio. De pronto, sin más, me daba cuenta de que raramente recordaba mi apellido, que nunca había tenido un empleo. Pero era tan pobre que no me dolía olvidar mencionarlo.

Mi abuelo nunca inscribió a su nieto en el registro, nunca me dio un documento que certificara mi llegada al mundo. No formaba parte del censo portugués. ¿Cómo iba a acudir a la sacristía y reconocer ante el párroco, muerto de vergüenza, que la criatura recién nacida tenía madre, pero era hijo de todos los hombres que habían soltado su esperma en aquel vientre? Él nunca habría aceptado un documento que confirmara que Mateus, el nombre que él me había puesto, era un hijo bastardo a quien se le prestaba un apellido a falta de uno paterno.

Me llamó Mateus en honor del apóstol. Y, como le gustaba la Biblia, sobre todo el Nuevo Testamento, llamándome así zanjaba el asunto. Si en el futuro su nieto prefería abstenerse del problema, mejor para él.

En una época, solía presentarme como Mateus, no usaba el nombre de mi abuelo, que también era el mío. Pero me gustaba oírle repetir Mateus varias veces seguidas para afirmar su amor por mí.

En Lisboa, a nadie le importó jamás pronunciar mi nombre. Les era indiferente saber quién era. Mi cuerpo, a la vista de cualquier mirada, transitaba anónimo por las calles o dondequiera que fuera.

30

Desde el momento en que abandoné la aldea, viví como un alma en pena que soporta el peso de una sentencia injusta. De nada servía oponer resistencia a semejante exterminio. Sobre todo porque estaba sometido a los golpes de las acciones ajenas y raras veces reaccionaba. No me sentía dueño de mí mismo, mi espíritu estaba unido al de mi abuelo.

Condenado como estaba al fracaso, nunca reclamé días mejores. Me topaba mansamente con los horrores de la miseria. Cuando mojaron mi cabeza en la pila bautismal, me bendijeron con agua de la fuente de la plazuela de la aldea que abastecía a peregrinos tristes y melancólicos, procedentes de la otra orilla del Miño en busca de un destino mejor. Me hicieron cristiano en los brazos de la madrina de mi abuelo, en ausencia de mi madre. Según me contó mi abuelo, confirmaron mi condición humana ante la pila de mármol, mientras yo rezongaba, desgañitándome como hacen los animales domésticos para reivindicar su existencia, como diciendo mirad quién soy.

Cada día que pasaba estaba más cerca de la capital, ansioso por aprender todo lo que no sabía. Y no sabía nada. Como tratar asuntos cotidianos, cuidar de mi cuerpo maltratado, masticar sin escupir, saludar mirando a los ojos o quejarme si alguien me ofendía.

Intuía que la gran ciudad mataba con la elegancia de un asesino contumaz. No iba a ser fácil sobrevivir en Lisboa. La vida no tenía razón de ser, no había normas ni maestros que fueran a cogerme de la mano para llevarme al altar de la catedral, donde se representaría a la perfección el espectáculo humano que Jesucristo escenificó.

—No hay bondad en la Tierra —solía repetir mi abuelo.

Necesitaba creer que los días transcurrían inexorablemente. Y que esos días, que tantas cosas buenas me traían, se ocultaban con el crepúsculo sin que yo me diera cuenta. Tendía, pues, a confundir los avisos de la vida. Ya desde la primera noche en Lisboa, en el albergue donde me alojé entre desconocidos, dormí mal, no hallaba consuelo en nada. Quería emprender cuanto antes mi viaje al Algarve, buscar fortuna junto al Infante. Como si la llave de la felicidad estuviera anclada en aquella región escarpada. Pero me resistí, pues antes debía oír la señal que me anunciara el momento de poner rumbo a Sagres. Y ampararme en la capital del imperio para no acabar en el cadalso.

En Lisboa trabajé sin tregua, buscaba oportunidades. Dormía y comía mal. Contemplaba las nubes que cubrían la geografía portuguesa. Plúmbeas y grisáceas, parecían tener un lenguaje propio. Cuando las veía en el cielo, rigurosamente imprecisas, adoptaban formas que anunciaban lluvia o un sol inclemente. No solía entender mucho sobre los objetos celestes, tan ajenos a lo humano. Y entonces me preguntaba que, si alguna vez llegaba a las fronteras del firmamento, condenado a recorrer la superficie de la Tierra, ¿qué heraldo anunciaría mi muerte?

Instalado en Lisboa, aspiraba a emprender algún día mi camino a Sagres. No había paisaje que me atrajera más, encarnaba la esencia de la belleza que yo alcanzaría con rápidas brazadas, aun cuando el peligro de sus olas agitadas me arrastrara al infinito.

Había aprendido que viajar a solas comportaba cometer errores y subsanarlos. No acertaba cuando dibujaba líneas sobre el papel, meros trazos tortuosos de la vida. En las flamantes avenidas de la capital, observaba los árboles que no me habían visto nacer y que eran parte del alma de la urbe. Eran distintos de los de mi aldea, donde algunos habían sido arraigados a la tierra por las brujas del Medievo. Sus raíces entrañaban secretos, voces que susurraban al silencio de la noche. Cierto día, tomado por el entusiasmo, salí en busca de un hermoso tronco que me revelara la verdad sobre mi vida, que me indicara qué dirección tomar, si norte, sur, este u oeste, pues yo obedecería. Entretanto, permanecería en Lisboa.

31

Como hombre de campo, Lisboa debería fascinarme. Debería ser como salir de la caverna y llamar a la puerta de la civilización, dejando atrás los milenios pasados, supeditados a los obstáculos de las adversidades. Pero la ostentación de los ricos, las fachadas suntuosas de sus caserones, me decían que sus arcas se llenaban con las monedas obtenidas a partir de nuestro esfuerzo.

Dado el desánimo social que nos imponía la pobreza, mi abuelo acabó aceptando que su nieto, una vez él fuera enterrado, debía probar suerte en Lisboa para poder liberarse de las penurias del arado y las estaciones ingratas. Y obedecí, hice el sacrificio de permanecer a su lado en mi tierra natal.

—Comprendo que tengas ilusiones, Mateus. Pero el Infante no es más que un fantasma que se apoderado de tu corazón.

Cuando por fin llegué a Lisboa, me aventuré a sumergir las manos en las aguas del Tajo, esperando que las tágides, las ninfas de Camões, brindaran sus beneficios a este labrador. Pero de nada sirvió. Seguía desamparado, paseando por callejuelas, identificando cada una de la colinas de la ciudad, situándome frente al castillo de San Jorge desde el mirador de San Pedro. Explorando la Baixa y, sobre todo, el Paço. Para ver de cerca a los atildados lisboetas y a los pobres, cuyos andrajos pedían ayuda a gritos. Aturdidos como yo por el hambre y el frío, mientras los ricos que vivían en los barrios del Alto, en el Chiado, al lado del Príncipe Real, exhibían los últimos modelos de París.

Qué desgracia ser quienes éramos. Condenados a una vida insalubre, desprovistos de placeres, despreciados por la nobleza y por la burguesía, que se fortalecía a medida que nosotros empobrecíamos.

Mi memoria zozobraba, no se sostenía en pie. A veces dudaba de si realmente estaba en Lisboa y, aunque aún no había atracado en el muelle del Sodré, era capaz de reconocerlo. Ya hacía semanas que había dejado atrás la aldea y los senderos de las ovejas en los montes, que había superado las tensiones históricas del camino real, de los pueblos y las ciudades, que había atravesado ríos en barcaza gracias a los remadores que sorteaban las aguas transportando pasajeros y mercaderías y había conseguido llegar, por fin, a Lisboa.

No olvidaba los peligros a los que hacía frente a cada paso. Me amedrentaban los percances de un trayecto en el que me batía entre la vida y la muerte. Me perdía a menudo, para luego recuperar las líneas de un mapa inexistente. Al caer la noche, buscaba abrigo entre arbustos o en alguna cueva para dormir.

Un día, poco antes del amanecer, un hombre me atizó con un bastón y luego me arrastró dando gritos, apuntándome con un cuchillo en el pescuezo.

—Despiértate. No te resistas o te corto el cuello.

Me ató a él y caminamos hasta una casa de piedra en la misma montaña que había visto poco antes de decidir dónde iba a dormir aquella noche. Puesto que tenía aprecio por la vida, obedecí sin chistar. Sin entender el empeño con el que el bandolero cumplía lo que parecía ser su misión.

Lo vi tan desesperado que aceleré el paso, afectado por lo que pudiera aguardarnos. Entramos en la casa y, sin perder tiempo, me tiró contra el suelo sobre un montón de trapos a guisa de alfombras, en una sala oscura, iluminada por una única vela.

—Date prisa. Acabemos cuanto antes con esto.

Una mujer nos esperaba allí. Corrió a sentarse a mi lado, pues parecía estar al corriente del plan. Era más joven que el hombre, que tenía un aspecto envejecido. No alcanzaba a ver sus facciones, porque un chal negro le cubría buena parte del rostro.

Sin disimular la furia, ordenó a la mujer que se acostara a mi lado en el suelo. Me asaltó el olor a hembra, sin entender cuál era mi función. Él, en cambio, no vaciló un instante y dijo:

—Hazle un hijo a mi mujer. Sé breve.

Y, con un gesto bruto, le ordenó que se quitara la ropa interior y solo se dejara puesta la falda, que era larga y la protegía de la desnudez absoluta.

Se deshizo de las prendas íntimas y me miró como preparada para el sacrificio, tal vez esperando que yo actuara con presteza. Es posible que esperara compasión de mi parte, pues yo era la víctima de un déspota que me estaba obligando a consumar un acto salvaje que, naturalmente, ofendía a mi dignidad.

Me vi en peligro cuando volvió a amenazarme con el cuchillo, dispuesto a matarme. Y tal vez lo haría una vez completado el acto carnal. Por lo tanto, convenía actuar tal como exigía. Me acerqué a la mujer, tanteando su reacción. Él no se inmutó, observaría la escena hasta el final. A pesar de la amenaza, mi sexo creció, se endureció, se puso a mi disposición. Me sentí como un bárbaro que prescinde de cualquier gesto de ternura antes de penetrar a una mujer. Por iniciativa propia, me puse encima de ella, despreciando a aquel hombre y a mí mismo. Entré poco a poco, embestí su cuerpo varias veces seguidas, como si quisiera poseerla para siempre. Y, después de vaciar en ella mi esperma portugués, que habría de ser suficiente según los designios de aquel hombre, me separé de ella, exhausto.

Aquel me ordenó que me recompusiera y me levantara. Acto seguido me indicó la salida.

—Si no te vas ahora mismo, eres hombre muerto. Echaré tus restos a los puercos.

Las últimas palabras de aquel hombre, que no me veía como un adversario después de haber penetrado el vientre de su mujer bajo sus órdenes, sonaron como una maldición.

Cuando regresé al monte, desorientado, me pregunté en voz alta si habría dado al mundo un bastardo. Un hijo de puta como yo.

32

Una vez en Lisboa, concluidas mis andanzas desde el Miño, mi pesimismo se agravó bajo el manto del hambre y el agotamiento. Había comprometido mi vida por el reino, como si esto fuera aceptable. ¿En quién podía confiar, si el trono portugués había emitido y renovado la misma sentencia que nos condenaba a muerte? Había incapacitado a la población pobre diseminada por las colinas.

Me instalé en la colina de San Jorge, una de las siete. De lejos veía un tramo del Tajo y confirmo la tristeza de los ribereños que habitan lejos del centro. A ratos los sorprendo escondiéndose en las cloacas, en los sótanos, a mis vecinos.

Y, al igual que sucedía en siglos pasados, las dinastías de Avís, de Orleans y demás aliadas de las casas reales extranjeras apenas si conocen a los súbditos a los que gobiernan. No permiten que nos acerquemos al torno ni para besar las fimbrias de sus vestiduras. Como cristianos bautizados por imposición de los tratados que se firmaron en Roma en el pasado, para ellos carecemos de valor. Celosos de su intimidad, su labor principal es escuchar el tintineo de las monedas que rebosan de las arcas reales. Este oro es la música cortesana con la que la Corona compra el mundo.

Mi abuelo recordaba a menudo el momento en que el emperador de Brasil y pretendiente al trono portugués, Pedro I, impuso a su hija como heredera real de la Corona portuguesa. ¿Por qué, siendo aún una niña y viniendo de tan lejos, se le concedía un reino, que obtenía casi sin esfuerzo, después de las largas batallas entabladas entre su padre y los miguelistas?

Así pues, desde la comodidad de las alfombras de palacio la joven dio inicio a su reinado. Se casó, parió doce vástagos seguidos, algunos mortinatos, casi todos retirados de la madre con fórceps, mientras se volvía obesa con el paso de los años. Su sacrificio aseguró la continuidad dinástica y el tratamiento de majestad se extendió hasta su muerte. Se despidió como todas las reinas, es decir, envuelta en un velo de misterio. Nadie de nosotros, el vulgo, tuvo acceso al lecho real donde sufrió una muerte dolorosa, gritando en el esfuerzo de expulsar al último varón, que los mató a los dos, madre e hijo. Pocos conocieron las dificultades que hubo para embalsamarla y vestirla después de muerta. Su cuerpo se hallaba en un estado tan sobrecogedor que se vieron obligados a presentar el féretro cerrado para que nadie lo viera. Familiares, cortesanos, la nobleza, en fin, cuantos acudieron al entierro, se despidieron de ella de lejos. Y el susodicho esposo de procedencia extranjera, que la preñó con tanta avidez, aparentaba un sentimiento de pérdida. Pero María II, como cualquier portugués de a pie, demostró ser mortal.

Con todo, a pesar del luto nacional y sin entender muy bien qué había ocurrido, pues aún era pequeño, no lloré por ella porque no era de mi sangre. Lamenté más la pérdida de una vaca llamada Malhada. Mi abuelo, en cambio, maldijo el cortejo fúnebre tirado por caballos, los lujosos carruajes, la nobleza, de camino a la iglesia lisboeta de San Vicente de Fora, que nunca llegué a conocer.

La vida, claro está, causaba inconvenientes a reyes y súbditos. Al despedirme de mi hogar después de morir mi abuelo, supe que jamás regresaría al norte. Pocos días antes, recorrí cada rincón de la casa, del patio, del corral. Y abracé con gesto triste a los animales. Guardaría en la memoria el olor de cada uno. Pronto su materia también se descompondría.

Partí con el alma de luto, dejando atrás la presencia materna y la de los vecinos que insistían en llorar a mi abuelo, sobre todo António, que decía ver su sombra por las esquinas de la aldea, como si lo hubieran exhumado.

Dejé a mi madre la tierra, la casa y los animales, así como los objetos. Envejecería lejos de mí y, a su muerte, yo no estaría con ella para entrelazarle las manos. Así fui distanciándome de lo que quedaba de la familia que el viejo Vicente gobernó.

La figura de mi abuelo, el padre de mi madre, Joana, está esculpida en mí. Aquella me despertó sentimientos adversos al confrontarme a la realidad. Aún hoy, en esta colina lisboeta, somos tres —mi abuelo, mi madre y yo— los que llevamos la misma sangre en las venas.

Vicente maldijo a su hija al descubrir que se prostituía en el pueblo de al lado. António le contó con crudeza de detalles que, cuando le hicieron pasar al cuarto oscuro de ambiente relajado y olor a rancio, donde la mujer ya estaba tumbada en la cama, expuesta su desnudez de cintura para abajo, adivinó, gracias a un discreto rayo de luz, que la criatura de la que estaba a punto de servirse era Joana, a la que había visto nacer.

Con el sexo excitado ante la expectativa del gozo, pues hacía tiempo que no tenía relaciones con una mujer, sufrió un incontrolable escalofrío, convencido de que Dios lo estaba castigando al ponerle delante a la hija de Vicente. ¿Cómo iba a meterse entre las piernas de una mujer que podía ser su hija?

António le proporcionó toda clase de detalles. Y, puesto que era igual de insensible que mi abuelo, lo acusaba a voz en grito, como si lo culpara de aquella blasfemia, de la perdición de su propia hija.

—Tu hija ha muerto para el mundo, amigo.

Al saber a quién se refería António, su orgullo dictó sentencia:

—Entonces enterrémosla.

Así fue cómo se enteró la aldea entera, que consistía en unas pocas viviendas de piedra separadas las unas de las otras, distancia que debían vencer para llamar a la puerta del vecino más próximo. Mi abuelo mantuvo su promesa hasta el día que su hija, arrastrándose por el monte con una mochila a cuestas y la barriga abultada como una vaca preñada de un novillo, se plantó en la puerta de la casa paterna.

—Aquí me tiene, padre. He venido a darle un nieto.

33

Como portugués y como nieto de Vicente, no tengo futuro. Encerrado en el desván de San Jorge, me pregunto si en el pasado fui un navegante o un poeta que, aun careciendo de talento para la escritura, esparció palabras brillantes, sin dueño.

Al abrigo de la imaginación, que es mi morada, recorro las callejuelas de Lisboa que otros miserables pisaron antes que yo. Lusos harapientos y anónimos como yo, que murieron sin dejar rastro. Me apiado de ellos. En estos momentos me consuela haber leído casi con crueldad al mayor poeta de la lengua portuguesa, bajo la observación del profesor Vasco. No sé si aún vivirá, pero nunca le correspondí por haberme dado a conocer a Camões y al infante don Enrique.

El poema interminable de Camões que recoge nuestra historia, y que para mi maestro era el salvador de la patria, se me hacía fastidioso al principio. Según él, el poeta lo escribió con el propósito de erigir un muro inexpugnable que había que trepar y saltar con arrojo, para luego llorar. Gracias a que el Infante confirmó la grandeza de las aventuras marítimas, el poema de Camões me salvó del sacrilegio de odiarlo. De esto me he dado cuenta ahora, así como de lo que significa ser parte de esta quejumbrosa humanidad.

Por las noches, tanto de joven como de viejo, obligado por la edad, me gustaba estirarme en el colchón y hacer desvanecer todo indicio de vida. Hiciera lo que hiciera, siempre llevaba conmigo el estigma de la derrota, si bien convencido de que salvé del naufragio el extenso poema de Camões, que yo no había escrito. El poeta sí olvidó salvar de la muerte a la esclava Bárbara.

Y como él, yo relegué a las mujeres a la perdición. Porque para concluir *Los lusíadas*, Bárbara debería haber sobrevivido.

Cuando el poeta estaba a punto de embarcarse en un viaje hacia otros lugares, la nave naufragó. Me pregunto si, al igual que él, al salvarse y dejar sucumbir a Bárbara, habré tomado también decisiones acertadas en mi vida, si habré prescindido de criterio moral.

Siempre fui débil, flaqueza que me venía del odio de mi madre. Pero no tengo cómo redimirme. No puedo salvarme y salvar a Bárbara. Así que iré derecho al infierno, sin victorias. Nada soy salvo yo mismo. Y, aunque en algún momento de exaltación proclame ser Camões, no le usurpo. Pues cualquier portugués tiene derecho a hacerlo. Cualquier nacido en Portugal obtiene del Poeta el certificado de señor de la lengua.

Por las mañanas, me levantaba eufórico para acudir al mercado en busca de trabajo, dispuesto a ofrecer la energía de un cuerpo joven. Limpiaba las escamas, las agallas, las vísceras de peces que, antes de ser atrapados en las redes, se habían batido, agónicos, en noble combate. Su valentía merecía constar en los frontispicios de la historia.

34

Madrugaba en busca de trabajo. No tenía empleo fijo, por lo que la inestabilidad no me permitió prosperar a lo largo de aquellos años. A veces, cuando el trabajo faltaba, acudía a las iglesias, donde me acogían ofreciéndome una sopa y un pedazo de pan de maíz, o a los mercados, donde me daban las sobras de pescado que nadie quería.

Pese a vivir al margen de la sociedad, las noticias llegaban a todos los rincones de la ciudad. La sensibilidad popular captaba los acontecimientos de la corte, a los que daban su propia versión, recargada de injuria y malicia. De intrigas que no tenían ningún efecto. Eso me pareció cuando presencié los ánimos exaltados de la muchedumbre que se manifestaba delante del Paço, con una furia reprimida durante siglos, a punto de estallar. Ese día noté el sabor de la sangre en la boca. Eran abolicionistas impacientados porque los gobernantes habían aplazado la firma de la carta de manumisión que liberaría a todos los súbditos, yo incluido, que vivía sometido a la miseria.

Un día paseaba por la Baixa con la intención de contemplar el Tajo. El río, que se enlazaba con el mar en la desembocadura, era sagrado. Sus aguas plateadas, la superficie lisa y fría, sin diques ni escolleras, siempre había inspirado poemas de amor, temas históricos y religiosos. Se sospechaba que en sus aguas se habían arrojado muchos cadáveres, sin constancia de denuncias o crímenes demostrados.

La mínima excusa servía para pedir la vida de un hombre pobre. El menor delito obligaba al penitente a pagar con su cuerpo o a aceptar una sentencia que la religión le imponía en obediencia a un código secundado por los misterios de la fe.

Pese a ser inocente, vivía bajo el temor de ser apresado algún día en una red de malla fina, sin escapatoria posible. Había que aceptar los dogmas y las creencias religiosas con los que el clero nos amordazaba.

Un día, hojeando un libro que alguien se había dejado sobre un banco del parque, me encontré con la reproducción de un cuadro conservado en un museo de Lisboa. Según la leyenda, retrataba los desposorios místicos de santa Catalina, pintado por un holandés del siglo XV, de una escuela flamenca de la misma época gloriosa que el infante don Enrique.

Tardé en entender el significado de aquella unión carnal y espiritual que observé en la pintura. Una extraña fusión de la carne ofendida y el espíritu que, aunque errante, aspiraba a la eternidad. Esta alianza me resultó perturbadora por consagrar la unión mística como un ideal.

Jamás olvidé aquel cuadro. Mucho después, en Sagres, Ambrósio me explicó que muchos hombres pasaban por la vida como si los hubieran emasculado. Como si les hubieran cortado los genitales con las tijeras con las que otrora solían amputar las falanges de los muertos ante la inminente proclamación de sus respectivas santidades por parte de la Iglesia. Como resultado, sus huesos y pertenencias eran tratados como objetos de culto, convertido en valiosas reliquias en el mundo cristiano.

Cuando el anticuario se adentraba en ciertos temas, a menudo adoptaba un tono melancólico. Le costaba salir de ese estado después de varios días sumido en él.

—Raras veces las palabras pueden explicar el ánimo del corazón.

No dijo más ni yo le pregunté.

35

Un día en la plaza del Rossio, delante de la acera donde me hallaba, se detuvo un coche de alquiler tirado por un solo caballo. El cochero se apresuró a abrir la puerta para que la dama pudiera descender los dos peldaños. Con precaución, se apoyó en aquel hombre, que le cedía su persona como escalera a su servicio.

Pasó muy cerca de mí y, por un instante, su olor se confundió con el mío. La unión fue tan íntima que provocó en mi cuerpo una reacción violenta, como si estuviera copulando con ella. Mi incontinencia me avergonzó. Temí que notara el inesperado volumen entre mis piernas, que saltaba a la vista.

No recuerdo su rostro. Me sentí aturdido al advertir que examinaba de reojo la explosión de mi masculinidad maltratada. Ante la mirada confusa de la dama al reparar en mi avidez, quise volverme de espaldas. Pero ella fue más rápida: hizo una señal al cochero y regresó apresuradamente a la calesa.

No tengo palabras para describir la exquisitez del vestido. Quizá estaba confeccionado con un tejido de Oriente que yo nunca había visto. Sin duda, una de las muchas maravillas que debíamos a Marco Polo, pues llenó Europa de preciosidades, que más tarde se extendieron con el uso de telares en sótanos y fábricas. Confecciones que acababan exhibiéndose en los salones parisinos y los palacetes del Barrio Alto, donde llegaban como botín de África, de Brasil, de tierras originalmente ocupadas por colonizadores.

Ambrósio, el anticuario que tanto me guio en la vida, decía que la Ruta de la Seda que seguían ambiciosos mercaderes permitió la llegada de nuevos conocimientos a Europa y Portugal. Tal era el rendimiento que azuzó el instinto asesino de los europeos, abocándose al comercio desenfrenado de especias, oro, esclavos y demás, despojando a tribus y grupos de bienes inestimables. El botín era tan lucrativo que no les importaba matar y esclavizar a pueblos enteros.

Sentado junto a él, mientras tomábamos un vino peleón que manchaba el borde del cuenco de cerámica, Ambrósio me confesó algo que yo ansiaba escuchar tanto como si fuera a hablarme de mi propio origen.

—El paraíso que Dios se inventó para embaucarnos, ¿qué es sino el origen del misterio que aún hoy nos desconcierta?

Mencionó el tema en un tono entre contundente y suave. Nunca gritaba, ni siquiera cuando se empeñaba en pronunciar frases que desafiaran a Dios.

—No voy a vivir mucho más, Mateus. Me queda poco tiempo. Está bien que sea así. Ya he agotado los años que me correspondían. Pero sigo siendo indomable, como los personajes de los libros.

Decía que el arte del misterio se había perdido en algún siglo pasado. La habilidad de penetrar su esencia, adentrarse en ella e impregnarse de sus claves. ¿Cómo decidir qué ser humano era digno de un privilegio tal? ¿Una persona en cada siglo, un hombre y una mujer por cada cultura, cada civilización?

Tal vez pensara en sí mismo al sopesar la sentencia, convencido de su capacidad para preservar secretos. Y seguramente no lo haría por ambición, sino pensando en que la cultura del pasado no quedara en las tinieblas. Y es posible que supiera velar por la gestación del enigma, cual germen humano en el vientre de una mujer. En el noble seno del cuerpo áureo femenino, recorrería sus laberintos con la ayuda de los duendes que lo habitan y abriría sus compuertas con el fin de aproximarse a la esencia de la especie humana.

36

Repito a menudo que nací a orillas del Miño, pero, en realidad, lejos de su hechizo. Sé muy poco de sus aguas. Siempre me mantuve apartado de las corrientes y sus secretos. No fui ribereño, una condición privilegiada que brindaba unas ventajas frente a la puerta de casa. Y no sé dónde moriré, que el destino señale mi zanja. Tal vez en Lisboa, ciudad a la que llegué sin recursos ni sueños. Solo tengo en la mira un lugar de Portugal, y responde al nombre de Sagres.

La memoria es mi compañera. Le pido que no capitule ante mis ilusiones, que las conserve todas. Pues embellecen, al anochecer y al amanecer, el frustrante día anterior. Sé que esta memoria, que mi abuelo ensalzaba pese a estar hecha de tristeza por impedirle olvidar a quien le había hecho daño, tenía, por esto mismo, un componente didáctico, pues me enseñaba. Pero ¿sería cierto? La certeza de haber sido pobres, de habérsenos negado los privilegios del mundo, resumía la historia de mi familia. Solo nos hermanábamos con nuestros iguales, con los que sufrían las mismas penas.

En la plaza del Rossio, sentado en un banco, oí decir a un hombre algo que me dolió sobre los pobres de la ciudad. Incluyéndose entre estos, afirmó que éramos «chupadores de limón y voraces comedores de ajo». Quise pedirle que me explicara qué había querido decir con aquello, pero no me atreví. Así andaba yo por el mundo, sin saber nada.

En esta Lisboa eterna, que en otros tiempos fuera árabe y que Alfonso I nos devolvió, observo el cielo y las ventanas del Paço, donde habitaban los reyes, esas personas que lidiaban con caballos ostentosamente enjaezados y evitaban mirar a la plebe. Tampoco repartían monedas entre los que pedían limosna.

En esta urbe mi cuerpo bullía. Vivía en lo alto de una colina y, desde la distancia, pensaba en el corazón del Terreiro do Paço, cuya armónica belleza ahuyentaba a gente como yo. Vagaba por las calles anchas, con miedo a que alguien me reprendiera. Recordaba los tiempos en que pasaban carrozas con bustos que representaban a aquellos condenados que se habían fugado de prisión, que nunca serían perdonados ni olvidaos.

En aquella época, los frailes de la iglesia de Santo Domingo, cerca del Rossio, implacables defensores de los dogmas y de una conducta humana restrictiva, pues para el pecado no había cabida, practicaban los autos de fe, llevando ante la Inquisición a los infieles, ya merecieran estos la condena o el perdón, raras veces concedido.

Aunque fui pecador, nunca fui penitente. El sentido de la expiación del pecado se me escapaba, así como el del arrepentimiento que comprometía el futuro, sobre el que nunca he tenido control. Aun así, cuandoquiera que me llegue el momento, aspiro a tener el derecho a morir con dignidad y, a ser posible, a no ser mutilado so pretexto de salvarme. Y a aceptar, por fin, los fluidos venenosos que anuncian la muerte.

37

En las márgenes del Tajo, adonde acudía por las noches para distraerme, hábito que contraje al poco de llegar a Lisboa, tenía la ilusión de ver a lo lejos Brasil y sus palmeras, como fragmentos de aquel hemisferio donde las naves exploradoras fondeaban en busca de especias.

Al caminar por las estrechas cuestas, alentado por el olor a sardinas y bacalao a la brasa que salía de las ventanas, el hambre acuciaba fácilmente. El cuarto angosto en el que vivía solo contaba con un infiernillo de un solo fogón para freír pescado, huevos y demás alimentos en una sartén.

Echaba de menos las comidas untuosas de la aldea, que compartía con mi abuelo. Su recuerdo no me apaciguaba, al contrario, me entristecía. Fuera de las horas de trabajo en que manejaba pescado o carbón, o transportaba cargas pesadas por la ciudad, una de mis ilusiones era conocer los nuevos inventos que llegaban a Lisboa procedentes del resto del mundo. Creados a partir del perverso talento humano, de sueños prósperos, de cerebros y brazos extenuados, de cuyo esfuerzo también fluía el ingenio de los pobres. De una realidad que se difundía por las plazas, por los palacios, por los establos y retablos, el raro don de crear un manantial de riqueza.

Me preguntaba cómo me recibirían en los salones de la burguesía portuguesa si me presentara como un trovador dotado de audacia verbal, que entonara panegíricos, fabulara sobre la vida cortesana, provocando risas e incomodidad. Justificando en todo momento que lo hacía por ser hijo, como todos, de Camões, el poeta que les había dado la lengua.

En la iglesia de San Antonio escuchaba los sermones. Desde el púlpito, revestidos de la autoridad de Dios, los párrocos imponían reglas al servicio de la Iglesia. Yo me daba cuenta de la astucia contenida en sus palabras. Y huía. Sentía miedo.

Entrada la noche, la superficie del Tajo resplandecía. Sus aguas plácidas habían inspirado epifanías poéticas, religiosas, conquistas allende el mar. En el rostro del pueblo se imprimía una esperanza que perpetuaba las estaciones del año. Y de esta gente esclavizada en las colinas de la ciudad brotaba la creencia de que existía un dios empeñado en ser justo.

Tal vez movido por ese mismo espíritu de compasión, un día se me acercó un anciano y se sentó a mi lado, dispuesto a convencerme de que estaba a punto de morirse. Que no sobreviviría a la madrugada y, como no sabía qué hacer con las horas que le quedaban, las estaba desperdiciando con desconocidos. Indiferente a la suerte que le esperaba, aguardaba mi reacción. Necesitaba que creyera en sus palabras.

—No sobreviviré a esta madrugada. La vida envía mensajero y uno de ellos me lo ha anunciado hace poco.

Su acérrima fe le daba tranquilidad. No le preocupaba qué destino le esperaba a su cuerpo. Enterrarlo era asunto de los vivos.

Con la mirada fija en el Tajo, parecía estar dispuesto a embarcarse en una nave que emergiera del pasado, donde había transcurrido su vida de marinero. De pronto, con un ademán caballeresco, se presentó.

—Me llamo Prisciliano. Me pusieron este nombre en honor al obispo hereje gallego, ese por el que tanto lloraron, de las tierras del otro lado del Miño.

Su relato iba perfilando la naturaleza iconoclasta del místico, del que yo no había oído hablar, nacido en Galicia en el siglo IV y decapitado por pretender redimir los principios de la Iglesia primitiva, con ideales de austeridad y pobreza.

Al ponerse a disertar, el tal Prisciliano se transformó, abandonando el siglo que habitábamos, que ya no le era útil, para trasladarse a otra época y perderse en peripecias temerarias.

Enaltecía al herético gallego, lamentando que le hubiera tocado vivir en un mundo cuyo espíritu se había empobrecido. Confesó que era un dramaturgo, término que aprendí en ese momento. Como tal, se limitaba al portugués, lengua en la cual cabían todas las palabras y que se preciaba de poder crear cualesquiera que faltaran a lo largo de los siglos.

Le dediqué mi atención, lo escuchaba. Junto a aquel viejo, mi afán por aprender se iba enfriando, parecía ir a la deriva.

—Lo llamaban el Mesías gallego y fue una figura tutelar, incluso después de sufrir el escarnio del clero.

La madrugada llegaba casi a su fin cuando el anciano aún aguardaba su muerte a expensas del Tajo. Como su escudero, me contó que sentía apego por el clérigo de Santiago de Compostela y que subscribía su criterio teológico. Y, para intentar convencerme, describió con detalle el cortejo de mujeres que seguía al profeta cuando salía a predicar la fe, amonestando a una Iglesia que había traicionado las enseñanzas de Jesucristo.

Seducidas por aquel cristiano incendiario, las mujeres eran leales a él, aun conociendo su promesa de no tocar jamás a ninguna, que mantenía incluso cuando alguna exaltada le ponía la mano sobre el muslo durante los sermones. Esta devoción duró hasta el día que fue decapitado en Tréveris en el año 385.

No lo interrumpía. A orillas del río, aquel hombre encarnaba la misma patria. Y a partir de la figura de Cristo, de quien era devoto, convertía a Prisciliano, con ágiles pinceladas, en una versión de un personaje reciente de la odisea portuguesa.

Hablaba dirigiéndose a la imagen de la muerte, ya inminente. Como si esperara plena atención de la dama de la guadaña. Elevó el tono para que lo oyeran bien las ninfas de Camões que nadaban en el Tajo.

Y, al sentir que se hallaba a las puertas de la muerte, sacó de una bolsa atada a la cintura unos paquetitos, los desenvolvió y exhibió una inesperada abundancia. Me ofreció un buen pedazo de pan con jamón y queso de oveja curado. Comimos en silencio y, a modo de tregua, conversamos sobre las hazañas del río, sobre los hechos ocurridos en un siglo anterior al reinado de Alfonso I. Para los dos, la historia de Portugal era la matriz, y su epílogo jamás se anunciaría.

38

Descontento con la pobreza lisboeta, decidí marcharme para huir de la miseria. Me decía una y otra vez que estaba preparado para conocer el extremo meridional de Portugal, una región azotada por los vientos y la bruma del mar, próxima a calamidades marítimas.

Cuando llegara a Sagres haría frente a las llamas y el olor a azufre del infierno que era Portugal, desgarrado por las fuerzas del mal, por los desoladores vestigios del maldito terremoto ocurrido aquel noviembre, en una fecha santificada que recordaba a los muertos. Aquellos fantasmas que aún hoy nos reclaman que nos unamos a ellos, que no mantengamos la vida que ellos perdieron.

Mi abuelo hablaba con frecuencia de la tragedia que desoló este país iluso a la par que licencioso. Como si fuera el castigo que merecíamos, una explosión de ira divina. Muchos moralistas de la patria proclamaron que el seísmo era un castigo de Dios. Esos mismos aspiraban a encontrar el paraíso en la Tierra flagelándose en medio del hedor de la carne podrida.

Yo no fui nunca uno de esos penitentes que, por fornicar, por sucumbir a la carne prohibida, se mortificaban con un cilicio para sangrar o se golpeaban con una vara hasta abrirse heridas en la espalda a modo de castigo. Otros se estiraban con pinzas de hierro la piel de los testículos entumecidos.

¿A quién atribuir el desastre de 1755, a Dios o al demonio? Ambos vigilaban sin tregua los genitales sórdidos y corruptos de los humanos. Seguramente a mí me vigilaban al caer la noche, en el momento de acostarme en el catre y arrancarme pelos del pubis para aplacar el deseo infligiendo dolor a mi cuerpo.

Hoy sigo siendo un pecador confeso. La avidez por el sexo me perdió, me apartó del bien. Nunca fui un adolescente inclinado a la pureza, no tenía un ideal de vida. Aunque tendía a soñar con los justos y los santos, como aquellos eremitas del desierto que, en la soledad de una cueva, mojaban pan duro en agua de lluvia para llevárselo a la boca desdentada. Movidos por un ideal, alzaban los brazos en alto como si así pudieran sostener el peso de la esfera terrestre, mientras suplicaban a Dios que los perdonara por sus pecados. Yo sí que he pecado, pues nunca renuncié a la carne. Firmé mi sentencia de muerte rindiéndome al pecado. Y, aunque me equivocara, lo seguía haciendo.

39

Un día llegaré a Sagres. Me repito esta frase todos los días. Mientras llegaba o no el momento de partir, una mañana, temprano, en el mercado, supe que el rey Pedro V había fallecido. El hijo de una reina a la que dieron sepultura cuando yo, aun siendo niño, ya sacaba a las vacas y las ovejas a pastar al monte. La congoja del mundo no llegaba a lo alto de la montaña, no me afectaba en aquel momento.

Algunos de los súbditos confinados en aldeas quedaron consternados y manifestaron públicamente su devoción por una mujer a la que no habían visto siquiera en un retrato. Pero creían en el amor que ella les profesaba y, por lo tanto, debían corresponderle con irrestricta lealtad.

Como buen monárquico, António, el amigo preferido de mi abuelo, expresó sus lamentos en el atrio de la iglesia y en la taberna. Al contrario que mi abuelo, que se quedó impasible cuando el canónigo convocó a los parroquianos a participar en las exequias debidas a María II una vez decretado el luto.

En su sermón, aparte de pedir reverencia por la difunta hija del emperador de Brasil, el párroco animó a la comunidad a llorar a la reina. Pero mi abuelo hizo caso omiso, pues aquella muerte no lo concernía. Y, aunque su amigo de la infancia, António, hizo lo posible por convencerlo, no consiguió doblegarlo. Apreció que observara en silencio por respeto, que disimulara el rencor que guardaba a los poderosos y no profanara en ningún momento el recuerdo de la monarca, al contrario que otros republicanos del pueblo.

Esa noche pedí a mi abuelo que me hablara de los Braganza, que también estaban relacionados con los Avís; de cómo actuaban al sentarse en el trono. Pero se limitó a destacar entre sus proezas que el cortejo de indigentes crecía tras la estela de la monarquía. Tal vez por eso evitó presentarse aquel día en la taberna, cuando todos estaban de luto. Y por prudencia se abstuvo de hacer ningún comentario. En la mesa, mientras nos tomábamos el caldo con pan remojado, reconoció que no tenía motivos para prestar vasallaje a los monarcas por mucho respeto que le impusieran.

—No les debo nada, Mateus. En cambio, ellos sí. Deben el trono y su fortuna al pueblo —dijo desde la seguridad de su hogar.

Al parecer, por la noticias que nos llegaron, los funerales de la reina se celebraron con suntuosidad. La multitud salió a las calles de Lisboa, abriendo paso a los invitados, un desfile de miembros de las casas reales de Europa, con el correspondiente despliegue de insignias, aderezos y uniformes. Obedeciendo a un protocolo posiblemente creado por la casa de Borgoña en el siglo xv, capaz de gobernar sin fallos, ciñéndose a una serie de normas, procedimientos y jerarquías. Mientras fuera hacían guardar al pueblo un riguroso silencio en muestra de respeto reverencial. Una rendición incondicional al poder monárquico, a una majestad que había recibido el beneplácito divino secundado por el Vaticano.

—Actúan como si fuéramos sus esclavos —dijo.

Y sospechaba que, pese a ser mortales, ellos estaban convencidos de su inmortalidad. Lo cual nos obligaba a aceptar con resignación la sucesión de un rey después de otro.

Camões dominaba las reglas de la corte. Cuando se dio cuenta de que no podía existir vacío ni ruptura en la cadena de poder, entendió que podía incluir nombres y hazañas monárquicas en su extenso poema sin que ninguno de ellos corriera el riesgo de caer en el olvido. Así, todo aquel al que incluyera en la epopeya estaría a salvo, pues su espíritu se perpetuaría. Con qué pasión describió el vate a los hijos del bastardo Juan I y de Felipa de Lancaster al definirlos como parte de una ínclita generación. Príncipes a los que el profesor Vasco enunció nominalmente en clase, dando prioridad al infante don Enrique.

Citaba versos de Camões con orgullo genuino, con la intención de ingresar en las páginas de la historia. Y ponía de relieve al infante don Enrique porque, según él, era quien mejor representaba a aquella ilustre generación.

Mi abuelo nunca había leído al Poeta ni a ningún otro de comparable excelencia. Pero, cuando entonaba canciones con cierto tenor poético y notaba que las palabras le producían un regocijo inusitado, como si fuera un entusiasta de la alta poesía portuguesa, se sorprendía. Yo mismo me dejaba llevar por ese ímpetu y destrozaba con él algún que otro verso que evocara a Camões. Ahora bien, como a veces no éramos capaces de interpretar el significado de algunas estrofas, nos frustrábamos. Algunos poemas no llegué a entenderlos hasta llegar a Sagres, con Ambrósio, el anticuario. Él me hablaba en detalle de algunas proezas lusas, entusiasmándose con aquel léxico apasionado. Puesto que también estaba convencido de la trascendencia de aquella ínclita generación, vinculaba los nombres a hazañas memorables y sanguinarias. Estaba convencido de que los hacía salir de las tumbas de Batalha, donde se reunían los Avís a su muerte, y lloraba por ellos. Los transportaba de nuevo a los mares, a los campos de batalla, a las intrigas de palacio, a aquellos lugares donde el Portugal presente los reclamaba. Aunque Ambrósio creía que quizá todo aquello era en vano, pues el país estaba viviendo un declive difícil de detener.

—¿Qué nos espera sin honor ni valor para defender la patria?

De vez en cuando, mientras sorbía la sopa de nabas con la cabeza gacha, mi abuelo hacía algún que otro comentario sobre la difunta soberana y su amigo António, al que disculpaba sus ideales monárquicos.

—Y, abuelo, en concreto, ¿quién era el padre de la reina muerta, el emperador de Brasil?

Y repitió de sopa con gusto, con un trozo de pan entre cucharada y cucharada. Evitó darme detalles sobre la aportación de la familia brasileña a la Corona y yo no insistí.

40

Canallas, no habéis invitado al pueblo luso al banquete real. Siempre es así. Ambrósio, el anticuario, me contó que Cleopatra, con la finalidad de seducir a Marco Antonio y reforzar así la alianza con los romanos, le ofreció, en una barca sobre las aguas del Nilo, un banquete jamás visto en aquellos parajes. Es de suponer que, después de saborear las delicias y los vinos, terminaran uno en los brazos del otro. Fue lo más parecido a una bacanal, de la que solo participaron la anfitriona y el general romano que luego sería su amante.

También me habló de un espléndido almuerzo de exquisiteces, que se preparó con el objeto de afianzar el prestigio del joven rey portugués Pedro V y de su corte, durante la inauguración de los cuarenta y seis kilómetros iniciales de la primera vía ferroviaria construida en Portugal.

No fui invitado a probar el ágape, los postres, que tal vez venían de Coímbra, de las monjas dedicadas a Dios y al azúcar. Como portugués desheredado, solo me dejaron las migajas que cayeron sobre la mesa real. Únicamente nos quedó la venganza de saber que, después de la comilona, con las panzas llenas y los consiguientes eructos y cagaleras, en fin, las miserias inherentes al ser humano, cayó sobre la comitiva la maldición que merecían. El tren que debía devolver ese mismo día a Lisboa a la mitad de los comensales no funcionó. La locomotora no se puso en marcha, a pesar del empeño que pusieron los ferroviarios. Estuvieron parados largas horas en Carregado, esperando que fueran a recogerlos con la única máquina que podía mantenerse en los raíles, cuyo diseño, de patrón español, servía para el nuevo sistema inaugurado en Portugal.

Desconocíamos el coste de la inauguración, o cuántos nobles, miembros del clero y hombres de negocios se enriquecieron con las sumas destinadas a esta construcción. Y daba igual que el pueblo supiera que esta clase de delitos nunca se castigarían.

No lamenté ni lloré la muerte de la madre de Pedro V, la hija del emperador Pedro I, a la que trajeron de Brasil. Y mantuve una actitud prudente cuando falleció el joven rey. Un pueblo sumido en lamentaciones iba a la zaga de la procesión oficial, que ensalzaba las virtudes del monarca, que había muerto viudo y cuya pérdida lloraban incluso intelectuales portugueses como Herculano, su mentor. Pero yo no olvidaba que los lisboetas no habían sido invitados al hecho histórico que, por fin, acercaba el reino al civilizado epicentro europeo.

Hoy todavía siento la emoción que me embargó al partir de Lisboa a Sagres. Era la dirección contraria que había tomado para llegar a Lisboa desde el norte, a la muerte de mi abuelo Vicente. Impulsado en ambos viajes por mis piernas vigorosas y la urgencia de llegar. Con la habilidad del viajero, aun sin tener guía, tomaba atajos, acortaba distancias, buscaba escondites para protegerme de la naturaleza, pues debía llegar a salvo al pueblo del infante don Enrique, algo que se había convertido en un propósito de vida.

Fuera como fuera, tenía que bañarme en las aguas del Algarve, donde las olas furiosas superaban la altura de los acantilados. Así, reanudé mis andanzas cual caminante audaz, pasando hambre y sed en todo momento. Sin recursos para tomar un medio de transporte que me llevara cerca de Lagos. Solo me quedaba confiar en un Dios que se apiadara del nieto de Vicente.

La miseria me amargó la vida. Era dura como una cimitarra que te decapita. Sus efectos me humillaban, pues me obligaban a llamar a la puerta de las casas para pedir un plato de sopa o una patata, a soportar ofensas, a sufrir miradas de desdén, a ser acusado de ser un vagabundo a pesar de dirigirme a Sagres. Cuando estaba descontento, recordaba a mi abuelo y al profesor Vasco de Gama para reforzar mi dignidad, pues ellos me liberaron del abatimiento moral y realzaron mi habilidad para hacer brillar la lengua portuguesa. Lo cierto es que, gracias a estos recursos vitales, había conseguido llegar a Lisboa, si bien fue un desembarco difícil, donde estas supuestas cualidades no me fueron útiles ni orientaron de forma acertada mi destino.

Durante los años que viví en Lisboa, aceptaba cualquier trabajo. Ofrecía mis brazos y mi energía en los muelles, en los mercados y en las carbonerías. Pasaba días seguidos desanimado por la pobreza, que me estaba educando. Aprendía de la necesidad, vivía en un cuarto sofocante. Sin embargo, en medio de estos panoramas desalentadores, vi muestras de bondad, pues pocos eran dados a la rapiña. Con estos compañeros aprendí a sobrevivir y a conseguir mujeres.

Lisboa es una hermosa ciudad, pero nunca fue mía. Me familiaricé con su geografía, sabía dónde me encontraba. Cuando entraba en las iglesias, hacía conjeturas sobre cómo sería la vida pecaminosa de monjes y beatos. Alzaban imponentes fachadas para ocultar sus pecados. Y las cuestas que yo subía y bajaba mataban a los viejos y robaban el aliento a los jóvenes. Era capaz de recitar como un poema el nombre de calles y barrios... Alcântara, Graça, Mouraria, castillo de Sao Jorge, Alfama. ¿Y la Madragoa?

Sumido en la tristeza, escuchaba el distante fado entonando su quebranto. Aquellas voces susurraban desgracias como si hablaran de mí. Y, pese a querer ser feliz ocupándome en mis quehaceres, mi corazón seguía resentido. Los recuerdos pesaban, me abatían con pólvora y espada, me prohibían sobrevivir.

41

La ciudad se agitó con la muerte de Pedro V, el monarca, casi un muchacho, que vivía en el Paço. Poseía una personalidad excepcional, destacó por sus obras de caridad y fue tratado como un santo desde muy temprano. Se decía que solo le faltaba morir en la flor de la vida para ser digno de una santidad precoz. Cuando sucumbió a una muerte inesperada, confirmándose así el funesto vaticinio, el reino quedó sumido en la tristeza.

Yo sabía muy poco de su vida, pero lamenté su pérdida. Tal vez había sido víctima de la fiebre, de las convulsiones, de una insidiosa bacteria recién llegada a Europa con un efecto letal.

En Lisboa no contaba con un solo interlocutor, nadie que me ayudara interpretar la realidad de la ciudad. Vivía rodeado de intrigas y noticias falsas, a las que apenas concedía atención, y me llevaba tiempo enterarme de los acontecimientos del reino. No supe hasta muy tarde que el joven rey iba a inaugurar en breve la primera línea de ferrocarril portuguesa. Hecho que los grupos progresistas celebraron como una victoria, pues hacía mucho tiempo que luchaban por conectar el país con el resto de Europa. Así, la operación supondría una fuerte derrota para la facción que se oponía al proyecto de unir a Portugal con España con el argumento de que tal proximidad era una amenaza para el territorio nacional. Como si no bastara con la experiencia de la batalla de Aljubarrota, siglos atrás, en que los portugueses obtuvieron una arrolladora victoria sobre los españoles.

En las calles, el pueblo celebraba el acontecimiento en la persona del joven monarca, Pedro V, cuya locomotora inauguraría el trayecto entre Lisboa y Carregado.

En el muelle de los Soldados, entre la multitud, sentí la ilusión de formar parte de la historia. Desde la distancia, a duras penas vi al rey, que iba al frente de una comitiva de nobles, políticos, altos funcionarios, delegaciones extranjeras y miembros de la burguesía. Y es posible que al vagón subieran hasta amantes y concubinas. A punto de subir al tren, apiñados en la plataforma, en torno a ellos se urdían toda clase de excitantes intrigas.

Desde mi posición apenas se veía la locomotora, cuya superficie relucía gracias a un producto traído de Londres, según decían. Entonces, entre empujones, oímos el silbato del tren, un sonido igual de melancólico y lacerante que nosotros, los portugueses. El humo nos alcanzó, confirmando así que el tren iniciaba su misión histórica de introducir Portugal en la modernidad. Y todo el mundo agitaba su pañuelo blanco, como si se despidieran. Allá iba el rey, montado en un vagón que eclipsaría el paisaje como un diamante.

42

Un día llegaré a Sagres, me decía una y otra vez, como un lema recurrente, convencido de que Sagres encarnaba la fantasía que me seducía y me atemorizaba por igual; mientras, no conseguía abandonar Lisboa, donde amanecía abatido, envuelto en una sensación de exilio.

La ciudad se había expandido más allá de las murallas, en parte detenida por las aguas del Tajo. Gracias a un libro antiguo que leí por casualidad, supe que Lisboa era la capital del reino desde hacía mucho tiempo. Los reyes y cortesanos se habían establecido en la región en 1375 durante el reinado de Alfonso III, aunque yo no entendía por qué. Al fin y al cabo, el litoral siempre estaba expuesto a la invasión de piratas y asaltantes indeseables.

Deambulaba con gusto por la plaza del Rossio. Bajo unas arcadas próximas a esta, había bandejas repletas de mercaderías. Evitaba el norte de la ciudad, que albergaba la sede del palacio de la Inquisición, pues me evocaba sensaciones lúgubres. El barrio que más me fascinaba era la Baixa. Me habría gustado ser rico para cruzar la ciudad en la comodidad de un carruaje.

Frente al edificio de la Alfândega, junto a la fortaleza, me llegó el olor embriagador del tabaco negro, que para mí era inasequible. Allí inscribían a los presos que realizaban trabajos forzados, una suerte de esclavos legales que durante el día cargaban agua y leña para los barcos y por la noche debían regresar a las mazmorras.

Éramos un pueblo extraño. En Semana Santa, los beatos y los milagreros ostentaban una fe irreductible, como si revivieran las escenas del Gólgota. Salían a desfilar por las calles estrechas y sucias, muchos en ayuno y debilitados, y, si se desplomaban en el suelo, allí se quedaban. Otros cargaban a la espalda la imagen de su santo predilecto, gritando en tono altisonante letanías y rezos. En aquella vorágine religiosa, destacaban los refranes populares, que los transeúntes aplaudían.

La pobreza me llevaba a caminar por los rincones de Lisboa. Recorría sobre todo el centro urbano y evitaba los lugares ricos por miedo a ser mirado con desprecio. Observar las vitrinas adornadas con viandas, quesos y mermeladas, que inspiraban aplausos, era para mí como asistir a una obra de teatro. O escudriñar los mostradores con verduras y frutas procedentes de los mercados de la Figueira y la Ribeira. La concentración de productos en estos lugares era posible gracias a los campesinos que, pese a disponer de escasos recursos, proporcionaban toda clase de exquisiteces y delicias a los más pudientes.

Mis botas gastadas me obligaban a arrastrar los pies. Con ellas cruzaba las plazas de la Figueira, la Ribeira, Pedro IV, los Restauradores y la del Comercio, la más hermosa, situada en el centro del conjunto arquitectónico levantado por el marqués de Pombal. Paseaba sin osar sentarme en cualquier banco próximo a las confiterías de la zona. Contemplaba absorto la Baixa restaurada, cuya combinación de armonía y belleza se debía al célebre marqués, que, según un cronista veraz, aunque fue un grandioso espíritu de su época, también fue el hombre más cruel que ha conocido Portugal.

A orillas del Tajo, me preguntaba adónde irían las aguas que se alejaban, tal vez a Brasil. Recreaba la vista, disfrutando de la brisa que soplaba a mis espaldas. Y la fijaba sobre un paisaje urbano sin par, un panorama del cual yo no formaba parte.

Yo era un portugués modesto que poco iba a contribuir a la prosperidad del país. Me limitaba a apreciar los encantos que otros habían creado en medio del horror. Mi ser palpitaba, consternado por lo que veía. En vivo contraste con mi humilde morada, situada en el techo del mundo, entre callejones empedrados y sucios donde se concentraba la escoria, mi gente. Las calles ascendían en zigzag por mi colina, una de las siete de la ciudad, que, por cierto, volvieron a contabilizar allá por el siglo XVII, con el fin disipar dudas acerca de la veracidad del recuento.

Deambulando por los aledaños de mi casa, me sentía culpable de la pobreza, que hedía, pero nada podía hacer para atenuarla. Para evadirme, lo compensaba contemplando el panorama de los tejados lisboetas y las proximidades del río. Pero bastaba con entrar en las casas y la pestilencia se imponía. Entonces buscaba refugio en la calle y, así, me apartaba de las aguas fétidas que se concentraban en cuartos y pasillos.

Entrada la noche, huía de la realidad vagando por la ciudad, convocado por un universo al que no pertenecía y siempre a riesgo de ser interrogado por algún gendarme. ¿Qué iba a decirle?, ¿que me gustaba la madrugada, cuando no había casi nadie en las calles? Movido, quizá, por la fantasía de ser un centauro que competía con carrozas, charretes y calesas, cuyos dueños, instalados en el interior, no se dejaban ver. A veces los veía apearse de los vehículos, después de haber dado la vuelta a la plaza del Rossio. En medio del hormiguero humano, se distinguían por su indumentaria, el sombrero de copa y las botas lustrosas, símbolos de su riqueza. Eran pecadores, como yo, pero se les eximía de los castigos que la justicia aplicaba a los pobres. En el territorio del pecado eran impunes. Las sentencias que exigían la muerte en el cadalso se ejecutaban lejos de allí. Y eran proclamadas por señores en toga o sotana.

En los aledaños, las mujeres se ofrecían con discreción, al tiempo que los pecadores se confesaban en la iglesia junto al monasterio de los dominicos, esperando que el sacerdote los librara de toda culpa. Y, para quien sufriera un mal súbito, en las proximidades se hallaba el Hospital Real de Todos los Santos, que acogía gratuitamente a niños y enfermos «abandonados», como yo, al nacer.

Así era la Lisboa que yo conocía y que estaba a punto de dejar atrás después de pasar allí años de penurias.

43

Un día llegaré a Sagres y conoceré el Atlántico, me decía con la voz taciturna. Y me lo repetía para convencerme. Poco después me despedía de Lisboa. El último adiós sería ante el Tajo, que me hablaba, que sabía consolarme. Ante sus vistas, repasaba los paisajes esbozados de una ciudad donde había sido infeliz. Lugares que habían aguzado mi voraz apetito por la carne, una necesidad que nunca llegué a saciar.

Aunque sufrí, fueron muchas las emociones que animaron mis días y dejaron un lastre que no puedo soltar. Sigo acusando a la memoria de ingrata, hasta perversa, por su mecanismo de acumular aquello que vivimos. En breve me prepararía para avanzar por lugares registrados en la cartografía portuguesa y lo haría a pie, cautivado por el conjuro de Sagres.

En aquel momento de despedidas, dejaba atrás aciertos y malogros, sin dar más importancia a unas experiencias que a otras. Contaba con un corazón dispuesto a irrigar mi cuerpo de criatura mitológica de cascos de semental y piernas velludas.

Emprendí la aventura a paso ligero, pese a llevar a cuestas una bolsa con mis pertenencias. A veces me quedaba sin aliento y paraba para descansar, atento a que ningún malhechor me robara lo poco que tenía. Había leído un relato de Goethe sobre el arte de viajar, que el autor había escrito al emprender un viaje a Italia en el siglo pasado. En este, atravesaba la bota peninsular, recorriendo cinco mil kilómetros de presunta felicidad. En una faltriquera llevaba una gran cantidad de monedas que le permitían disfrutar de toda clase de comodidades y evitar las penurias que acometían a los pasajeros de largos trayectos. Tal vez esta etapa de su vida le brindó inolvidables recuerdos.

Ignoro qué esperaba encontrar el célebre escritor en Italia, tan lejos de Portugal. La naturaleza de sus elucubraciones era la opuesta a la mía, como nuestras respectivas educaciones. Él no tenía que preocuparse de su porvenir, pues contaba con una casa bien abastecida. Mientras que yo tenía que ganarme el pan todos los días.

Todo lo que aprendí en la escuela, a la que asistí por insistencia de mi abuelo, me salvó a mi paso por territorios inhóspitos. Había que estudiar, entender la lectura como algo esencial. Gracias a esta, supe que el mundo iba más allá de nuestra naturaleza, de los límites de la aldea. Al principio me resistía, pues para qué quería las palabras de los libros, si no servían para trabajar el campo. Pero cuando cedí, los libros se convirtieron simultánea e inseparablemente en mi alegría y mi desgracia. Nunca volví a ser el mismo. Fue como si me hubiera poseído otra persona, y nunca me abandonó.

Dejando atrás Lisboa, rumbo al Algarve, buscaba abrigo donde podía, escatimando todas las monedas que podía, comiendo lo que encontrara, y volví a pensar en Goethe. Para él, que era un joven culto y acaudalado, era una norma, un deber iniciático, salir de casa, vivir aventuras reservadas a los hombres y prohibidas a las mujeres, pues en aquella época se las consideraba vulnerables y podían ser víctimas de maltratos, violaciones y secuestros.

Y yo, imparable, fascinado por los paisajes iniciales de olivares, trigales y arboledas, sufría mis desgracias. La imaginación operaba milagros, me permitía fantasear que viajaba acomodado en el interior de una diligencia tirada por ocho caballos, entre seis pasajeros malolientes que parecían exhaustos. Después de salir con apremio de Madrid en dirección a Lisboa, sacaban, a la vista de todos, quesos y embutidos, pan y vino. Y los baúles que iban atados en el techo despertaban al instante la codicia de posibles bandoleros.

¿Por qué fabulaba tanto? ¿Por qué no era capaz de mantener los pies en el suelo? ¿Por qué desafiaba a mi sentido de la realidad? Transitaba por caminos frondosos, aunque inhóspitos por los peligros que entrañaban, pues podía aparecer algún asaltante y atacarme con un arma de fuego o una navaja. Yo solo tenía un cuchillo, que llevaba visiblemente a la cintura. Era grande y puntiagudo, y solíamos utilizarlo en casa para matar cerdos de casi trescientos kilos. También para destripar conejos y aves en la aldea, así como para descascarar ramas secas con las que encender fuego en el campo.

Cuando estaba cansado, me detenía junto a algún riachuelo. Contemplaba los amaneceres y los anocheceres, sopesando qué atajo tomar, conforme mi brújula interior. No tenía las nociones de navegación que había mencionado el profesor Vasco, que conocía bien los absurdos concebidos por los navegantes. Con su fervor didáctico, defendía la necesidad de aplicar en la tierra lo que en su momento se había aprendido en el mar. Como si las corrientes marítimas, los vientos y los arrecifes sirvieran de fundamento para las expediciones terrestres.

Con la primera luz del día, calculaba cuántas millas había sorteado ileso y cuántas me quedaban hasta llegar a Sagres. Pero, a veces, cuando perdía el rumbo y era incapaz de descifrar el paisaje, llamaba a la puerta de la primera casa que encontraba. Y cuando les pedía un pedazo de pan o un plato caliente, les pagaba prestándoles mi ayuda, para que supieran que era un hombre decente, que conmigo no corrían peligro. Y así, según avanzaba, iba tomando decisiones, experimentando en tierra firme la misma odisea que el Infante había vivido en el mar.

44

Al mantenerme alejado de las poblaciones, dependía de la suerte y la bondad de los barqueros para cruzar ríos, que no eran pocos. Rehuía sobre todo a los peregrinos y a los mendigos como yo. Un día, un anciano me sorprendió al acogerme en su casa. Tal como entramos, cerró la puerta con pestillo para que no pudiera salir. Me explicó que tenía una labor humanitaria que cumplir. Sobre una maltratada mesa de madera había un espléndido almuerzo, que consistía en un capón asado, algunas patatas con piel y pan. Antes de tocar el alimento, pedí que me orientara para poder seguir mi camino. Me mandó callar y que antes comiera.

Comí con avidez, acariciando la empuñadura del cuchillo de vez en cuando por si debía defenderme.

—¿Y te quedarás allí donde te diriges? ¿O regresarás?

Sin decir más, acercó para sí una Biblia y se puso a leer fragmentos del Eclesiastés al azar, que al parecer se sabía de memoria. Me pidió que no lo interrumpiera.

Saciado, aunque somnoliento, le presté atención sin decaer. ¿Y si en algún momento se le ocurría sacrificarme porque Dios se lo había pedido? Podría ser Isaac, el hijo al que su padre al final no inmoló.

El viejo proseguía con la lectura. Se había puesto de pie y, desde un púlpito imaginario y en actitud pastoral, trataba de convencer a los fieles de la eficacia de la palabra de Dios, al que él representaba. El ritual me puso en alerta sobre el posible peligro que corría. No podía entregarme al sueño, pero estaba tan cansado que este me vencía. Hasta que acabé durmiéndome en el banco. Cuando desperté, el anciano aún leía, en ese momento era el Nuevo Testamento, en concreto, la parte que consagraba el sermón de la montaña. Lo hacía con la voz serena, como si rezara.

Pedí permiso para irme. Le di las gracias por ofrecerme su hospitalidad y por ilustrarme con el sermón cristiano. La interrupción pareció molestarlo, pero me abrió la puerta para que pudiera salir.

—En tu viaje de regreso, avanzaré en la lectura. Pues te hará bien convivir con Dios en persona.

Me di la vuelta sin saber qué dirección tomar. Agradecí aquel encuentro con el viejo, pues no solo no me había matado, sino que había revitalizado la desesperada imaginación humana.

45

La naturaleza era implacable. Un día, al ver que una tormenta se avecinaba, busqué abrigo en una gruta de piedra abandonada en la montaña. Había restos de una hoguera reciente, en la que habrían asado algún animal. Un conejo, a juzgar por los huesos frágiles. Las sobras peladas delataban el hambre de los viajeros, que no habían dejado nada para quien viniera después de ellos.

Asaba las frutas como si fueran carne y me alimentaba del pan y la comida que me dieran en el camino, cada bocado era valioso. A cambio de la comida que me daba la gente pobre, a la que conocía bien, los distraía con las historias de taberna que solía contarme mi abuelo. Estas lecciones propiciaron relatos poblados de monjes, viajeros medievales, vírgenes secuestradas por piratas y brujas nórdicas, historias, en fin, que surtían el efecto pretendido. Aprendí a tirar del hilo hasta donde era posible. Para ello, casaba a nobles con campesinos, como si semejante herejía fuera posible.

Un día, mientras descansaba, me crucé con tres personas, dos hombres y una mujer. Iban vestidos con ropa gastada, como la mía. Me preguntaron si estaba solo y si quería unirme a ellos, pues la tormenta que se aproximaba exigía ayuda mutua.

—¿Quién enciende el fuego? —dijo uno de ellos, que aseguraba ser un hombre pacífico.

El mayor de los tres, João, se levantó antes de que yo me ofreciera a buscar leña. De aspecto visiblemente truculento, dirigía a los demás. No ocultaba su impaciencia y era de maneras y lenguaje rudos.

A merced como estaba de aquel trío, presentí el peligro, de modo que tomé la precaución de fingir obediencia. No los desafiaría bajo ninguna circunstancia. Me tentó huir por la noche, en pleno temporal. Pero recapacité y me entregué a la falsa armonía del grupo. Me convenía permanecer con ellos y evitar provocarlos.

Después de traer la leña y encender el fuego, el hombre al que llamaban Tiago desplumó un ave que llevaba en el morral y la sazonó con sal.

Lamenté no poder ofrecerles más que unas manzanas, que dejé cerca del fuego. Cuando estaban chupando los huesos, la mujer anunció con ordinariez que aquella noche dormiría sola. Que no pensaba ofrecer su cuerpo a ninguno de los dos.

Con la excusa de orinar, me alejé a toda prisa, pues no quería presenciar la reacción de los hombres. Cuando regresaba, después de un buen rato, oí un forcejeo, seguido de unos gritos desgarradores. Me quedé donde estaba, pues pensé que lo más prudente era mantenerme al margen. Poco después me acerqué al campamento temiendo lo que pudiera encontrarme. Y vi a João en el suelo, retorciéndose como un animal recién abatido, con una herida de navaja en el pescuezo, que sangraba borbotones. Me acerqué a él. Con la mirada vidriosa ante la inminencia de la muerte, parecía pedir clemencia, ajeno al hecho de estar a punto de perder la vida. Había llegado a tiempo para ver a la mujer allí de pie, recogiendo apresuradamente sus cosas, sin importarle que el moribundo estuviera a punto de dar su último suspiro.

—Vámonos, Tiago, deprisa —dijo.

Tiago obedeció y, sin volverse para mirar al muerto, desaparecieron en la oscuridad de la noche.

Estaba atónito, temí por la vida. Pero por la mía, no por la de aquel hombre que había perecido en cuestión de segundos, sin yo entender a qué maniobra del destino se debía el encuentro en la montaña con aquel trío. Acababa de vivir un epílogo sobre el que no tenía nada que añadir.

46

Aunque yo tenía forma humana, mi espíritu se asemejaba a veces a un barco a punto de hundirse en las proximidades de Sagres, destino ansiado, al llegar a puerto. En Sagres, delante del oleaje encrespado, aguardaría la llamada del mar.

Hace muchos años me contaron que el héroe Eneas, tras sobrevivir a la guerra de Troya, partió en busca de su padre, Anquises. Movido también por la ilusión de la gloria, sacrificó a una mujer que, de tanto amarlo, al no soportar la visión del barco alejándose de la costa del reino, se arrojó a las llamas.

Una muerte como la de la reina Dido, ya que así se llamaba, exigía un valor extraordinario. Pero yo no era Eneas buscando desesperadamente a su padre. El mío no tenía nombre y yo no era más que escoria sin corona ni reino; más aún, odiaba a mi madre. Pero afirmando que un día llegaría a Sagres, me había convertido en un goliardo de la estirpe de los poetas que en otros tiempos, allá por el siglo XII, esparcían su fervor lírico por donde pasaran, al abrigo de la concupiscencia, de una vida disoluta que yo, con tan escasa erudición, lector de libros antiguos, desconocía. Por lo tanto, era incapaz de valorar la dignidad de un poeta bizco, ciego o escatológico que hablara en nombre del pueblo en tabernas y prostíbulos mientras se emborrachaba con vino. ¿Serían también goliardos aquellos poetas vagabundos que pasaban por la aldea, que se contentaban con un poco de pan ácimo y vino adulterado con vinagre?

Yo, en cambio, sin el recurso de la escritura, no tenía un oficio práctico. Como un pobre caminante, solo contaba con elegías imaginarias que recitaba en voz alta al tuntún, esperando así ahuyentar a malhechores, locos y putas como mi madre.

Llevaba días caminando. Había gastado la suela de las botas y tenía que perforar las ampollas que aparecían a medida que los pies me sangraban. Pero para mí eran indicios de que faltaba poco para llamar a las puertas de Sagres, la bendita Jerusalén que me había inventado.

Cuando llegara, expondría mi corazón a los escollos de una nueva vida. A adversidades revestidas de carne, huesos, sentimientos o, más aún, a una astucia propensa a la traición. Y el universo del Infante me acogería, pues había dejado migas en el camino para que no me perdiera. Su voz retumbaría en toda la fortaleza, impondría las reglas con las que había retenido el mundo en sus manos. Visitaría con él su siglo y a los súbditos de su época. ¿Quién me recibiría ahora en su nombre en Sagres? ¿Qué hombres y mujeres, alineados junto al asta de la bandera portuguesa, llevarían al frente su herencia para que yo pudiera identificarla? ¿Sufren sus habitantes de ahora de una inevitable añoranza por la ausencia de una gloria extinta? Amanecen despojados de la vida legendaria que tuvieron, sin el sentido de la aventura, sin la elocuencia de Camões, sin un porvenir que otrora los cubrió de oro y mortaja. Me pregunto entonces qué les quedará si, en efecto, apenas sabían nadar y temían a las tempestades, a los monstruos del cabo Bojador que a veces los visitaban. Hoy no eran más que simples detentores de una realidad que les imponía trabajos vulgares, como regatear el precio del pescado que se comerían ese día con un chorro de aceite.

Yo iba en busca del Infante y crecería bajo su protección. Él dictaría las reglas de la patria, la misteriosa pátina de su tiempo. Arrastraba conmigo los fantasmas de mi abuelo y del profesor Vasco, y juntos, los tres, en la escuela del Infante, rechazaríamos la modernidad. Y, cuando contempláramos el promontorio inexpugnable, comprenderíamos el mundo, el significado del esplendor en la historia de los pueblos. De cómo gente humilde como nosotros, los portugueses, a las órdenes de los Avís, abordamos las aguas del Atlántico e hicimos de ellas nuestro reino y nuestra morada. Mientras yo, otra vez solo, de camino a Sagres, seguía buscando mi propio apocalipsis.

47

Me preguntaba cómo sería estar cerca del Algarve, que representaba el principio de la fundación del mundo. Esta iniciativa, de esencia iridiscente y peso histórico, me asustaba.

Como quien reza, suplicaba a la divinidad que me guiara, que no me permitiera actuar a la buena ventura, cual sonámbulo errante que no sabe rectificar. Y, sobre todo, que no subestimara un océano que se perdía en el horizonte, que había engullido incluso a aquellos que traían opulencia a Portugal. ¿Cómo iba a reconocer el camino certero, enigmático, del corazón, cuando me había limitado a seguir los consejos de mi abuelo?

Un día que estaba algo más cerca de Sagres, sintiéndome aliviado por saber que no sería enterrado en Lisboa, apareció un perro de entre unos arbustos y se puso a husmearme. Con una postura atrevida, examinó mi cuerpo tenso, a la defensiva, ya que ignoraba si era un animal fiero.

Con un gesto desesperado, inclinó la cabeza para que lo acariciara. Saltaba a la vista que era un animal herido, pues se hallaba en un estado lamentable y me estaba pidiendo ayuda. Pero intentar salvarlo significaba sacrificar días de viaje. Por no mencionar la comida, que apenas si llegaba a uno de los dos.

Me senté a su lado. Al cruzar las miradas, nos aceptamos el uno al otro como compañeros, posiblemente para toda la vida. Empecé a lavarle las heridas con la intención de limpiarle el pus que lo envenenaba y él accedió a los cuidados sin protestar. Al oscurecer, nos echamos a dormir, agotados, él apoyado en mí.

A partir de aquella noche, infundió aliento a mi existencia, pasando a formar parte de esta. Su presencia me hizo pensar en mi abuelo, pues él también lo habría acogido. De este modo, pasamos a ser tres: él, yo y mi abuelo. Una jauría de dos humanos y un perro, embaucados por el incentivo del amor.

Tan pronto lo bauticé con el nombre de Infante, supe que lo querría siempre. Él pareció aceptar la figura del infante don Enrique, de quien le hablé durante las noches siguientes, mientras me compadecía de su pelaje dorado, sus colmillos puntiagudos y su escuálida flaqueza debida a los malos tratos, que me hacían llorar. No había acudido a mí con una historia, sino con su pestilencia, suciedad y hambre, dispuesto a morir. Llevaba en su cuerpo la marca de la crueldad humana empleada para matar, como la espada del verdugo.

Cuando pensaba en que había considerado abandonarlo cerca del bosque, intentando escabullirme, le pedía perdón. A mi abuelo y al Dios cristiano. Pero me invadió un poderoso sentimiento compasivo, el más genuino que había en mí.

Indignado por los malos tratos que había sufrido Infante, luché por salvarle la vida como si fuera a salvar a mi abuelo. Le daba agua y comida y le limpiaba las pústulas para animarlo, y le devolví la vida, que pendía de un hilo. De repente, a pesar de las pocas fuerzas que le quedaban, empezó a lamerme las manos.

—No se muera, abuelo. Aún no ha llegado el momento. Aguante un poco más —le dije, conmovido.

Infante pareció entenderme, reaccionó y se animó a seguir viviendo.

—Conmigo no finjas, Infante.

Y se fue recuperando. Dormía con un sueño cada vez más profundo, con la cabeza sobre mis piernas, entrelazados el uno con el otro, prisioneros de un cariño invencible. Hasta que un día, al amanecer, se inclinó sobre mi rostro y se puso a lamerme, esta vez con una lengua enérgica, confirmando que había resucitado de entre los muertos. Lo abracé y le dije:

—Vamos a sobrevivir juntos, Infante, y juntos seguiremos el camino a Sagres.

Accedió sin asomo de duda. Y en breve nos pusimos en marcha, sin una brújula y sin los recursos de la escuela marítima que el infante don Enrique fundara en Lagos. Y respondía cuando lo llamaba Infante. Entre nosotros crecía una sintonía que se traducía en gestos y palabras. Sobre todo por las noches, cuando empezaba a hacer frío y le brindaba el calor de mi cuerpo y mi cariño. Éramos hermanos.

48

Un día llegaré a Sagres, me decía de nuevo. Para convencerme de que Marco Polo o cualquier otro aventurero en mi lugar habría seguido adelante.

Y me decía en voz alta que estábamos a punto de llegar, que no debía de faltar mucho, y entonces me lavaría en algún arroyo o reguero y esa limpieza me crearía la impresión de estar siendo bendecido por las aguas de Galilea.

Y de este modo seguí avanzando, yo que nunca había salido de Portugal, que había ansiado tanto recorrer los puntos cardinales de la Tierra. Yo que había soñado con esquivar la vigilancia de Dios y había osado ridiculizar todo lo humano, ahora iba al encuentro del Infante, cargando a cuestas con pecados que parecía haber heredado al nacer.

Al caer la noche me bañé en un arroyo, cubriendo mi desnudez. Me froté el cuerpo entero, e Infante, del todo recuperado, entró en el agua conmigo, moviendo el rabo de gusto. Ambos queríamos entrar en el reino del cielo purificados.

Hacía frío y el viento de la vida me azotaba. Me apresuré a terminar de lavarme y escogí mi mejor harapo para entrar en Sagres, que abriría sus puertas para mí.

—Vamos, Infante. Valor.

Al amanecer, cual caballero andante, entré en una taberna en cuya puerta había escrito, sobre un letrero colgante: «Dejen en la entrada la mala fe y la ira y déjense aconsejar por un buen vino y la lira».

En aquel paraje, la realidad se transformaba según las órdenes del infante don Enrique, que esperaba mi homenaje, retirado dentro de un ataúd en la fortaleza, antes de ser trasladado al monasterio de Batalha.

—Un vaso de vino, por favor.

El tabernero, de aspecto circunspecto, o acaso aletargado, permitió que Infante me acompañara mientras yo sorbía el tinto sagrado y desmenuzaba poco a poco el pedazo de pan untado con un trozo de tocino.

La mujer del tabernero apareció por el pasillo, envuelta en un chal negro. Tras el mostrador, la pareja actuaba con actitud familiar. Me escrutaron para averiguar quién era aquel hombre que se dirigía a Sagres, con qué propósito y si tenía previsto quedarse.

—¿Le importa que le pregunte de dónde viene?

Mi aspecto modesto y taciturno no invitaba a tomarse libertades. En Lisboa, las mujeres de la calle solían decirme que podía descansar entre sus piernas un rato después del coito. Por mucho que aprobaran mi imprudencia carnal, no confiaban en mí. Y esta reserva siempre me acompañaba.

—De lejos —me limité a decir.

Di a entender con un ademán que quería hablar con el marido a solas.

—Soy un hombre de bien, he venido a cumplir una promesa. La de llegar a Sagres.

Le conté poca cosa. No era necesario extenderme en una historia de pequeños percances, desprovista de grandeza. ¿Cómo decirles que venía de parte del mismo infante don Enrique? En último lugar, le pedí trabajo.

Dio la casualidad de que su ayudante se había despedido y necesitaban a alguien que lo reemplazara. Aunque me pagarían unas pocas monedas, me darían comidas y propinas y podría dormir en la bodega con el perro.

El desenlace de aquel día fue provechoso y propicio. Todo apuntaba a que el príncipe en persona me recibiría en Sagres, con la curiosidad de saber qué pensaba aquel visitante. Pero de pronto temí estar desafiando a la propia vida, que me había conducido felizmente a la presunta Jerusalén que era Sagres, hasta el trono del hermano del rey de Portugal.

En la aldea, cuando solíamos cavar el surco con la azada, y más tarde con un arado oxidado al que iban uncidas las vacas, mi abuelo me contaba lo que hacía la nobleza a medida que el imperio medraba. Nuestro trabajo les garantizaba el sustento y demás lucros. Cuando para el campesino la grandeza estaba en arrostrar temporales o rezar por la salud, la cosecha y los animales. Incluso en lograr sostener en pie las paredes de la casa, que aislábamos para combatir el frío. Y en que no faltara madera seca para mantener encendido el fuego del hogar. ¿Valía la pena el esfuerzo de añadir a este inventario de opulencias una casa en ruinas, a punto de derrumbarse? ¿Reforzaría este patrimonio nuestra identidad portuguesa?

Dejé mis pertenencias junto a dos toneles, donde Infante y yo dormiríamos, y salí para ver la fortaleza de cerca, para clavar la bandera simbólica que traía conmigo del Miño.

Y al contemplar el mar como si fuera mío vi, reflejado en la superficie de las aguas crispadas, al propio don Enrique mirando al horizonte como si saludara a las naves portuguesas cargadas de oro y conquistas. Conmovido por la visión, miré a mi amigo Infante, que asustado por las olas que rompían contra el acantilado ladraba avisándome de los peligros que ambos corríamos. Supe entonces que en Sagres no había paz, solo fantasmas. Y señales imperceptibles que me advertían de amenazas inminentes, prestas a abatirse sobre mí, como si anticiparan una tragedia. Retrocedí, quería alejarme de la furia del mar y de los hombres. Solo contaba con la ayuda de un perro que nunca había intentado huir de mi lado. Que acudía a mi ayuda con solo tenderle la mano y me lamía la cara todas las mañanas.

—Vámonos a la cama, Infante. Esta noche dormiremos en Sagres.

49

Llegué a Sagres, desde Lisboa, con unas pocas monedas. En la bolsa llevaba la Biblia que mi abuelo me había regalado poco antes de morir, como una muestra de su amor y como señal de que había llegado el momento de repartir sus haberes. Aquel legado, conservado durante mucho tiempo en el seno de la familia, no podía acabar en las manos de su hija Joana.

Su casa pobre y destartalada, la misma donde él había nacido, como solía contar con orgullo, sería para ella, ya que casi nadie la quería por culpa de su vida disipada y su cuerpo maltrecho. Pero sobre el papel, a modo de testamento, la casa también constaba como mía. Heredando aquella casa, ambos estábamos condenados a la pobreza.

Hacía años que mi abuelo se había dado cuenta de que los ojos oscuros de su nieto, en vivo contraste con unos cabellos claros, eran herencia del padre, aun cuando Joana había jurado que ignoraba quién era. Una suposición que hacía pensar a mi abuelo Vicente que era un amante supuestamente levantino, de esos hábiles con la cimitarra que llevaban en la cintura, dispuesto a enfrentarse a él si se hubiera opuesto a su amor. Pero mi abuelo se apiadó de mí y me aseguró un techo para abrigar en el futuro las inquietudes del descompasado corazón de su nieto.

Según él, todo en mí latía de forma descomedida. Hasta el punto de preguntarse, compadeciéndose de mí, en qué momento aquel pecho dejaría de rugir como una fiera.

—Ten cuidado, Mateus. Tienes la mirada de un asesino. Y, si lo dudas, mírate bien al espejo.

Tenía la certeza de que semejante cólera se volvería contra todo el mundo salvo contra él. Aun así había que vigilar al nieto, cuyo secreto espíritu de aventura revelaba una esencia oscura que le impedía expresar fácilmente su amor. Así pensaba y me lo decía. Y convencido como estaba de los peligros de la fatalidad humana y sus terribles conjuras, me pedía que llevara cuidado. Cuando mencionaba el terremoto de Lisboa con obsesiva frecuencia y veracidad narrativa, daba la impresión de haberlo vivido en persona.

Cuando me contaba los detalles del día en que Portugal presenció la extinción del mundo, la destrucción de la vida entre los escombros, y yo, siendo aún niño, daba vueltas en la cama sin poder dormir, pues oía el eco de los desgarradores gritos de las víctimas pidiendo auxilio, atrapadas entre las piedras y las maderas, carbonizadas por las llamas.

Sin embargo, era incapaz de mitigar mi curiosidad y le preguntaba si alguien de nuestra sangre que hubiera dejado el norte para vivir en Lisboa se había salvado a tiempo de una muerte despiadada. O si, ante la inminencia de la muerte, a alguno de ellos, posiblemente un desdichado, le había dado tiempo a arrepentirse de sus pecados o, sobre todo, a lamentar haber abandonado nuestra aldea, donde hasta entonces debió de haber tenido una vida incierta pese a la proximidad del Miño.

—Aquella desgracia, Mateus, influyó en cómo somos ahora. Dejó grabada en la mente portuguesa la huella del miedo.

Mi abuelo era sabio, así como Ambrósio, el anticuario, que amplió mi saber desde el instante en que me acogió en su casa. Respetaba al pueblo, ya que, pese a no conocer bien su propio país, había sido el auténtico protagonista de las batallas y las desgracias colectivas. Según él, no podían ensalzarse ningún hecho acaecido en Portugal sin reconocer que la plebe siempre había estado al frente de las conquistas y las tragedias de la nación, empezando por el maldito terremoto, que también lo conmovía cada vez que lo evocaba.

—Dime, Mateus, ¿quién construyó las catedrales, los monasterios, los palacios, sino los canteros que labraban la piedra con el cincel y alisaban la superficie con manos y lengua, como si lo besaran?

Sacaba a colación un amplio material histórico. Reforzaba argumentos con una rica iconografía que, aunque yo no alcanzara a comprender en toda su magnitud, me incitaba a saber más.

—¿Y qué decir de los marineros que desafiaron a Neptuno y a toda la corte celestial?

Ambrósio rendía el universo a mi curiosidad. Aunque lo interrumpiera, reanudaba felizmente su estudio. Pero yo pedía más, pasando por alto su agotamiento. Debía transmitirme el secreto de la vida.

—Tal vez ningún acontecimiento marcó tanto el espíritu portugués como la pérdida de Sebastián I en la batalla de Alcazarquivir, de la que no regresó.

Se preguntaba con interés qué otros personajes destacaban en la memoria portuguesa. Y mencionaba al Infante sin vacilar, pues ocupaba un lugar predilecto en el corazón popular. Se quejaba de Sebastián I, cuya muerte, que jamás se confirmó, llevó al pueblo entero a despedirlo al muelle a orillas del Tajo, agitando pañuelos blancos, con la esperanza de que algún día regresara. Aún hoy se rinde culto a este misterio, pues contaban que había ascendido al cielo, triunfante, recibido por el mismísimo Dios.

No podía ser de otro modo. Pues ¿cómo, si no, iba el crédulo pueblo a aceptar que el demonio empuñara el látigo para disputarse con Dios el derecho a retener al joven Avís, al que el mundo luso había entronizado? Y, tras ofrecerme una sustanciosa sopa de pollo, declaró con énfasis para rematar la noche:

—Al fin y al cabo, ¿qué queda de este pueblo sacrificado en el altar de un dios despiadado?

50

En el pueblo del infante don Enrique había algunas casas consideradas malditas. Entre sus paredes se habían cometido crímenes, habían vivido hombres que abandonaron el hogar sin más o mujeres que se habían ido a Faro o a Lagos para prostituirse. Familias que nunca habían regresado del mar. Y otras de la misma sangre, destrozadas por las fatalidades de la vida. Como si las brujas del Algarve se hubieran puesto de acuerdo para decidir qué efímeras estirpes debían ser desterradas de la Tierra.

No tardé en conocer los secretos de aquel pueblo. A muchos, incluso algunos de lustre nobiliario, los había abandonado la suerte. A medida que me familiarizaba con sus vidas, comprobé que las tragedias habían aumentado con el declive del Imperio portugués. Un cúmulo de tristes sucesos les habían ido afectando. Llegó un momento en que empezaron a coincidir a menudo en velatorios, donde lloraban juntos a los muertos de una misma rama familiar.

El mar me fascinaba tanto como a los nacidos en Sagres. La proximidad del agua los vinculaba a la pesca, a la navegación, al desafío del oleaje y los temporales, como si no existiera otra forma de vida. Asumían como algo normal que viejos y jóvenes se inmolaran en barcos, en aquel universo insondable. No había modo de frenar la sucesión de hombres empeñados en acatar, incluso en una época incompatible con la gloria del pasado, la convicción del Infante de que el océano era el altar para el sacrificio digno de un marinero.

Un día me llamó la atención una casa que vi de lejos, con la fachada encalada, donde alguien había dibujado tres pequeñas calaveras en un discreto rincón. Al parecer estaba abandonada desde hacía mucho tiempo y era objeto de curiosidad y temor. Sobre ella pesaba una maldición en torno a la cual circulaban versiones dudosas, acaso distantes, de la realidad. Contaban que allí se había cometido un espantoso crimen que nadie había olvidado jamás a pesar de que ya habían pasado años. Según la historia, un hombre sorprendió a su esposa en la cama con su propio hermano y, cuando ninguno de los amantes fingió siquiera perplejidad al ser descubiertos, el esposo, enloquecido, se abalanzó sobre ellos con un arma blanca. Primero mató a su hermano a golpes y, acto seguido, asestó varias cuchilladas en el vientre a su mujer. En cuestión de instantes, se cortó las venas de las muñecas y se desangró hasta desvanecerse, como los antiguos senadores romanos.

La carnicería se descubrió dos o tres días después debido al olor que salía de la que casa. La trágica escena propició interpretaciones varias de los hechos por parte de los vecinos. Puesto que se hicieron tantas conjeturas, nunca llegó a saberse en qué momento los amantes habían iniciado su fruición pasional.

51

El anticuario había oído que un forastero maltrecho y desamparado había llegado a Sagres. Esto dijo al abrir la puerta de su casa a aquel pobre portugués que venía del norte, llamado Mateus. Y así me lo contó más adelante, añadiendo detalles que se le iban ocurriendo mientras cultivaba su vieja costumbre de inventar.

Nuno, el tabernero, le había hablado de mí. Le había sugerido que me ayudara, ya que no podía mantenerme más tiempo en la bodega de la taberna con el perro, llamado Infante, porque Maria, su mujer, lo desaprobaba. Mencionó que parecía un hombre decente, al que merecía la pena tener cerca.

El anticuario me recibió como a un pariente. Y como huésped apreciado, me eximía de cobrarme. Compartía conmigo su cena. Se consideraba pagado con la atención que yo le daba. Nadie jamás lo había escuchado con tamaña devoción, pidiéndole que le contara la historia de Portugal y del mundo, todo aquello que me quedaba por aprender.

Conseguía pescado en la playa, con fuerte sabor a salitre, cuando las barcas echaban sobre la arena las redes cargadas con lo que traían del mar, y yo lo cocinaba para ambos con cebolla, ajo, tomate, cilantro y aceite. Acompañábamos el plato con pan de maíz que la vecina cocía en un horno al fondo del patio trasero.

Aquel maestro de papeles y libros encuadernados, que trataba como hijos propios, necesitaba la ayuda que yo le prestaba. Tenía cierta edad y la curiosidad que reflejaba su rostro le daba una expresión audaz. Asimismo, advirtió desde el principio que acogiendo a aquel campesino del norte no se exponía a ningún riesgo.

Por la noche, cuando nos recogíamos, me ofrecía lo que tuviera e insistía en que comiera. Intuía que yo había vivido en la miseria, lo cual era palpable por los harapos que solía poner a secar en una cuerda entre dos árboles. Y, porque después de saciar el hambre que traía acumulada, la gravedad de mi gesto se relajaba.

Mi forma de agradecer su amabilidad era prestándole ayuda con los libros, objetos de valor inestimable. No podía evitar pedirle que me contara historias. Y él nunca se negaba, repartía su generosidad sobre la mesa. Y yo, conmovido por tanta benevolencia, disimulaba mis sentimientos con un seco «gracias», que él aceptaba y a la vez disculpaba.

Sabía poco de su pasado. La vida de Ambrósio era tan secreta como aquello que ocultaban las páginas de sus volúmenes. Yo confiaba en las historias que me contaba. No las olvidaría jamás, permanecerían en el aire como una fragancia. Sus relatos despertaban entusiasmo a cualquiera que los escuchara y se sintiera parte de ellos. A fin de cuentas, conformaban una memoria inagotable que propiciaba constantes alteraciones con cada transcripción.

Con el paso de los días, advertí que la única familia que Ambrósio tenía eran los personajes de los libros que alimentaban su imaginación. Con ellos había entablado una intimidad abrumadora, que no admitía lagunas ni secretos.

En una ocasión, entrada la noche, lo oí sincerarse con alguien a quien yo no conocía. Aseguraba que su huésped, Mateus, miembro de una familia rica y de extraordinario linaje, había llegado a Sagres en un estado deplorable, después de una vida de opulencia en Lisboa. Y, tal como hablaba, iba apuntalando la trama en torno al tal Mateus, que había cometido toda suerte de locuras. Tanto era así que, posiblemente por vergüenza, evitaba mencionarlas, incluso una vez instalado en su casa. Lo cierto era que su huésped había perdido todos sus bienes, había sido expulsado de Lisboa y ahora se hallaba en Sagres para purgar sus culpas.

Ambrósio no cuestionó en ningún momento mi procedencia ni mi decencia. A pesar de mi modestia, no eludió asuntos trascendentes que podían ser de mi interés. Le complacía que yo agradeciera tanto que compartiera conmigo su conocimiento, que le pidiera que abordara los orígenes históricos del Imperio portugués.

Cuando saboreaba el pescado que yo le cocinaba, se quejaba del exceso de salitre impregnado en la carne. En realidad lo decía para consolarme cuando me salía mal. Lo enmendaba diciendo que la culpa era del mar.

—Incluso la arena se ensucia de sal —dijo un día y, poniéndose de pie para dirigirse a su habitación, declaró—: Mañana hablaremos de los mapas. Cada línea contiene una historia y sus personajes. Ve a descansar, Mateus.

52

Cuando partí de la aldea rumbo a Lisboa, cerrando así el ciclo de la vida de mi abuelo, inicié el curso de la mía. Viví la existencia que él me dictó mientras estuve bajo sus cuidados.

Llegué a Sagres sin credenciales, dando inicio a una nueva etapa. No sabía si buscaba la felicidad o si ascendía por una escalinata cuyos peldaños no alcanzaba a distinguir. Tampoco sabía si la vida me precipitaría al cielo o al abismo.

Apenas si era capaz de velar por mi propio mundo. La trama que concentraba mis sentimientos y pesares. Había, pues, que combatir a cualquiera que pudiera causarme conflictos. Apoyado sobre el mostrador de la taberna, servía vino y café a hombres que acudían a emborracharse desde muy temprano, orgullosos de sus sueños y esperanzas.

Servía aguardiente sin cesar, lavaba los vasos, rebanaba el pan, los embutidos, los quesos, cedía a las exigencias de los clientes a cambio de los patacos que dejaban sobre la barra y las mesas. Aquellos hombres, que sin embargo eran pobres, se empeñaban en no moverse de allí y solo abandonaban la bebida cuando no tenían más remedio que volver a sus casas.

Estaba exhausto, había bajado a la bodega a descansar unos minutos. A solas, con Infante a mi lado, me preguntaba con qué propósito había ido a Sagres, aparte de conocer al Infante. La respuesta se topaba con una realidad que me confirmaba que, allá donde fuera, siempre sería un norteño sin linaje, en busca de un incentivo que me sería negado.

Di por concluido el soliloquio con un sollozo y un grito ahogado, que atrajo a Infante. Preocupado, me puso las patas sobre el pecho para consolarme. Sintiéndome desamparado, lo abracé, estrechándolo para que no se marchara, mientras él me lamía las lágrimas hasta secarlas del todo.

53

Todas las mañanas me cercioraba de que Ambrósio, el anticuario, seguía vivo, que seguiría ofreciéndome café recién colado, con pan de maíz que yo mojaba en la leche caliente.

Muy temprano, después de limpiar la taberna y proseguir con otras tareas, me acercaba al mar, que me aguardaba como una amante. Tenía la esperanza de que las olas, en un impulso inesperado, me levantaran y me llevaran hasta el otro lado del Atlántico, con la promesa de devolverme a salvo a Sagres tras conocer durante unos instantes el litoral americano, donde nunca había estado.

Pensaba en el Infante y respetaba su silencio, a salvo de las inclemencias de su siglo. Sabía que estaba atento a su obra. Y que existían otras fuentes de interés. Al poco de haber llegado a Sagres, había conocido a las figuras preeminentes del lugar, empezando por el tabernero Nuno y su mujer, Maria, así como Ambrósio, el anticuario con el que vivía. A Matilde la conocí más tarde, delante de la iglesia. Era conocida por ser una mujer perspicaz, a la que se atribuía la habilidad de conspirar contra cualquiera que pudiera perjudicar sus intereses. Era astuta y salía incólume de las artimañas que urdía, también porque a aquellos a los que escogía como adversarios les costaba darse cuenta de sus acciones. Matilde era una dama que velaba con celo por la herencia de su esposo Francisco.

Aquel domingo conocí a su sobrina Leocádia en misa. Los sentimientos que me despertó me tomaron por sorpresa, pues soñaba con verla el domingo siguiente en el patio de la iglesia, antes de empezar la misa. Un día, su tía me sorprendió al pedirme que fuera a verla, pues quería encargarme una tarea. Entraría por el jardín, de modo que no vería a Leocádia, que estaría en el salón.

Aunque Matilde me daba un trato distinguido al convocarme, limitaba mi conducta al no permitirme acceder a su sobrina. Aunque aquella restricción me contrariaba, no desconfié. No me pareció, por sus palabras, que me rechazara, sino que simplemente no me apreciaba. Mi interés por Leocádia me hizo olvidar la recomendación de mi abuelo de precaverme de los riesgos que podían conllevar una palabra o un gesto. Mi abuelo Vicente, la única persona que me había querido en mi vida.

El estímulo de la imaginación hizo crecer mis sentimientos por la sobrina. Tanto fue así que quería evitar cualquier contrariedad, cualquier emoción que pudiera herirla, pues tenía en cuenta su lamentable estado físico, evidente a los ojos de todos.

Después de conocer a Leocádia, me incomodaba mi condición de vagabundo. Un campesino sin tierras, sin arado, sin rebaño. Era un hombre sin oficio, incapaz de mantener a una familia, obligado a reconocer que no servía para nada. Quizá esto mismo pensaba mi abuelo, pero jamás me lo quiso confesar. Yo era un peregrino que, en nombre de una fe difusa, desdeñaba cualquier esfuerzo so pretexto de no tener nada que reclamar en el futuro.

Las personas que conocí y que había dejado atrás en la aldea y en Lisboa me habían proscrito al limbo, allí donde merecía estar. Me auguraban un futuro incierto, el de un joven que construiría un hogar a costa de la herencia de su abuelo. Y que viviría el resto de su vida conformado con un corazón y una casa en ruinas. Patética decrepitud.

Tales predicciones, acaso suscitadas por mi propio abuelo, se cumplieron. Todos los días, aun cuando ya estaba en Sagres, yo mismo predicaba mi desgracia. Nada me hacía pensar que podía ser capaz de revertir un estado de ánimo que me descorazonaba, contrario a la alegría que anhelaba conocer.

54

Cada paso que di en dirección a Sagres hasta llegar allí, donde viví gracias a la generosidad de Ambrósio, fue una aventura equiparable a un viaje alrededor del mundo.

Disfrutaba de la lectura desde la escuela. Incluso cuando era densa y me costaba adentrarme en sus páginas, pues me sentía como un liberto desaforado, libre de interpretar cada línea según mi propio criterio. Y de ese modo me aparté de la verdad del autor. El pasado siempre me iba a la zaga, y todo lo demás zozobraba en medio de la soledad y la desesperación.

Sin embargo, fui capaz de avanzar incólume en la penumbra de mis años y participar, aunque fuera en la distancia y sin ayuda de libros ni maestros, de las peripecias del siglo XV portugués y posteriores. Y, gracias a los versos de la aventura lírica de Camões, me enamoré de la lengua que mi abuelo me había enseñado. Pese a perder un ojo en la campaña africana, el bardo portugués jamás permitió que una vista disminuida empobreciera su creación.

Nunca he visto un retrato de él ni conozco su rostro. Pero para un poeta de su talla ninguna circunstancia podría asfixiar el germen apasionado de su palabra. Bajo las normas de la realidad, un ojo de más o de menos no le causaría ningún perjuicio, ni disuadiría al rey Juan III de tener en la corte a un poeta ciego, en efecto, pero clarividente. A fin de cuentas, de aquel único ojo surgiría el mejor poema de la lengua portuguesa.

Camões siempre me hizo bien, y me excedo al pensar tanto en él. Yo confesaba este sentir a mi abuelo y él se complacía de oírlo. Ni él ni el poeta consintieron nunca que Portugal descansara en paz. Siendo un labrador inculto, me alegraba de no haber nacido a la sombra de su comedero, de no ser vecinos ni de la misma sangre, por ejemplo, hermanos. También me alegraba de no respirar el mismo aire de su época, es decir, de no ser coetáneos. A mi pesar, existían innumerables razones para reconocer que no había heredado ni un ápice de su genialidad. De modo que, si siglos después se me concedió el honor de poder leer su epopeya, doy gracias por el legado de su espíritu.

Así como la vida de mi abuelo socavó mi alma, la de Camões borró la existencia de los demás. ¿Cómo ser poeta cuando ya lo había sido él? Cuando, aún hoy, su pasado nos supera, no se agota, al contrario, se renueva día a día. Pobre de quien se dedica a escribir, pensé un día soleado, como si a través de mí impusiera su poderosa tiranía. Pues Camões es, con el Infante, la patria portuguesa.

Ambrósio, el anticuario, me confirmó lo que contaban de Camões. En la corte, cuando estaba al servicio del rey, solía ocuparse de los difuntos, las viudas y los huérfanos. Mientras ejerció esta función, no siempre actuó con la justicia requerida. Tal vez se perdió en el inapelable gozo de la lengua y descuidó sus obligaciones, desentendiéndose de las cosas terrenales. Y tal vez por esto acabó dejando al margen a aquellos desvalidos que dependían de la expedición de certificados de defunción para solicitar la pensión. Cuando convenía señalar que el propio rey había ordenado retrasar la emisión de tales documentos, dado su interés en retener aquellas ganancias en sus codiciosas arcas.

El riesgo de que un alma se corrompa al aliarse con las altas instancias dedicadas a recaudar acciones indignas siempre ha existido. Y el Poeta no estuvo exento de esta práctica. Sin embargo, este oficio le permitió empezar a escribir *Los lusíadas*, que concluyó en Macao años más tarde.

¿Por qué últimamente, cuando paseaba por la fortaleza o por la playa, contemplando el mar, acudía a mi mente la figura de Camões? Sobre todo cuando me asaltaba una materia intangible, sutil como las palabras. Recuperaba su testimonio del siglo del Infante, que describió con furia creadora.

Como huésped del anticuario, sentía que estaba alojado en la oscuridad de la historia que él iba desmenuzando en mil pliegues, sin perder la alegría que mostraba durante el desayuno, mientras yo perdía la fe en las acciones humanas. Tal vez porque yo carecía de la imparcialidad con que él examinaba los textos, y sufría con historias ajenas que terminaba haciendo propias.

Mi abuelo me había dado lecciones sobre la inequidad de los hombres. Ambos habíamos nacido con defectos y, por las noches, a la mesa, nos preguntábamos cómo era posible que Dios hubiera creado a su imagen y semejanza criaturas tan viles como nosotros. Sobre todo porque, para hacerlo, había tenido que rechazar a muchas otras, como mi madre. A menudo, la figura materna me perseguía. Como una noche, ya tarde, de regreso a la casa de Ambrósio, cuando su espectro apareció sobre la pared de una casa señorial de Sagres. Se deslizó por la fachada hasta desvanecerse en la acera, invitándome a detenerme en los requiebros de un cuerpo que se ofrecía a los transeúntes con una risa lúgubre. Orgullosa de estar humillando al hijo que nunca la amó.

—¿Qué haces aquí? —grité, solo, en la noche—. Si nunca has querido nada de mí, ¿cómo te atreves a enviarme señales ahora? Desaparece de la Tierra, mujer.

55

Solía estar callado. En la taberna cedía la palabra al dueño. Nuno apreciaba que me mantuviera a la sombra. Le gustaba destacar, aunque Maria se opusiera a que su esposo actuara como si fuera hijo y heredero de su padre. No dudaba en sugerirle que se apartara de la barra para tener el protagonismo. Él no discutía los méritos de su mujer, que, además del negocio, había heredado una serie de casas junto a la playa, que alquilaban. Eso sí, ambos hacían alarde de su patrimonio.

—El cliente es el único que tiene derecho a quejarse —repetía en defensa de aquellos que entraban con una pesada carga de tristeza, sin más obligación que la de desahogarse con un vaso que nunca estaba vacío. Los dos taberneros propiciaban las confidencias, les permitían aliviar el sufrimiento con sus dramáticos relatos. Práctica que les aseguraba el dominio de la vida íntima y pública de Sagres.

Yo me limitaba a servir lo que me pidieran. Aunque escuchar a los clientes fuera una misión evangélica, según decía Nuno, ninguno acudía a mí, ya que no inspiraba confianza. En alguna ocasión, sin decir nada, había oído jurar a algún cliente que nunca más volvería a su hogar, porque las peleas y la falta de sexo lo habían echado a perder. Entonces no les prestaba atención. Gracias a mi tendencia a enfrascarme, me resultaba fácil abstraerme, protegerme de las preguntas sobre mi vida pasada.

—Tranquilos, que no soy un fugitivo. No he matado a nadie.

Llegué a Sagres ileso e inocente. Nadie podía poner el dedo en ristre contra mí. Cierto, los sentimientos eran una carga que me pesaba. No tenía modo de compartir con los demás los destrozos de mi memoria. No olvidaba la máxima que mi abuelo pronunciaba todas las navidades, sentados a la mesa mientras comíamos torrijas.

—En el mundo solo existimos tú y yo.

Al exigirme un día que hablara de mi intimidad, reaccioné sin responder. Nadie podía sonsacarme algo que nunca había querido contar. Solo yo podría liberar un secreto como una cometa al aire. Protegía mis secretos con celo. Muchos habían crecido conmigo, se alojaban en mi carne dolorida. Otros me los había brindado mi abuelo, confiando en que jamás fuera a revelarlos. De este modo, fueron emplazados en mi corazón, el único lugar donde tenían cabida. Y un día que Nuno me invitó a hablar de mis orígenes, lo esquivé refugiándome en la bodega con los toneles de vino, llevándome a Infante conmigo.

La vida en la taberna me hacía proteger mi pasado con fiereza, era mi secreto. Observaba a la gente más allá de las apariencias, los desnudaba para convertirlos en simples mortales. Y aprovechaba el tiempo libre para recorrer las cuestas de Sagres, sus riscos, su magnífico litoral. Acudía a aquellos lugares convencido de que no había nacido para adornar aquello que me repugnaba ni para ignorar a quien me perjudicaba.

Y, quizá gracias a esa intuición para distinguir lo que se ocultaba en lo más profundo de una aldea, un Domingo de Ramos presentí que mi abuelo estaba a punto de partir. Debía prepararme para el momento en que habría de subir al cielo o ir directo al infierno. Sabía a quién debía avisar en su hora final, las personas que lo habían acompañado en su vida, algunas de las cuales conocía desde mi nacimiento. Y un día yo también me despediría de ellos, pues este era mi propósito.

56

Había oído hablar vagamente de Matilde. Y cuando la vi por primera vez, a la cabeza de un grupo en el momento de entrar en la iglesia para la misa del domingo, sentí una sacudida, como si hubiera caído bajo un hechizo maligno.

Entonces ignoraba que Matilde, la misma mujer que inspiraba comentarios mordaces, tuviera fe y convicciones religiosas. Dueña de una economía sólida, que incluía inmuebles que alquilaba, era poco apreciada por el pueblo. Asumía diversas funciones para defender sus bienes. Podía ser el heraldo del rey y encargarse a la vez de anunciar los movimientos de una estrategia de guerra, sin necesidad de guardar lealtad incondicional a las órdenes del monarca, pues también tenía don de lenguas.

Su afán de poder y recursos le valía la devoción de su hermana Leonor, la madre de Leocádia. Eran inseparables y aquella secundaba todas las iniciativas de Matilde. Los domingos encabezaba el grupo que se encargaba de trasladar con cuidado a Leocádia a la iglesia. Todos actuaban según sus instrucciones. Matilde se anticipaba al inicio de la misa, entrando en la iglesia bastante antes de que empezara la ceremonia.

El domingo que vi a Leocádia por primera vez se retrasaron, lo cual disgustó a la tía por tener que someter a Leocádia, en su silla de ruedas, a la curiosidad pública.

Llegaron apresuradamente a la iglesia, cuya puerta permanecía cerrada hasta que llegaban ellas. Antes de volver la espalda, Matilde censuró con severidad a los parroquianos que se disponían a rezar.

El cortejo de Matilde consistía en un viejo casero, su hermana Leonor y Amparo, la empleada que servía desde hacía años a la familia. Las dos mujeres llevaban un velo sobre la cabeza, un rosario enrollado en la mano izquierda y una flor prendida en la solapa. Llamaban la atención sus pesados vestidos negros, no tanto por un luto reciente como por un luto del alma. Con gestos solemnes, los tres obedecían a Matilde sin replicar. Aquel día, no les gustó que los fieles apiñados en el atrio los saludaran con efusividad en el momento de entrar en la iglesia.

Matilde respondía a los saludos con ademanes discretos, con la cabeza gacha, como si examinara las baldosas irregulares del suelo para no tropezar. Al pasar cerca de mí y de Infante, que iba a mi lado, sentenció mi fin, como si dictara la frase de mi epitafio aun sin saber quién era yo. Cuando me dispuse a entrar a continuación, para buscar un lugar donde sentarme, apareció de pronto Nuno, el tabernero, y me susurró:

—Esa es doña Matilde. Y la que está a su lado, que casi no se ve, es su sobrina Leocádia. Hoy no sé qué ha pasado, porque suelen dejarlas entrar en la iglesia antes que a nadie.

Había visto a la sobrina antes, al pasar por delante del atrio. En aquel momento sentí el embate del amor, era incapaz de explicar su belleza. Solo era capaz de describir a Matilde, su aspecto hostil. Como si formara parte de una asamblea de criaturas surgidas de las tinieblas.

El banco del frente, el más próximo al altar, era de uso exclusivo para Matilde, que además exigía la reserva de la segunda fila, para que nadie pudiera observar a su sobrina desde ningún ángulo. Y el párroco, desde su púlpito, dirigía el sermón exclusivamente a Leocádia, a la que apenas si se distinguía, ya que llevaba un vestido largo, y un sombrero de ala ancha sobre la mantilla que le cubría el rostro, iluminado por el fervor religioso que irradiaba.

Después del *ite, missa est*, Matilde se dirigió a la sacristía con su séquito a la zaga, bajo la guarda del sacerdote, ataviado todavía con las vestiduras. Cuando hubieron salido, el anticuario se colocó a mi lado. Además de acogerme en su casa y ofrecerme comida, a la salida, sin que nadie lo oyera y con solidaria delicadeza, me advirtió de los peligros del corazón.

—Cuidado, Mateus, un cuerpo enamorado es un cuerpo enfermo.

Se alejó y yo le seguí. No me aclaró qué había querido decir con aquello. Pero yo tampoco le pedí que me salvara.

57

Un día, antes de regresar a la taberna, estuve examinando los libros y manuscritos de Ambrósio, el hombre que me había acogido. El universo de los papeles, tan nuevo para mí, me resultaría útil. Libros y mapas poblados de personas dotadas de una voz, de la que no habían podido servirse a lo largo de las épocas crueles y déspotas que les había tocado vivir. Yo sabía muy bien, y así lo confirmó el anticuario, que eran pocos los que habían cultivado el habla en su plenitud. Ambrósio me prestaba su atención, comida y vino. Y yo necesitaba que me alguien me escuchara.

Los domingos, sin excepción, muchos acudían a la taberna para evadirse. Era un lugar público donde dar rienda suelta a falsas alegrías e ilusiones masculinas. Un lugar donde yo había tenido la suerte de encontrar trabajo nada más llegar a Sagres. Además de las monedas que Nuno me pagaba, me ganaba unas propinas que echaban sobre un platillo.

Aquel domingo, sin más, pregunté a Nuno, procurando que nadie me oyera:

—¿Quién es la señora de la iglesia?

Estábamos solos y Nuno se preparó para entablar una conversación.

—Como tú sabes, porque ya te lo han dicho claramente, es doña Matilde.

Y volvió a hacer hincapié en el hecho de que yo ya estaba al corriente. Era una mujer de posibles gracias a la herencia conyugal, pues su esposo había fallecido poco después de casarse, dejándole dinero y viudez. Y así devino dueña de su voluntad y de la de los demás. Asimismo, tenía un carácter irritable y se enfadaba por muy poco. Nunca iba sola por Sagres ni a ninguna parte, siempre la acompañaban sus hienas.

Nuno me dio a entender que Matilde era una mujer temible. Era áspera e impaciente y no transigía con nada, increpaba a los vecinos o a cualquiera que se interpusiera en su camino.

—Es normal que le sobren enemigos, pero porque los atemoriza. Si el Infante viviera, pondría su fuerza a prueba con él.

Y, por ser domingo, me ofreció una copa de vino, aprovechando la ausencia de Maria, que censuraba confraternizaciones con los empleados.

—Más aún, Matilde desprecia a la gente con ilusiones. Lo considera una conducta inútil.

Pero ¿por qué inspiraba tanto miedo? Pensé que el anticuario podría contarme más cosas de ella. Aunque era precavido, más adelante me aseguró que, después de misa, Matilde actuaba como una persona extraña, como las que aparecían en las páginas carcomidas de sus libros.

—Como la conspiradora doña Urraca, la soberana gallega que se enfrentó al arzobispo Gelmírez. La nuestra también tiene veneno en las uñas y las clava confiando en su efecto mortífero —remató Ambrósio— esquivando el peso de la acusación.

Pensé que todo el mundo exageraba, no quería creerlo. Sentía el impulso de disculparla debido a lo que sentía por su sobrina. Me limité a desoír aquellos rumores, sobre todo los que venían de Ambrósio, inspirados por su afán histórico. Tanta lectura lo hacía despreciar la realidad. ¿Cómo no iba a resucitar a doña Urraca y a Gelmírez en Sagres?

Por la noche, bajo el efecto de haber conocido a Leocádia y demás sinsabores, di rienda suelta a mi imaginación. Mis fantasías adoptaban la forma de esbirros, fieras mitológicas gobernadas por entidades secretas que me angustiaban. Era incapaz de conciliar el sueño y me sentía inseguro, tenía la sensación de que mi nuevo hogar, que era Sagres, empezaba a ofuscar el recuerdo de mi abuelo, de la aldea, y anunciaba la primicia de que este era el lugar donde sería enterrado.

58

Amé a Leocádia desde el primer momento en que la vi en el atrio de la iglesia. Y más tarde confirmé ese amor al verla sentada junto a una mesa baja, sobre cuya superficie de mármol relucía un mosaico de piezas de colores y conchas blancas de la playa del Castelejo. Aquella mesa, con pies de nogal tallados con la forma de garra de un ave del paraíso, era un imponente legado de cierta familia de Sagres, cuyo único heredero había sido engullido por el mar años atrás.

Sin embargo, la joven se mantenía impasible ante el reclamo de mi mirada, se resistía a corresponder mi acuciante deseo. Prefería mirar el aguamanil de estaño que había junto a un cuenco de frutas.

La palidez de Leocádia, que se fundía con su chal de color perla, me sobrecogió. La veía como una criatura por cuyas venas fluía la misma sangre que me atormentaba y me impedía dormir. Su piel traslúcida, de alabastro rosa, rechazaba el ímpetu apasionado de mis tentáculos, que amenazaban con engullirla.

Leocádia me conmovía, era como una estatua a la espera de los ornamentos de mi carne, que ansiaba lamerle las piernas, los pechos, acercarse a su sexo y sorber su viscosidad.

Días después su tía Matilde volvió a hacerme llamar para prestarle servicios. Siempre y cuando no me viera como un hombre sin un céntimo, sería apto para algún que otro trabajo. Estaba dispuesto a ayudarla mientras pudiera seguir sirviendo en la taberna, donde ganaba algunas monedas y tenía asegurada la comida.

Vivía en una casa señorial y no tenía vecinos. Estaba apartada de las demás residencias del pueblo, casi todas adyacentes, construidas en hilera para protegerse de las inclemencias del viento. El olor a mar empapaba la casa familiar, solitaria, encalada e intercalada de piedras, muy cerca de la costa. Los efectos de la proximidad marítima afectaban a la vegetación, que resucitaba vigorosamente gracias a los cuidados de la tía.

Más tarde me contó que se había enterado muy pronto de la llegada a Sagres de un forastero del norte, y de inmediato decidió averiguar más cosas acerca de él. Hasta que un domingo me vio de soslayo a la entrada de la iglesia. Y no dijo más. Noté su rechazo, censurándome que me hubiera fijado en su sobrina. Como si hubiera sospechado al instante de las intenciones de aquel desconocido que, arrebatado por una pasión súbita, ansiara usurpar el cuerpo de Leocádia, que sin duda encarnaba el ideal de belleza femenina. Una criatura inaccesible para un vagabundo entregado a los vicios, aliado a las fuerzas del mal. Y puesto que seguramente andaba buscando dinero, no vacilaría en quitarle a su sobrina.

A pesar de tener ya cierta edad, Matilde no dejaba de observar el mundo, atenta a las señales más insignificantes. No se le escapaba nada, dominaba los secretos de Sagres, que parecían suyos. Y, gracias a esta habilidad, le resultó fácil clasificarme socialmente como un campesino pobre que no tenía donde caerse muerto.

Matilde ignoraba que yo estaba acostumbrado a formular frases de elaboración propia, que destilaban cierta erudición. No había asistido a escuelas de ricos, pero no era un ignorante. El propio profesor Vasco de Gama había destacado mi habilidad con la lengua. Había observado que, por ser tan tímido como osado, era capaz de expresar sentimientos sutiles con cierto talante literario, sin descuidar nunca la lengua. Y de este modo sacaba a colación temas de la historia portuguesa.

Sin embargo, con un golpe certero, decidió menospreciar mi sagacidad por el hecho de atreverme a dirigirle la palabra. Arremetió contra mí mirándome de arriba abajo, despreciando mis andrajos, mi olor, cuanto cubría mi ropa. Incluso me despojó de alma. Pero, negando mi alma, necesariamente reconocía su existencia. Y, al oponerse a mí sin apenas conocerme, traslucía un sentimiento malévolo que confluía con el mío, a riesgo de sufrir una derrota recíproca.

59

Pese a haber conseguido llegar a Sagres, la sombra de mi abuelo me perseguía cuando me iba a dormir. Insistía en no abandonarme, tal vez por miedo a la locura que estaba a punto de cometer, ante la inminencia de que los desatinos de la pasión se volvieran en mi contra.

Me mandaba señales para darme a entender que, aunque estuviera enterrado, me seguía queriendo. Insistía en aferrarse a mí, convencido de ser mi última esperanza. Porque así había sido desde el día que nací. Conmovido por el abandono de mi madre, me amó con todo su ser, sin ningún pudor. Y esto, a pesar de reconocer que el origen espurio de su nieto lo avergonzaba profundamente. Pues el día que supo que su hija Joana, mujer de naturaleza desalmada, estaba embaraza e iba a darle un hijo fuera del matrimonio, se deshizo en sollozos sobre el hombro de su amigo António.

Yo sabía qué esperaba mi abuelo de mí por cómo me trataba. Era habitual encontrarlo sentado en el suelo, bajo la copa del roble que teníamos en medio del patio, esperando a que yo apareciera por la curva del camino a mi regreso a casa, para hacerle compañía o contarle lo que había ocurrido en el monte o en el camino de vuelta. Incluso a sabiendas de que a su nieto, discreto como era, le costaría reproducir alguna historia de su agrado.

Yo daba las gracias por su compañía. La delicadeza con que miraba a otro lado, desplazando su centro de interés hacia algún punto perdido para no abrumarme. Yo también tenía prisa por volver a casa para estar con él, que me recibía fingiendo no verme. Aplanaba el tabaco de liar con la navaja, esparcía las hebras sobre el papel y lo iba enrollando para luego pasar la lengua y sellar el cigarrillo. Luego atizaba la brasa, apretando el otro extremo con los dientes. Y así, durante un rato, lo encendía y lo dejaba apagarse. Le gustaba que le durara en la comisura de los labios.

Disponíamos de pocos haberes, pero me sobraban las aventuras que me contaban él y los viejos de la aldea que se iban marchando. Él mismo, como si anticipara su propia partida, me avisaba de que le quedaba poco para abandonar Portugal. Con gestos comedidos, daba a entender que estaba a las puertas de la muerte.

Cierta mañana que se me antojó una despedida, como un día señalado al que no podía faltar, dejó sobre mi cama una nota en blanco, doblada varias veces. La desplegué a toda prisa, con la expectativa de leerla. ¿Qué iba a decirme mi abuelo, que apenas si sabía escribir? Al comprobar que no contenía nada, ni su firma siquiera, sentí una gran pena, pues sabía que en breve no volvería a verlo. Por lo tanto, pensé que debía permanecer a su lado las próximas horas, los próximos días. Y aceptar el doloroso acontecimiento, que sería tan discreto como la hoja en blanco.

Durante la cena, mientras nos tomábamos la sopa, no disimulé mi desánimo, lo mucho que sufría. Aunque comprendía que él también debía de estar muy triste por dejar a su nieto a merced de una patria injusta.

Pobre abuelo, ¿cómo aceptar que fue mortal? ¿Y que me dejó para siempre?

60

Anochecía en Sagres y mi cuerpo se inflamaba. Me repartía entre Ambrósio, el anticuario de libros, y Nuno, el tabernero, que aunque eran distintos dirigían mi día a día. Los demás habitantes integraban un imaginario disperso, imposible de precisar.

Aguardaba ansioso los domingos con la expectativa de ver a Leocádia en la iglesia. Aunque estuviera lejos, sentada cerca del altar, y solamente le viera la mitad del rostro y la cabeza cubierta con una mantilla blanca, daba las gracias por aquel día sagrado. La silla de ruedas recordaba a las andas donde iban los santos que, después de purgar sus pecados, ostentaban el aura de la santidad. Pero yo, que era un pecador, no quería una beata, sino una mujer entre cuyas piernas pudiera abrigarme y ser feliz como nunca.

Aquel domingo, Matilde, su tía, iba otra vez a la cabeza del grupo que velaba por el bienestar de Leocádia. Ya me conocía y no me quería bien, como si para ella fuera un adversario. En su casa, donde me había convocado alguna que otra vez, nunca me había permitido pasar al salón. Solo podía observar a la joven de lejos, que era como no verla. Siempre estaba al acecho, se cuidaba de mí, protegía a su sobrina de aquel sátiro del norte. Siempre en presencia de Leonor, que envejecía deprisa al lado de su hermana mayor, orgullosa de ser su fiel escudera y la de los demás. Eran un clan de verdugos dispuestos a hostilizar a quien fuera necesario.

Un domingo llegué al atrio al despuntar el día, con la esperanza de ver a Leocádia antes de que entrara en la iglesia. Esperaba, aunque fuera solo una vez, atraer su mirada, que se me antojaba errática. Entonces llegó Nuno y se puso a mi lado, como si con su presencia me autorizara a reclamar a Leocádia aquel domingo ventoso que amenazaba con arrastrarnos a las profundidades del mar, por lejos que estuviera.

El cura abrió la puerta para recibir a Matilde, generosa fuente de donativos. Al ver que se retrasaba de nuevo, el sacerdote se puso nervioso y se vio obligado a dejar pasar a los fieles que se aglomeraban en la entrada. Con todo, hasta que Matilde no llegara no empezaría la misa.

Nuno sugirió al párroco que retrocediéramos y dejáramos pasar a la tía cuando llegaran. Interpreté el retraso de Matilde y la angustia del cura como un mal presagio. La suerte me condenaba a un amor estéril.

Nuno notó mi malestar. Creía que estaba disgustado por algún motivo que no alcanzaba a entender. La víspera, en la taberna, me había dicho que los amores, en general, estaban abocados al fracaso y que lo mejor era aceptarlo.

Aunque lo consideraba un hombre instruido que había aprendido de la vida en la taberna, el hombre sabio era Ambrósio. Aun así, atendía a sus consejos, pues quizá entre él y el anticuario, y el recuerdo de mi abuelo, evitaría agravar mi sufrimiento.

Como si fuera parte de su oficio, Nuno disfrutaba recolectando desdichas ajenas. Una cosecha poco útil, que se traducía en enseñanzas dispersas, sembradas en el espacio reducido de la taberna. Siempre bajo la vigilancia de Maria, que se disputaba con él la hegemonía del negocio. Solían encajar bien los excesos de alcohol que acababan revirtiendo en amargas confidencias. De este modo compensaban el hecho de vivir en Sagres, despojados de la grandeza que el infante don Enrique les había brindado en otros tiempos.

Asimismo, me sentía víctima de aquel antiguo sueño que, en cierto modo, me había arrebatado la razón de vivir. ¿Cómo seguir la estela de los navegantes del siglo XV si había nacido en una época tardía, en un establo del norte, entre vacas, heno y estiércol?

El cura leyó la nota que le fue entregada. Irritado, volvió la espalda a los feligreses que esperaban todavía en el atrio y entró en la iglesia, decidido a iniciar la misa sin Matilde. Presentí que sería un domingo aciago. No vería a Leocádia pese a que mi amor prosperaba. Entré en la iglesia, consciente de estar solo en el mundo, a merced de mi suerte. Lo que haría a partir de aquel momento no tendría redención posible.

Me arrodillé y, llorando desconsoladamente por el amor perdido y por mi abuelo, dije en voz baja a modo de oración:

—Acepto la batalla y también la derrota.

Nuno debió de oírme o notó mi aflicción, pues hacía años que el tabernero era testigo del drama humano. Me levantó y, estrechándome contra su pecho, simpatizó con mi soledad. Se compadeció de aquel iluso incapaz de presentir el amor condenado al fracaso y me sacó a la luz del día.

—Vamos a casa, Mateus.

Lo seguí como si fuera mi abuelo Vicente resucitado.

61

Desperté en la casa del anticuario con ganas de seguir adelante. Cogí un huevo nacarado y agujereé la cáscara para sorber el contenido. Fue como beber la leche de Malhada, la vaca que vi nacer en la casa del norte. Para mí era como una hermana, o una madre universal. En mis sueños, las ubres de Malhada eran como los senos de Leocádia, que aunque no los había visto, posiblemente, también palpitaban. En una ocasión, los miré un fugaz instante y su tía me ahuyentó, echándome del salón con una seña.

En el catre, de madrugada, la imagen del busto de Leocádia me impedía dormir. Yo suplicaba ser liberado, una carta de manumisión. Por culpa de aquella maldita mirada, su tía me prohibió la entrada en el salón durante un tiempo. Aun así, pese a mis censurables rarezas, me siguió llamando para determinadas tareas.

El rencor que me demostraba no se atenuaba con la convivencia. Me veía como a un salvaje dispuesto a ofender a su familia, a despojar a las mujeres de sus vestidos con el fin de poseer sus carnes. No obstante, cierta tarde me recibió en el salón y me ofreció un té en una taza de porcelana transparente, un elixir que los dioses usaban para enloquecer a los hombres.

¿Qué sabría aquella mujer del peso de llevar entre las piernas un sexo abrumador que azotaba sin descanso a los varones, que los fustigaba? ¿Cómo se atrevía a censurar mi deseo, pretendiendo restringir su función, maldiciéndolo, cuando la víctima de mi voraz apetito era yo mismo? Solo yo percibía los movimientos de un mecanismo que, tan pronto era provocado, se endurecía y me hacía perder el control.

La piel de Leocádia, lejos de ser como un desierto en llamas, era diáfana. No parecía moverse de cintura para abajo, aunque en su ser afloraba un pálpito espontáneo de vida. No debía esperar ninguna señal repentina que sugiriera interés por sentir el vértigo rayano en el pecado.

Lo difícil era afrontar las noches. Era como escuchar a Lucifer susurrándome que el fracaso era la sonrisa del payaso, sentencia que oí una vez y cuyo significado nunca entendí. Desde el instante en que conocí a Matilde, entendí que algún día abandonaría la casa de Ambrósio, incluso sin despedirme, cuando fuera demasiado doloroso permanecer en Sagres como un esclavo de las emociones, de las monedas que me pagaban. Cuando Leocádia, misterio eternamente indescifrable, fuera un desafío para mi naturaleza humana.

Mi abuelo solía aconsejarme que había que definir el rumbo que tomar en la vida. El momento de iniciar una aventura, de hacerse con un título de propiedad en otro lugar, donde yo decidiera. Había que terminar, de la manera que fuera, las cosas que se empezaban. Solo así recuperaría del fondo del mar el ancla que el infante don Enrique había lanzado al abismo desde el cabo de San Vicente como prueba de su peregrinación en la Tierra.

Ah, sabio abuelo, del que nada heredé.

62

¿Cómo iba a estar mi alma en paz, aun en Sagres, si desde el día que nací fui una criatura maldita, hijo de una puta que se entregó a los hombres y que jamás me quiso? El vástago de una mujer que, después de parirme, con ayuda de mi abuelo Vicente y su vecina Ermelinda, en cuanto se recobró, reunió sus andrajos y se despidió de su padre.

—Si no quieres al niño, déjalo en la casa de expósitos. Allí lo cuidarán. Te dejo ponerle el nombre que quieras.

Me quedé en aquella casa, en vez de acabar en el torno giratorio de los indeseados. Mi abuelo quiso quedarse conmigo. Esto di a entender un día a Matilde, y así me gané cierto respeto.

Al prever mis sentimientos por Leocádia, el anticuario consideró prudente cuidarme, pues Sagres era un pueblo que aún no había despertado a la realidad de los tiempos modernos. Seguía bajo el influjo del Infante.

—Estas familias se aplican a fondo en la venganza, que es el arte de los poderosos —dijo sin matizar a quién se refería.

Cuando narraba historias, defendía cierto romanticismo estampado en mi rostro, ahora barbudo. Eran relatos con finales infelices, lo cual confirmaba su axioma. Pero, en mi angustia por perder a Leocádia aunque nunca hubiera sido mía, me precipité a la fortaleza cargado de valor para arrojarme al mar. Desde aquella altura, la caída sería vertiginosa.

Y, mientras contemplaba el oleaje encrespado desde lo más alto del mundo, pensé en vengarme de las afrentas de Matilde. Propondría a la joven que huyéramos a las montañas al amparo de los lobos, unas criaturas muy superiores a los hombres. Nací con la conciencia de que los animales superaban a los hijos de Dios en todos los aspectos. Tenían una dimensión moral ejemplar. ¿Cómo no iba a conocer bien la vida animal, si había sido concebido por una mujer que rechazó a su hijo, abandonándolo sin piedad, indiferente a la suerte que fuera a correr?

Regresé a la taberna sin un plan de acción, lamentando el asedio de Matilde. Vivía instalado en un estado pasional enfermizo. Antes de salir, comí un poco.

—Come, hombre. La sopa de nabas resucita a un muerto —dijo el anticuario.

Nuno reconocía que él era un hombre brusco y lo compensaba con gestos de generosidad. Aunque no tenía la obligación de proporcionarme comida, me ofrecía pan, sardinas y el vino que recuperaba con cuidado de las botellas que los clientes no se terminaban. Le encantaba decir su propio nombre, con el orgullo de poder relacionarlo con la biografía del mismísimo Condestable, el héroe luso que liberó a su pueblo de los españoles en la batalla de Aljubarrota.

Nuno había venido a Sagres desde Faro a instancias de su padre para probar suerte en las tierras vecinas. Este ansiaba expulsar a sus hijos de casa, porque eran muchos. El consejo paterno le fue bien. Conoció enseguida a Maria, la única hija del tabernero. Se casaron y el enlace le aseguró trabajo con su suegro hasta el día que este murió, cuando el matrimonio asumió el control del negocio. Nuno tenía gracia para animar el establecimiento y lo hizo prosperar.

—Lo mejor de mi oficio es que los clientes te cuentan las cosas como si fueran secretos. Se quejan aquí porque no pueden hacerlo en casa. Sin mencionar que muchas veces juran por Dios que jamás volverán a su hogar, porque allí son infelices. Pero ¿adónde iban a ir si no?

Conocí a algunos de esos hombres. Algunos de ellos morirían en el mar en breve y sus mujeres se pondrían de luto, como muestra de la perfecta vida conyugal que habían disfrutado. Aunque su vida fuera triste, les enseñaba a mentir. Y yo pensaba: ¿por qué estos desvalidos marineros no buscan un destino mejor en las costas africanas, como hicieron muchos otros en el pasado?

—¿Y por qué no se van a Brasil, donde aún se habla portugués? —susurré.

Descontento con mi frágil corazón, desistí de enfrentarme a Matilde. Busqué un argumento razonable y traté de identificar otro de sus puntos débiles, distinto de Leocádia.

—Pero ¿quién es Matilde en realidad? —me preguntaba cada dos por tres.

Aparte de lo que ya sabía sobre ella y de mis propias conclusiones, planeaba sobre ella la sospecha de haber precipitado la muerte de su esposo pocos días después del enlace, sin siquiera haber tenido tiempo de penetrarla y depositar en ella su deteriorado semen. Es posible que bastaran unas gotas para fecundarla y darle el hijo que nunca tuvo. Aunque, claro, tampoco podía saber cuándo había perdido Matilde la virginidad.

A la muerte del marido, sacó del armario un vestido negro que ya había usado para otros muertos. Pese a tener aptitudes demostradas para las finanzas, escogió un féretro caro, sin tener en cuenta el carácter discreto del difunto, que solo aspiraba a ser recibido en el Reino de los Cielos.

—Matilde actuó de forma calculada, lo tenía todo pensado. Como si quisiera de verdad a su marido —dijo Nuno.

—Que esos españoles se queden en su lado de la frontera para siempre y nos dejen en paz —amenazó su padre, señalando con el dedo en la dirección de Salamanca, esa ciudad que los importunaba con los vientos que venían de allí.

Desde que había llegado a Sagres, intentaba desmenuzar la vida de Matilde, retirar el velo que la revestía. Recabando detalles íntimos o averiguando cómo, en la práctica, la tía hacía usos de sus reservas beligerantes. Una viuda que, bajo la custodia del clero local, llevaba sobre los hombros el manto bordado de la santidad mientras repartía monedas con cierta prodigalidad.

Con el paso de los días iba conociendo la opinión que la gente tenía de ella, aunque poco se sabía de Leocádia, a la que nadie había visto nunca andar. Algunos domingos se la veía pasar, de camino a la iglesia, en una silla de ruedas importada de París, un modelo innovador en Portugal, ya que, por una tradición casi religiosa, a los familiares con deformidades o mutilaciones se les escondía bajo siete llaves. Pues aquellas criaturas eran motivo de vergüenza, como si su estado se debiera a una desgracia procedente del pecado o de un sospechoso incesto familiar.

—Leocádia es una princesa, ¿cómo no vas a amarla? —comentó un día Nuno.

Matilde y su hermana Leonor, que protegían con celo a la joven, evitaban tomar cualquier riesgo posible, hasta el de exponerla al sol. Casi siempre estaba encerada en casa, no había visitado nunca la fortaleza del Infante ni había paseado por el promontorio inscrito en los anales del mundo, o más bien de este corrupto hemisferio norte que en el pasado había fingido fidelidad a los registros históricos. De manera que hasta yo, un obediente campesino del norte, interpretara como buenamente pudiera las desafortunadas particularidades de mi vida.

63

Nuno me contó por voluntad propia cómo Matilde había llegado Sagres. Ya estaba casado con Maria cuando conoció a Matilde de cerca y supo un poco más sobre su historia. Sin decir lo mismo de la sobrina, Leocádia, que raras veces era vista, salvo en la misa del domingo cuando entraba en la iglesia en presencia del resto de fieles.

Hacía tiempo que se permitía a Leocádia el privilegio de acceder a su lugar antes de empezar la misa. Matilde hacía lo posible por evitar a su sobrina cualquier incomodidad o mirada malévola. Según el acuerdo con el párroco, instalaban a Leocádia en la segunda fila y, al momento, cerraban la puerta para que nadie se aprovechara de esta cortesía que debía a la joven. Y que se extendía expulsando a los creyentes del atrio una vez concluía la misa, con la intención de impedir que vieran a la sobrina salir.

Matilde aceptaba con naturalidad las versiones que circulaban sobre ella en Sagres. De hecho, no había nacido en la ciudad y jamás había revelado de dónde venía. Ni siquiera las malas lenguas sabían gran cosa de ella. Ansiosos por sacar a la luz alguna trama encubierta, hacían circular intrigas a las que iban añadiendo algún detalle nuevo. El interés por las vidas ajenas se debía a la afición por la sarta de misterios que se venían tejiendo desde la época del infante don Enrique. El mismo fenómeno afectaba a comunidades vecinas como Faro, Lagos, Tavira o Albufeira.

Al parecer, años atrás, Matilde guardaba en una casita de alquiler los baúles con los que llegó a Sagres en un carruaje a la vista de todos. Se pasaba el día recluida en la casa, sin recibir visitas ni para tomar café. En aquella época hacía compras frugales, que incluían pescado fresco para las comidas. Y desde que llegó, sin conocer a nadie, llamaba a la puerta de los vecinos para solicitar información sobre los habitantes, tanto vivos como muertos, alegando que tenía en mente escribir la historia reciente de Sagres, un trabajo que algún día sería publicado. Y para demostrar su propósito anotaba en un cuaderno un minucioso informe que incluía la genealogía familiar, el patrimonio presente y el heredado.

Gracias a este método, Matilde accedió a los entresijos más íntimos de las familias potentadas. Hasta que en un momento dado llegó a su conocimiento que Francisco Azevedo, un vecino de Sagres que había partido a América hacía unos años, regresaría al pueblo en breve, ya muy anciano, con una fortuna y sin prole.

—¿Y quién se encargará de celebrar su regreso? —preguntó Matilde un día de visita a una amiga—. ¿Ya han avisado a los familiares?

Nunca se supo de qué modo se acercó al viejo Francisco, el brasileño —como llamaban a los que partían a Brasil— después de su larga ausencia. Y es que al poco de su regreso empezó ir a comer y a cenar a casa de Matilde, que lo colmaba de atenciones, pues no permitía a nadie más que lo hiciera. La propia Amparo, que estaba a su servicio, se ocupaba de la ropa de Francisco y le limpiaba la casa. La estrategia de Matilde fue tan eficiente que al poco tiempo ya circulaba la noticia de que habían contraído matrimonio por lo civil y por la Iglesia. Tras lo cual se instalaron todos en la casa señorial del esposo, que pasó a ser propiedad de ella.

Según la versión de Maria, Matilde dio caza al viejo inmigrante incluso antes de instalarse en la ciudad donde naciera. Sin darle margen a huir de su asedio. Pues, al no tener quien lo cuidara y nadie a quien dejar su fortuna, el hombre agradecía la dedicación que le daba.

Mientras me contaba esto, Nuno añadió un dato importante. Matilde había llegado a Sagres sin dinero ni lazos de sangre en el pueblo. En las dos carrozas (y no una, como habían mencionado anteriormente el matrimonio de taberneros) con las que había llegado a Sagres, cargadas hasta arriba de baúles que encerraban un pasado, también venían Leonor, su hermana pequeña y Amparo, que por llevar años con ellas era considerada parte de la familia.

Su historia contenía lagunas y se desconocía su procedencia. Su acento tampoco delataba su origen. Ahora bien, se comportaba de manera distinta a las mujeres de su época y nada apuntaba a que fuera un ama de casa sumisa. Era más bien como un hombre al mando del mundo. Y, puesto que no parecía dada a muestras de afecto, su rasgo más visible era el de una guerrera dispuesta a tomar las armas.

—Con el tiempo se demostró que nuestras suposiciones acerca de doña Matilde eran ciertas —concluyó Maria.

El repentino embarazo de su hermana, que se enamoró de un pescador rubio, escandinavo, que apenas si hablaba el portugués, le causó un disgusto. Al conocer lo ocurrido, quiso ajustar cuentas expulsándolo de Sagres con amenazas. Matilde quería darle caza, pero su prestigio no lo amilanó. Para ganar tiempo, insistió en quedarse hasta que su hijo viniera al mundo. Y cuando la criatura nació, supuestamente con parte de la belleza europea del padre y con parte de la armonía meridional portuguesa de la madre, Matilde le impidió entrar en su casa para conocer a su hija. El escandinavo se opuso a la prohibición. Como padre de la niña, exigía poder verla. De modo que entró hasta el final de la casa, hasta la habitación. Entonces vio el grave accidente que su hija había sufrido durante el parto, que le causó lesiones irrecuperables en las piernas.

Al ver el deplorable estado de la niña, el escandinavo reclamó una gran suma de dinero que Matilde guardaba en un cofre. Ella le plantó cara y pidió auxilio al servicio, dispuesta a entablar batalla. Él reaccionó amenazando con atacar a Leonor, que estaba aún en la cama recuperándose del parto, con la niña en la cuna a su lado. Rodeada por sus secuaces, Matilde apuntó al escandinavo con una carabina de caza que tenía a mano.

—Te mataré y quedaré libre de cargos. Márchate de aquí y que sea para siempre.

A modo de advertencia, disparó el arma a un lado y, con un movimiento inesperado, le asestó un golpe en el hombro con el arma que lo hizo caer al suelo gritando de dolor. Lo echaron de la casa pese a tener dificultades para andar.

A continuación, arrastrando consigo sus pertenencias, el marinero se dirigió a la taberna en busca de alguien que lo defendiera. Se tomó ávidamente dos vasos seguidos de vino tinto y juró venganza.

El juez de la comarca, que casualmente estaba allí, oyó la confesión.

—Atrévase a hacer lo que no debe, porque lo meteré en la cárcel por lo menos tres años y luego lo deportaré —le advirtió entre los aplausos de los presentes—. No se atreva usted a desafiar a la autoridad portuguesa.

El escandinavo recogió las bolsas que había dejado en el suelo y se marchó.

—Nunca más regresaré a esta tierra maldita. Pero alguien volverá para vengarme.

Maria, que era más estricta que Nuno, le cobró lo que había consumido.

—Qué miserables sois. Pasadle la cuenta a Matilde. Me debe favores.

64

Matilde iba con frecuencia a Lagos, a pocos kilómetros de Sagres. Entre otras de sus costumbres se contaba entrar en el banco y demorarse en salir. Tenía asuntos que tratar para conservar su patrimonio. Realizaba depósitos, retiraba dinero o consultaba su saldo. Sobre todo estudiaba el mercado de valores, que al parecer entendía. No perdía de vista los riesgos que podía correr si la pobreza acechaba. Nunca iba sola, siempre la acompañaba su escolta, normalmente Amparo, la escudera con la que llegó a Sagres.

Desde hacía unos años, Amparo y Leonor se abstenían de atender asuntos fuera de los domésticos, acatando órdenes de Matilde. Siendo ambas mujeres de confianza, cobraban los alquileres, la principal fuente de rentas de Matilde. Al principio de cada mes llamaban de puerta en puerta con rictus severos, siguiendo la instrucción de Matilde de no tolerar retrasos.

Un día que Nuno y yo nos reunimos al fondo de la taberna, le dije que Leocádia era como una criatura alada que erraba por los campos, a la espera de que su belleza traslúcida conmoviera a alguien y la cuidara con fervor. No había lascivia en mis palabras ni estaba pensando en su castigado cuerpo. En fin, no había nada que pudiera ofender el pudor de la joven. Por desgracia, pese a ser un comentario inocente, llegó por descuido a Matilde, lo cual acabó de echar a perder su concepto de mí para siempre.

Me extrañó que, pese a estar resentida conmigo, no prescindiera de mis servicios. Aun así, me trataba con hosquedad, lo cual me dolía. Pero yo no era capaz de replicarle ni de tratar con su humor voluble.

Después del malentendido, durante una visita a su casa canceló mi ocasional acceso al salón donde raras veces se me admitía y donde podía contemplar los objetos, el universo que rodeaba a Leocádia, a la que vería fugazmente sentada en la poltrona, con las piernas tapadas con una manta de cuadros, leyendo un libro o mirando vagamente a su alrededor, recluida en una esfera en cuyo interior había hallado cierta forma de ser feliz.

Mi acceso a la casa dependía del estado de ánimo de Matilde, que despreciaba lo que yo sentía por su sobrina. Esta sospecha acentuaba el rencor que me guardaba y yo no podía hacer nada para mitigarlo.

Fue la primera vez que, a pesar de ser tímido y cobarde, pensé en desquitarme, sondeando sus miserias íntimas. Recurrí a Maria con la convicción de que podría contarme alguna que otra falta que minara la reputación de Matilde.

Maria fue parca, el asunto que se dispuso a contarme fue aflorando poco a poco. Como, por ejemplo, que al poco de nacer Leocádia, que no podía recibir visitas, de un día para otro cerraron puertas y ventanas, dejaron morir las plantas y se marcharon. Hicieron la primera parada en Lagos, en el banco, naturalmente, y desaparecieron sin más. Había un misterio opaco en torno a la recién nacida. Un misterio que jamás salió de los muros de la casa que Matilde había heredado de su difunto esposo antes de que su hermana Leonor quedara embarazada. Este secreto se mantuvo durante mucho tiempo, incluso después de que la familia hubiera regresado del prolongado viaje.

Con el gesto compungido y vestida de negro, Maria se contaba entre los que acompañaron el féretro de Francisco Azevedo, el esposo de Matilde. Esta había encargado traer de Lagos el carísimo ataúd, que ella misma había elegido en consonancia con la fortuna que acababa de heredar, sin que ningún pariente lejano se opusiera a sus derechos. Maria recordaba cómo Matilde iba al frente del cortejo, sujetando con firmeza el rosario y un ramo de flores silvestres como símbolos del dolor de una viuda.

Le había llamado la atención, y de esto hacía muchos años, que Matilde hubiera elegido un féretro como aquel para toda la eternidad, de madera de caoba y herrajes de cobre, acolchado en satén por dentro.

El silencio que la familia guardaba en torno a la niña despertaba la curiosidad de todo el pueblo. Se decía que había sido víctima de un desastre de tristes proporciones, sin remedio posible. Un hecho que, a pesar de no ser culpa de nadie, había recaído sobre las dos hermanas y Amparo, todas presentes en el parto. De hecho, antes de suceder la desgracia, Leonor y Amparo apoyaron a Matilde cuando echó de la casa al amante escandinavo, denegándole el acceso a la propiedad. Durante aquellos meses, las hermanas se encerraron, en lo que llamaban el castillo familiar, con el fin de ocuparse de la barriga de Leonor, que crecía, anunciando el inminente nacimiento de la criatura. De este modo protegían el misterio compartido.

Se sabía que las dos hermanas no se habían separado nunca, y lo que era de Matilde era de Leonor. Aunque aquella fuera quien organizara el día a día y dirigiera el futuro. Estaban unidas por un lazo de sangre.

65

Matilde tenía un bigotillo negro que exhibía como un rasgo de nobleza, muy apreciado por los castellanos. Su astucia la asemejaba a una falsificadora de monedas. Comparación que habría sido de su agrado de llegar a su conocimiento. Al fin y al cabo, escrutaba la realidad con maestría y con consabido acierto. Ella misma atribuía aquel don profético a los estudios cursados antes de mudarse a Sagres, sin concretar en qué centro se había educado. Había llegado a reconocer ante el párroco que su cultura fue un atributo que llamó la atención de su marido, al que entretenía con agradables conversaciones. En los raros momentos en que parecía relajada, actuaba como si hubiera estudiado en Coímbra, de donde había traído algunos trofeos.

A su favor, algunos decían que en el pasado, antes de llegar a Sagres, había tenido un pretendiente extranjero bastante mayor que ella, que casi no hablaba portugués y estaba dispuesto a formalizar un compromiso que le aseguraría un futuro próspero.

—La fortuna solo tiene valor si tienes a quien dejarla —decía.

La halagaba con muestras de afecto y admiración por su talento administrativo, por ser capaz de gestionar adecuadamente aquello que había heredado. Repetía esta promesa cada vez que iba de visita a su casa a la hora del té, que una joven Leonor servía con esmero. Pero un día el pretendiente desapareció sin dar noticia y Matilde, que al parecer quedó desolada, juró que jamás volvería a ocurrirle nada igual y que, en adelante, sabría tratar mejor a los hombres.

Secundada por su hermana, juzgaron oportuno buscar otra ciudad donde vivir. Echaron los dados, que eran de marfil, y consultaron el mapa. Sagres ganó. Nunca se supo qué criterios adoptaron para tomar una decisión que claramente incluía y excluía diversas posibilidades. Era otro secreto de las hermanas.

Aun cuando Matilde hubiera preferido una vida aventurera de gitana.

El día de la mudanza, en la estación de tren, se abrazaron con cariño y se despidieron como si nunca más fueran a verse, aunque en realidad subieron juntas al tren, donde Matilde le reservó la ventana.

Nuno había ido recopilando fragmentos de aquel viaje y posteriores hasta el momento en que se instalaron en Sagres. Hacía hincapié en que habría valido la pena saber qué habían vivido aquellas mujeres antes de llegar a Sagres, qué obstáculos habían tenido que superar.

—Tenga o no tenga el corazón envenenado, Matilde es una mujer ganadora.

Faltaban detalles que esclarecieran el periplo de las hermanas, pero era indiscutible que Matilde, al rendirse a Sagres, al peso de su universo implacable, tenía poder para maldecir o santificar a quien quisiera. Al principio se instalaron en una casa modesta, apartada de la playa, y no fue hasta mucho más tarde cuando se conoció el amor clandestino entre Leonor y el escandinavo, rubio cual vikingo que acabara de desembarcar en los mares del Atlántico Norte. Un bucanero sin escrúpulos que la arrastró hasta su barco, atracado en la arena, y allí mismo la fecundó. Aunque este hecho la disgustara, Matilde acabó aceptando que el escandinavo tuviera relaciones de vez en cuando con su hermana, que solía llorar a mares por la casa en defensa de su amante. Pero, cuando la tragedia alcanzó a Leocádia, Matilde lo echó, jurando y perjurando que lo mataría si no se iba.

Una vez libre del escandinavo, en una ocasión Matilde accedió a asistir a un festejo nacional celebrado en la fortaleza. Acaso al sentirse aliviada del drama familiar, aplaudió cuando izaron la bandera portuguesa en homenaje a los hombres que habían vivido la heroica epopeya siglos atrás, desafiando a la muerte entre gritos triunfales. Entre los nombres mencionados, destacó el del capitán Gil Eanes, cuya audacia temeraria lo llevó a ir más al sur del cabo Bojador.

En aquel momento de la celebración, Nuno, que había dejado la taberna en manos de su mujer, se enderezó para honrar los acontecimientos del pasado. Iba con Ambrósio, que aportaba detalles sobre la biografía del escudero del infante don Enrique, que posteriormente recibió las debidas condecoraciones.

—Este navegante fue vecino nuestro, nació en Lagos. El Infante lo designó para vencer el terror que inspiraba aquel cabo de la costa africana.

En aquel momento histórico apremiaba conseguir atravesar esa región tempestuosa para poder comenzar las aventuras marítimas. Sin esta conquista, tal vez los portugueses habrían perdido la carrera por dominar los mares. Y, mientras el anticuario iba narrando proezas diversas, los presentes lo escuchaban, orgullosos de que en Sagres hubiera un maestro de la envergadura de Ambrósio.

Hacía algún tiempo que Matilde ya no estaba de luto por la muerte de un marido que no había tenido tiempo de calentar la cama. Se sabía que en la iglesia, en la misa del séptimo día, había llorado copiosamente por su inesperada viudez y por alguna que otra razón desconocida para todos. El tono exaltado del llanto sorprendió a los asistentes y, durante un tiempo, fue la comidilla del pueblo. Nadie se creía que el difunto le hubiera inspirado tanto amor. Pero sí que la viuda había heredado toda la fortuna de aquel hombre que tanto se había sacrificado en Brasil.

Después del entierro, Matilde se hizo cargo primero del dinero y luego de su hermana embarazada. Aguardó con ansia el nacimiento de su sobrina en la casa que ahora era suya y a la que yo acudía a veces para llamar a la puerta. Más tarde me contaron algo que nunca habría imaginado: que aquel día de celebración en la fortaleza, al escuchar las descripciones del anticuario sobre los heroicos navegantes, Matilde se deshacía en lágrimas con los demás vecinos.

66

Ni el profesor Vasco de Gama, de quien guardo un grato recuerdo, ni Nuno, para quien los misterios de Sagres no debían salir a la luz si algún día eran investigados, conseguían animarme. En cambio, la sabiduría del anticuario, que no escondía en el cajón los secretos históricos, me proporcionaba alivio. A diferencia de muchos, él no creía que la fuerza del pueblo estuviera contenida en los enigmas aún por revelar del infante don Enrique.

Cierto día, al atardecer, mencioné con suma prudencia el nombre de Leocádia. Ambrósio reaccionó de inmediato, pues sabía a quién me refería. Aquella joven con graves secuelas de nacimiento. Que hacía pensar a la gente que no usaba las piernas ni en casa. Aunque también decían que era el querubín de su tía Matilde.

Porque se hablaba mucho de Matilde, pero se evitaba mencionar a Leonor, la madre de Leocádia. Existía la sospecha de que ocasionalmente sufría ataques que la hacían caerse al suelo y morderse la lengua, por lo que debían ponerle un trozo de madera entre los dientes durante las convulsiones. Matilde reaccionaba mal a estas crisis, se ponía a gritar groserías, obligando a salir a los presentes, mientras ayudaba a su hermana.

La familia lamentaba la invalidez de la joven y estaba prohibido mencionar, en concreto, los hechos en torno al nacimiento de Leocádia. Ni siquiera Leonor debía hacer alusiones a aquel momento que las había marcado a hierro y fuego. Las dos hermanas habían jurado ante el san Antonio del salón no comentar jamás los detalles de aquella fatalidad.

Contaban que, ante lo ocurrido, en un momento de absoluta desesperación Matilde conjuró a las fuerzas de la Tierra con el rosario en la mano.

—Estamos condenadas a vivir para siempre. No podemos morir, hermana. Solo después de que muera la niña. Que el Señor nos conceda la inmortalidad.

También evitarían rectificar los detalles sobre lo ocurrido. Había que dejar las dudas atrás. Sellaron este juramento con lágrimas. Sobre todo, en lo tocante al parto. Cuando Matilde y Amparo, al servicio de la familia durante años, estaban a punto de recoger a la pequeña Leocádia, cubierta de sangre entre los muslos de la madre, esta empezó a sufrir los efectos violentos de un ataque. Las mujeres no llegaron a tiempo de asistir a la recién nacida cuando, durante una convulsión de la madre, fue expulsada y bruscamente proyectada al suelo. Cuando fueron a recoger a la niña, entre alaridos, vieron que las piernas oscilaban, rotas, como dos tallos al viento.

67

Nunca confié en Matilde. Esta conocía las dudas que acechaban el alma ajena y las revertía a su favor. Un día en la taberna alguien comentó que en una ocasión había dicho, visiblemente disgustada, que para ella el amanecer era un desafío bélico. Que había nacido para luchar y defender a su tribu.

Estas frases que circulaban por Sagres mantenían a todo el mundo en guardia por miedo a provocarle una reacción incómoda. La tenían en el punto de mira, bajo vigilancia. Maria reaccionó al comentario y, en defensa del pueblo, dijo que Matilde era astuta, pero que ella era quien debía tener cuidado. Al fin y al cabo, el pueblo archivaba en la memoria hechos históricos que demostraban su coraje. Sin olvidar que el infante don Enrique había echado allí las raíces que dieron origen al Imperio portugués.

Poco a poco, la fuerza de sus perniciosos comentarios se fue desvaneciendo y ahora no eran más que una leyenda que había ido de boca en boca. La propia Matilde había atenuado el ambiente hostil con actitudes más amenas, se había ido convirtiendo en un personaje con la virtud de enriquecer el paisaje de Sagres.

Durante un tiempo, las manipulaciones de Matilde acentuaron el malestar que inspiraba. Pero este sentimiento no se había extendido a Leocádia, su querubín, que planeaba sobre el pueblo.

Por un motivo que ahora no recuerdo, alguien mencionó en tono maldiciente que el árbol que crecía en medio del jardín de Matilde lo había hecho regado con la sangre de tristes recuerdos. Por su tronco fluían las malignas maldiciones que dirigía a sus adversarios. Tal insinuación la acusaba de ser una bruja experta en el arte de la magia, de sólida tradición europea. Puesto que yo era el encargado de cuidar ese mismo jardín, con aquella acusación en mente busqué indicios, miré si en la corteza del tronco había algún código, alguna inscripción o seña, o promesas de amor mal trazadas, que inculparan a Matilde de alguna estrategia perversa. Pero nunca descubrí nada que la relacionara con una secta medieval, que todavía actuara en secreto, a pesar de los años transcurridos.

En la región del Miño, un amigo de mi abuelo acusó a su hija Joana de pertenecer a una sociedad dedicada a venerar símbolos vinculados a enigmas insondables que servían tanto al bien como al mal. Nunca se llegó a confirmar si su madre, al abandonar la aldea, siguió viviendo según aquellas creencias absurdas, fiel a una fe que le había prometido una existencia mejor. Sin embargo, yo sospechaba que, al fallarle los ruegos, perdió el norte y la confianza en el futuro, y solo le quedó la pobreza y la soledad tras perder a su padre, Vicente, y a su hijo, que ni sabía dónde estaba. Durante mucho tiempo la imaginé viva todavía, mayor, luchando por sobrevivir. O cuidando de los animales, plantando verduras, desenterrando patatas, recogiendo en el huerto hojas verdes para preparar el caldo. Ella sabía muy bien que para que una semilla brotara en aquella tierra árida debía morir un humano. Lo que naciera de ella era fruto de un milagro, pero de unas manos agotadas. Una labranza ingrata que no perdonaba la menor negligencia. Había que morir por ella. Tal sería el sino de mi madre hasta el día de su muerte.

En la taberna, era difícil ganarme una moneda. Pero me resarcía mirando al anticuario rebuscar en los cartapacios que alojaban a los protagonistas del pasado, entre los que acaso destacaba el Infante, cuya sombra aún no había visto a los pies del promontorio.

Por otra parte, cada fantasma que Ambrósio resucitaba aparecía como una efigie esculpida con detalle. Aunque era siervo de sus pasiones, también era benévolo con los asuntos de la vida cotidiana. Sus comentarios me distraían, hablaba de cualquier persona con elegancia y cierto aprecio. Sobre todo de Leocádia, a la que apenas conocía. No profundizaba al hablar de vecinos que aún vivían. Estos adquirían valía al morir, cuando pasaban a formar parte de la historia oficial. Y, antes de ahondar en las murmuraciones que corrían sobre Matilde y su sobrina, desviaba la atención. Por respeto o por temor.

Por la noche, en mi habitación, mi sexo se agitaba por sí solo. La memoria del mundo, aun sin ser mía, clamaba por manifestarse, por no ser asfixiada. Interfería en mi cabeza sin razón de ser. Y yo cedía a la tentación que me envenenaba.

68

Como sabemos, Dios es omnipotente. ¿Cómo puedo entonces yo, un simple labrador, discutir con el divino sobre mis fechorías? ¿Cómo exigirle que resuelva las desdichas que se abaten sobre mí? Es un desalmado que de tanto equivocarse me confunde, no me permite averiguar qué me conviene. Y me obliga a llegar a la conclusión de que las inclemencias de la naturaleza, que caen sobre mí sin previo aviso, tienen por objeto castigar al ser humano y, en particular, a mí. ¿Por qué este Dios no responde por mis flaquezas ni las alivia? ¿Es posible que el libre albedrío sea una farsa? Porque, si es así, ¿a qué se debe que me despierte por las mañanas con un sentimiento de culpa que perdura el día entero?

En una ocasión, mientras descansaba en casa del anticuario antes de regresar por la noche a la taberna, Matilde me convocó. Llamé a la puerta con un ramillete de margaritas que rocié con la sal del mar al pasar por la playa, a modo de bendición. Esta era una de las muchas supersticiones que venerábamos en la aldea. Crecí acechado por el miedo, gobernado por los muertos, las brujas, lo sobrenatural, que estaban presentes en la vida cotidiana. Siempre llevaba en el bolsillo un diente de ajo, ya que alejaba el mal de ojo. Estábamos muy familiarizados con rituales de otros tiempos que preconizaban el enfrentamiento entre Dios y el demonio, pero no se mencionaban. Todos sabían que mi madre, Joana, profesaba esta fe, al menos cuando era joven. A veces, en algún momento de furia repentina, murmuraba palabras incomprensibles, mientras masticaba un ajo con cilantro y sal machacados. Yo mismo había llegado a oírla después de enterrar a mi abuelo. Aquel día sintió miedo por haber echado a perder su destino y se puso a mascar un ajo con el fin de implorar, por medio de aquella extraña lengua, protección a sus dioses.

Cuando le di las flores salpicadas de polvillo blanco, Matilde se indignó por verme como un poeta descarado expresando una pasión cuyas repercusiones ella censuraba. ¿Con qué derecho me atrevía a desafiar sus órdenes?

La aversión que la tía de Leocádia sentía por mí se manifestaba en los menores detalles. Después de urgirme a pasar al salón, arrojó bruscamente el ramo sobre una mesa cerca de su sobrina y, sin tener en cuenta su reacción, me indicó con una seña que saliera al jardín. Vi de reojo a la joven, pero ella apenas me vio a mí.

Al deslizarme entre las plantas y arañarme la piel con las espinas, me reproché mi falta de arrojo, pues me doblegaba ante aquella mujer soberbia que me sometía como a un siervo.

En el momento de salir, cuando fue a entregarme la consabida moneda, me provocó.

—Dígame, ¿qué pretendía con las flores?

Tomado por una inesperada valentía, enderecé los hombros, poniendo en riesgo mi vida.

—Lo de siempre. Permiso para mostrar mis respetos a su sobrina, doña Leocádia.

Se llevó el puño a la mandíbula fingiendo que reflexionaba. A continuación abrió la reja y, sin mediar palabra, me hizo salir de su casa.

69

Todavía hoy siento atracción por el pecado. La redención que tanto predica la religión jamás ha dignificado mi cuerpo. En cambio, Leocádia fue declarada inocente al amparo del clero. Ella conjuraba cualquier culpa cerrando los ojos, sin poder ver las señales de la vida. Como si fuera materia pétrea que, sin embargo, respiraba sin esfuerzo. Protegida por una tía que le tapaba el cuerpo con un vestido pesado y una manta. Raras veces se apreciaba la palpitación de su pecho, que apenas se agitaba bajo el impulso de una emoción inesperada. ¿Quién era Leocádia, Señor?

Yo sufría con el misterio que envolvía y empalidecía su rostro, y que no lograba descifrar. Cuántas veces desvié la mirada bajo la vigilancia de su tía, que no me permitía poner los ojos en su sobrina ni por una fracción de tiempo. Cuando estaba en mi habitación y podía soñar libremente, imaginaba a mi lado el busto de Leocádia. Era un ángel al que le quitaba las alas para liberarla. Pero cuando me las reclamaba, porque no podía volar, yo se las devolvía.

La observaba a escondidas desde la terraza del jardín. Nunca la vi cambiar de postura en su asiento ni con la excusa de visitar aquel jardín de vegetación rastrera que la sal del mar escarchaba. Yo sabía que Leocádia me estaba prohibida. ¿Por qué, entonces, me empeñaba en que algún día fuera mi mujer, que mi sexo, entre los escollos de la ardua travesía por su cuerpo, se hundiera por fin en el gozo?

Dios mío, qué reclamos morales me atormentaban, que interrogaban a mi oscuro corazón, con preguntas que nunca supe contestar. En ocasiones, al contemplar desde el acantilado las olas que alojaban el infierno, conseguía mitigar mi incertidumbre.

Era indiscutible que tenía sangre portuguesa, pero ¿qué alma había heredado? A mi abuelo lo había enterrado, pero mi madre dependería de la bondad del vecino que quisiera darle sepultura. Yo, en cambio, sigo en Sagres, lejos de la aldea a la que no regresaré, incapaz de acusar a quien debo de la desgracia que me impide ser feliz. Aun así, impulsado por el sentido de la aventura, por las noches imaginaba peripecias que me hiciesen llorar.

El anticuario me reconfortaba con sus narraciones extraordinarias. Insistía en retomar el tema de los indios llevados de América a París sin muestra alguna de piedad, horrorizado por el cinismo de la cultura occidental, la nuestra, que era capaz de exhibir a aquellas personas en cuanto representantes de etnias nobles, sobrecargándolas de atributos para tal fin. Aquellas personas que suplicaban morir ante la amenaza de la mazmorra, el castigo que solían imponer los europeos. ¿Cómo iban a vivir sin sus bosques, sus ríos, sus enigmáticos oráculos? Un pueblo que se movía con libertad por una América inundada de sangre por la acción predatoria de los invasores blancos.

El anticuario me enseñó ilustraciones de aquellos visitantes martirizados. De cómo devinieron objetos de culto y de estudios por parte de los mismos agentes que, después de diezmar sus culturas, ahora se empeñaban en borrar sus actos abominables y rescatar para el mundo civilizado los valores de esos pueblos.

Yo elaboraba conjeturas insustanciales. Y, aunque el anticuario estimulaba mi pensamiento, este era incapaz de seguir un hilo comprensible, pues, ante el abismo de las palabras, se perdía en cada recodo. ¿Qué hacer? Confuso por el efecto del amor, acaso Leocádia podría guiarme en el misterio de la mujer, que ella encarnaba. Cuando había penetrado innumerables veces a otras mujeres con mi verga viril, en cualquier lugar, un descampado o una cuneta, siempre indiferente a los gritos que proferían por la violencia con que desgarraba su interior gelatinoso, blando, entrando y saliendo a medias, con golpes certeros, para alcanzar la profundidad de sus vientres y culminar el placer sórdido. ¿A quién achacaba ahora la tristeza de haberlas ofendido, incluso sin querer? ¿A las mujeres de la calle, mis madres, o a la doncella Leocádia?

Despojándolas de nombre y de rostro, poseí aquellos cuerpos sin respetar su humanidad, practicando actos que me envilecían. ¿Me habría convertido en mi propio verdugo al dejarme llevar por una voluptuosidad incapaz de proteger de mi pasión a la naturaleza femenina?

70

Apenas tenía acceso a la presencia de Leocádia. Sus imágenes se confundían, lo cual me perturbaba. Entonces desviaba la atención de mi interés hacia Matilde, la guardiana, que no debía saber que su sobrina era la razón que me mantenía vivo. La luz que daba sentido a mi vida después de la muerte de mi abuelo. Con todo, ella siempre estaba alerta y reaccionaba a cuanto quedara fuera de su alcance. Para ello, gobernaba la casa, a los empleados, a cualquiera que estuviera en su esfera.

Algunas veces me había dejado entrar en el salón durante unos breves minutos, el tiempo justo para las indicaciones. Acto seguido me echaba y solo me permitía volver a entrar para coger las monedas que me dejaba sobre una mesa, cerca de Leocádia o en la repisa de la ventana. La paga significaba que yo le pertenecía, que sería su sirviente siempre que ella quisiera. Y yo, olvidando las lecciones de mi abuelo en virtud de lo que sentía por Leocádia, consentía ser maltratado. Matilde me recordaba a mi madre, ambas eran arpías y ambas me provocaban náuseas en la soledad de mi cuarto, aun cuando a veces no hubiera cenado.

Mi recompensa consistía en mirar a Leocádia de reojo aunque no me devolviera la atención. Me engañaba a mí mismo pensando que evitaba hacerlo porque reflejaba su manera de entender el mundo. Tal vez incluso me incluyera en él, como el objeto de deseo de un querubín que acudía a mi encuentro batiendo las alas.

Leocádia nunca andaba. Nadie la había visto jamás de pie, caminando con paso seguro. No podía disfrutar de un paseo entre árboles y arbustos ni del esplendor de la superficie plateada del mar al atardecer.

Eran contadas las veces que Matilde requería mis servicios en la casa familiar. Con qué ansiedad aguardaba contemplar, aunque fuera por unos instantes, el rostro de Leocádia, distinto a cualquier otro que hubiera visto nunca. Soñaba con tener sus manos entre las mías y declararle amor inmortal. Pasaba mucho tiempo antes de volver a ser convocado, como si Matilde me quisiera castigar, y a mí me angustiaba estar donde ella pudiera encontrarme. Mi libertad estaba restringida, pero me importaba poco.

Junto al anticuario me sentía libre, olvidaba todos aquellos impedimentos. A solas, tomaba decisiones sobre qué rumbo emprender en el futuro. No le confesaba nada acerca de las fantasías nocturnas que martirizaban mi cuerpo. ¿Cómo iba a contarle que imaginaba a Leocádia en la cama conmigo, censurando la impaciencia que me empujaba a poseerla, apartándose de mí, rechazando un miembro voraz presto a atravesar como un sable la extensión de su carne y hundirse en ella? Y, bajo este impulso, desahogaba mi savia entre mis manos furiosas, sin que Leocádia culminara el éxtasis.

Cerraba los ojos para aliviar mi soledad. Había convertido mi cuerpo en mi único refugio, solo compartía mis frustraciones con él. Mientras, el viejo Ambrósio, afanado en su deber, consultaba episodios sucedidos en épocas pasadas que para él era tan familiares como si viviera en ellas. Y yo daba las gracias porque me hubiera acogido y que acercara a nosotros a don Enrique y su época. Me hablaba de Guimarães, de los inicios de Portugal, de cómo Dios había fracasado en su creación del mundo. Y, sobre todo, con el pretexto de inventar el reino portugués, transitaba por otros tiempos.

—Lo que te cuento refuerza los lazos de la civilización. Aunque sean polémicos y embusteros —declaró con énfasis un día.

Estaba convencido de que muchos protagonistas a los que se había endiosado habían convivido con iguales proporciones de miseria y gloria. No aceptaba que el pueblo de Sagres lo considerara un sabio, cuando su talento lo llevaba más a errar que a acertar. De pronto, con gesto soñoliento, agachó la cabeza sobre la mesa y confesó que nunca había tenido a una mujer en casa. Por eso nunca había sufrido las distracciones del amor y su potencial universo paralelo, y necesitaba desentrañar su misterio. Dicho esto, se fue a su cuarto.

Aquella noche me demoré en retirarme a mi habitación. Sus palabras me habían conmovido, pues eran punzantes. Ensalcé su obra, que nadie en Sagres aplaudía, y lamenté su suerte. ¿Cómo, después haber probado una vez la esencia del vientre femenino, había podido prescindir de ella? ¿Le había merecido la pena liberarse de la atadura del deseo y no volver a amar a una mujer, no volver a sentir la suavidad de sus cabellos largos, el aroma del paraíso?

Durante los días siguientes me brindó comida y charlas prodigiosas. A cambio, yo le llevaba una jarra de vino que Nuno me regalaba. La discreta ternura del anticuario me recordaba a mi abuelo Vicente, que me amó como una odalisca, un corsario, un marinero. Los inesperados rasgos de dureza de mi abuelo que, sin embargo, se suavizaban cuando predicaba cautela ante los sinsabores. A pesar de sus lecciones, nunca fui capaz de enfrentarme a aquellos que me ofendían, como Matilde, ni de defenderme de sucedáneos pasionales, encubiertos con el casco de la invisibilidad de Hermes.

Los días avanzaban y yo seguía siendo extranjero en Sagres. Allá donde fuera, me perseguiría aquel extrañamiento, aquel dolor que me expulsaba de la Tierra. No reivindicaba ninguna patria como propia. ¿Dónde, pues, alojar mi sangre si la vida no me quería?

71

No me atrevía a ofrecer la mano a Leocádia, ni siquiera a su tía. Un gesto de cortesía entre nosotros era inconcebible. Solo una vez, a escondidas de la tía, hice amago de rozarle el brazo. Pero contuve el intento. Me dolía la certeza de que nunca sentiría el pálpito de su carne contra la mía. Ella vivía en otra esfera, mientras yo luchaba como un animal rudo.

La tía siempre estaba alerta, jamás transigiría, tenía prohibido acercarme a su sobrina. Refrenando mi ímpetu, podía anticiparse e impedirme sentir, ni de lejos, la fragancia de Leocádia.

—A trabajar, que para eso has venido —me ordenó un día, interrumpiendo mis ensoñaciones.

Era seca conmigo, amable con Leocádia, y yo obedecía. De pronto, repliqué con cierta ironía:

—¿En qué más puedo servirle, doña Matilde?

El tono no le gustó y guardó absoluto silencio. Reaccionando así me acusaba de imprudente, de haberme excedido a pesar de necesitarla a ella para ser feliz. No sabía muy bien cómo llegar al corazón de Leocádia, y menos aún al de su tía. Ambas tenían en el pecho un cofre cerrado y yo no tenía la llave.

En vez de tomar la decisión de cancelar mi presencia en su casa, incliné la cabeza como si me disculpara. También temía que manchara mi honra acusándome de haber abusado de su hospitalidad. Cuando siempre había actuado a favor de Leocádia y hasta había pensado en llevarla a la fortaleza para que viera la muralla de olas furiosas que señalaba el camino a las Indias, a las Américas, al Extremo Oriente, que el Infante había abierto otrora. Bastaría con seguir la espuma del mar para comprobar cómo había conquistado el mundo.

Matilde no se dio cuenta de que, un día, desde la terraza, aspiré con aflicción el olor que desprendía la joven, confiando en que mi olfato vencería la distancia y captaría el aroma de su sexo. Pero Leocádia consumía sus días encajonada en la poltrona bajo la mirada de su tía. No tenía más vistas que las del trayecto de la casa hasta la iglesia, donde decía sus oraciones ante el altar. Sin duda contemplaría el paisaje que se avistaba a través de una ventana pintada de azul que tenía cerca, una franja del mar que Portugal navegaba como señor de las aguas.

Matilde permitía a su sobrina permanecer largamente ante un cuadro al óleo que había en una pared. El lienzo exhibía un mar verde desvaído, con un barco en la línea del horizonte que había conocido islas y océanos remotos. Tal vez lo había pintado un artista con nostalgia de la vida marinera. Y, forzando mucho la imaginación, quizá era obra del padre escandinavo, que tras ser expulsado de Sagres contaban que había naufragado en el Egeo.

Lo cierto es que yo también sabía que no tendría nada que perder si me enfrentaba al instinto combativo de la tía, capaz de adaptarse a cada batalla y con cuya audacia me derrotaría. ¿Por qué iba a pensar que respetaría a un contendiente como yo, un hombre sin valía?

Con la intención de humillarla, escudriñé de cerca las arrugas alrededor de sus párpados e, ignorando su presencia, entregué a Leocádia un obsequio que simbolizaba mis intenciones. No osaba pensar que actuaba con insensatez. Su tía, viéndome como un infractor que merecía ser castigado, arrancó de las manos el paquete que había entregado a su sobrina y lo abrió. Detenidamente, como si usara una lupa, examinó el camafeo ovalado en el colgante, con la efigie tallada de un rey portugués, que había comprado de segunda mano en la feria de Lagos, donde había estado hacía unos días. El obsequio expresaba con recato mis sentimientos, no reclamaba el alma de Leocádia.

Matilde estaba nerviosa, intentaba descifrar el secreto que encerraba el camafeo mientras hostilizaba al extranjero que traía la discordia a su casa.

—¿De quién es este colgante? ¿De alguna campesina difunta?

Sin molestarse en escuchar mi respuesta, sopesó el valor del regalo, cuya sencillez no comprometía de modo alguno a su sobrina. No había nada que temer de un portugués sin linaje ni bienes.

—Es pronto para hacer regalos.

Y con un gesto seco ordenó que cogiera de la mesa el camafeo que Leocádia ni siquiera había tocado. Y que lo devolviera a Lagos, de donde nunca debería haber salido para instalarse en Sagres y cubrirse de polvo. En Lagos, otra villa del Infante, alguna viuda puntillosa lo adquiriría y se lo prendería en la solapa del abrigo a modo de broche con el fin de ahuyentar la soledad, con la esperanza de que, pronto, un caballero recién llegado de Viena la invitaría a bailar un val de Strauss.

72

Acepté instalarme en aquel extremo remoto de Europa, a orillas del Atlántico. Con la esperanza de llegar a ser, siglos después, un modesto guardián del infante don Enrique, que hacía mucho tiempo que era un fantasma de Portugal. Desde el promontorio, que alojaba la fortaleza y demás dependencias, bañado por un mar a veces tempestuoso, yo vigilaría el santuario. Sin embargo, nunca fue así.

En Sagres no me querían, y no veía al Infante con claridad. Sufrí el destierro, un rechazo tras otro, a pesar de la luminosidad que daba realce a las piedras resbaladizas, a las casas encaladas y a cuanto quedaba de la época dorada.

Todas las mañanas, con el primer sorbo de café, quedaba sumido en el abatimiento. Qué maldición, vivir. Todo aquello que me rodeaba y que parecía esencial no era más que una falsa quimera. No tenía modo de disfrazar mi historia y presentarme a los vecinos como un hidalgo. No era posible fingir ser una figura exótica, próspera, sin necesidad trabajar, un hombre decidido que estaba de paso por Sagres para enriquecerse de experiencias. ¿Qué contarles, aparte de que era un hombre asaltado por las incertidumbres? ¿O confesarles que mi familia me había desheredado por enamorarme de una criada? Lo cierto era que nunca me había forjado ilusiones de obtener del mundo algún resquicio de realidad. Me había empeñado en aprender que la fantasía era funesta, mataba. Sin embargo, si no acumulaba tales fabulaciones, ¿qué iba a compartir con los demás en el futuro?

Con el pretexto de gozar de unas ventajas que me reservaba, me esforzaba por ser complaciente con los clientes que buscaban consuelo en la taberna. Aun cuando no tuviera nada que contarles que fuera a darles lecciones de vida o de libertinaje. Así pues, aparte de hartarlos de bebidas y refrigerios, ignoraba qué significaba ser un libertino. Intuía que consistía en ser un hombre a la busca de fórmulas de placer para agotarse en el gozo. Convencido de que la carne femenina había sido creada para depositar en ella el oro que Dios le había concedido. Obviando que la mujer era víctima de su deseo. En mi caso, siendo ella igual de inexperta que yo, la sacrificaría como un cordero en nombre de mi placer.

Tal vez fuera un libertino que husmeaba a su alrededor en busca de una hembra, en su afán desesperado por abrirla de piernas sin acariciarla ni mirarla a los ojos, movido por el ansia de vaciar mi semen en ella sin escrúpulos.

Pese a que en mi primera época en Sagres juré que huiría de allí, acabé quedándome. Me gustaba cocinar en casa de Ambrósio, llevarle el pescado que me regalaban los pescadores conocidos.

Cierto día, Nuno me echó en cara que llegara tan desanimado, con una barba espesa que me despojaba de toda jovialidad. No le respondí. ¿Con qué derecho pretendía enmendarme, cuando había nacido en la desdicha? Para no ofenderlo, me limité a entreabrir los labios y esbozar una falsa sonrisa. Me tomé el aguardiente que me ofrecía y fingí abstraerme de los problemas del mundo.

Nuno cambió de tema. Mencionó un hecho reciente, acerca de la rebeldía de un marinero. Este dio la espalda al capitán del barco, consciente del castigo que recibiría por su conducta, se arrojó al mar y nadie había vuelto a verlo. Lo más seguro es que lo engullera una tempestad que se desató poco después.

—El cuerpo aún no ha aparecido. Sus compañeros se han reunido en la ensenada para esperar que el mar les devuelva a su amigo.

En Sagres, la muerte de un hombre de mar era un hecho habitual. Tras el dolor venía el olvido. Morir era dejar enfriar la sopa en la mesa, cruzar la puerta de casa sin mirar atrás ni para despedirse de los que se quedaban y tomar un camino sin saber adónde conduciría, para no regresar jamás.

Así supe del ahogamiento de aquel marinero, llamado Manuel, que fue rebelde por un día. Y comprendí que yo, como él, estaba condenado a desaparecer.

73

La sola idea de poder tocar el brazo blanco de Leocádia en un momento de descuido de su tía me hacía sufrir un sobresalto comparable a un azote. La postura absorta de la joven, con los ojos entornados, contaba a mi favor, ya que, a pesar de mi pasión, era claramente imposible sacarla del refugio donde había elegido vivir. Leocádia jamás saldría de su capullo, pues vivía bajo la vigilancia de una arpía que la colmaba de privilegios.

En ocasiones, Matilde adoptaba una actitud que para mí era indescifrable. Insinuaba su intención de salir del salón, lo cual significaba dejar a su sobrina a merced de sus adversarios, a sabiendas, claro está, de que dejaba atrás un suelo minado. Cada enfrentamiento le había enseñado a anticiparse a ataques perversos.

—¿En qué puedo servirle? —decía en tono despectivo, una frase recurrente a modo de recibimiento.

Cuando todos sabían de antemano que jamás franquearía la casa, ni a sí misma, por nadie. Al contrario, tendía a expulsar a quien forzara la convivencia o pusiera en entredicho sus reglas. Su supuesta hidalguía simplemente reforzaba su prestigio en Sagres, además de su espíritu combativo.

A veces hacía la vista gorda a esos intentos, ofreciendo una copa de vino de Oporto, un gesto muy típico de ella. El propio Nuno esbozaba una sonrisa al comentarlo. Sabía que Matilde complementaba el ofrecimiento con galletas de nata para contentar a los ingenuos.

Decidí reaccionar aun a riesgo de que me echara. Con este fin, recurrí al recuerdo de mi abuelo para que me infundiera valor. Saqué pecho e hice frente a su sentencia habitual:

—Eso mismo le pregunto yo, doña Matilde: ¿en qué puedo servirles?

Sopesó el grado de insolencia de aquel campesino del norte que replicaba a su fórmula de cortesía. Era la insolencia de un hombre que carecía de suficientes cualidades para ser considerado un caballero digno de confianza.

Se enderezó, dispuesta a contestarme, pero algo la detuvo. Como si yo pudiera sacar a la luz el supuesto misterio que envolvía aquella casa y que las protegía de un bárbaro como yo, de la ribera del Miño, que amenazaba con allanar su morada. Un hombre que parecía mostrar una exacerbada propensión sexual, lo cual la repulsaba.

Se echó atrás, pero al fijarse en mi cabello maltratado y los andrajos raídos, cobró fuerza, pues supo qué respuesta darle al agresor.

—¿Y cuándo piensa irse de Sagres y volver a su casa?

Me imponía un nuevo destino. Como si fuera ama de mi voluntad, me expulsaba de Sagres. Y si me quedaba se rebelaría contra mí y haría lo posible por recalcar mi poca valía en el universo portugués. Hasta conseguir apartarme de su círculo social.

Su arrogancia rezumaba veneno. Me trasladaba a un pasado en el que, gracias a los tejemanejes de los ricos, se mantenía aparte a pobres y mendigos, aunque suplicaran por un pedazo de pan. De este modo, resultaba fácil cortar la cabeza de aquellos que se rebelaban y rechazar los fundamentos de los mitos creados por el Infante y su linaje. Y Matilde, movida por un secreto rencor y unos preceptos morales rígidos, se sentía como la custodia de esa herencia y, por lo tanto, se creía con autoridad para decretar mi expulsión de Sagres con solo pronunciar una frase.

Matilde siempre buscaba palabras y pullas con las que herir a los demás. Ejercitaba la sutil crueldad de una persona cuyas monedas estaban manchadas de sangre. Condenaba sin cargos al reo, que era yo. Se erigía como un tribunal ante el cual se dictaban sentencias inapelables. Sin que sirviera de nada exponer como una hazaña que los campesinos, desde sus aldeas, también concebían la utopía bajo la forma del pan de cada día. Esos mismos labradores se resistían a morir a pesar de estar al servicio de un trabajo ingrato. Personas como mi abuelo, Ermelinda, António, en fin, la gente del norte.

Aquella mujer y yo librábamos una pugna en la que no había vencedores. Yo no le concedía la victoria porque mi naturaleza era de una materia opuesta a la suya. A pesar de mi desdicha, la despreciaba. Pertenecíamos a grupos antagónicos y yo sabía que su tribu había soltado lastres que les convenía olvidar. Sin perder de vista los vestigios del mal que quedaban en su alma, tendría que dejar atrás mi amor por Leocádia y los otros daños que causé. ¿Podría apagar ese fuego dañino?

74

El frío y el ulular del viento de Sagres anunciaban desastres, falsos placeres. Sellaban un futuro incierto, y, en concreto, el mío. Era un paisaje desolador cuyo don profético, que Matilde pretendía encarnar, me advertía de que había escogido a la mujer equivocada para amar.

En la taberna, Maria me ofreció café amargo. A medida que iban entrando los clientes y empezaba a sentirse indispuesta, reprochó a Nuno que metiera en casa a cualquiera que pasaba por allí. Fingí no darme cuenta de que se refería a mí, ya que Nuno me había auxiliado en el pasado.

Matilde seguía reclamando los servicios de aquel forastero que la repelía y pronto volvió a convocarme. De este modo, confirmaba mi sospecha de que solo me quería en su casa para dominar mis sentimientos y mantenerme bajo su control. Era su manera de enfrentarse a aquel campesino del norte pobretón que había tenido la osadía de pretender a su sobrina. Así aceptaba el reto de hacer frente a sus adversarios.

Hacía mucho tiempo que había iniciado una cruzada contra cualquier desconocido recién llegado que intentara alterar sus normas. Le faltaba tiempo para aprestarse a someter a cualquiera que pretendiera arrebatarle a su sobrina. Yo me percaté muy pronto de sus ardides, pero seguía limpiando la fosa séptica de su casa, hasta que todo mi cuerpo hedía. No había modo de revertir mi deplorable condición humana. Compensaba el dolor observando a Leocádia desde la ventana de la terraza, mientras ella hojeaba las páginas de un libro, haciendo discretos sonidos, que tal vez se debían a un secreto placer. Mi presencia no le interesaba a nadie, yo le era indiferente, para satisfacción de su tía, que estaba dispuesta a impedir que su sobrina mostrara alguna inclinación por mí.

Yo sabía muy poco, o más bien nada, sobre la pasión. Sobre las artimañas de aquellos que amaban y dejaban de amar con la misma facilidad. Así y todo, Matilde maniobraba manipulándome como a un títere. Por ejemplo, dejando en la mesa una moneda más sobre el pago previsto al final de la jornada, fingiendo un gesto de generosidad, cuando en realidad me estaba sometiendo a sus caprichos. Al fin y al cabo, ¿quién iba a amar a un esclavo traído de Babilonia?

Sentía vergüenza por permitir que Matilde me pisoteara. Esquivaba la verdad para no analizar mis errores. Era incapaz de imaginarme un escenario realista en el que me enfrentaba a Matilde.

—Recoja las monedas —me ordenó con fingida complacencia.

Su falta de respeto me ofendió. Sin embargo, estaba paralizado por una susceptibilidad enfermiza y no reaccioné a la afrenta. En ese momento, sin avisar ni pedir permiso, entró en el salón con Matilde un desconocido de tez oscura, alto y barbudo, un africano de la costa de Marfil. Su nombre era Akin, pero lo llamaban el Africano y así fue como entró en nuestras vidas.

No llegué a conocer el motivo de su visita, porque llegó en el momento en que yo me disponía a marcharme, lo cual obligó a la anfitriona a presentarnos. Sin motivo aparente, algo me decía que el encuentro con aquel hombre había sido planeado. Aunque Matilde no especificó si había venido en condición de invitado o de trabajador doméstico.

Tan pronto se acomodó en el salón, se comportó como un señor. Actuaba con naturalidad y desinterés, como si las personas y los objetos congregados en la casa le pertenecieran.

Lo cierto es que me observaba con extraña intensidad. Con una mirada de soslayo, sin pudor, examinando mi cuerpo como si estuviéramos solos. Miró del mismo modo a Leocádia, mostrando por ella el mismo interés.

Volvió a preguntar mi nombre, disculpándose por no haberlo retenido. Algo que jugaba a su favor, como si prometiera ser más discreto en el futuro. A menos que yo le fuera indiferente y no quisiera verme otra vez. A pesar de estas consideraciones, percibí su interés por las personalidades de Sagres, solo le faltó pedirle a Matilde que le hablara de ellas. Le gustaba recorrer el mundo, su vida dependía de los vestigios emocionales que flotaban en el aire.

Evité cruzar la mirada con él. Temía que fuera un africano experto en un tipo de magias muy distintas de las que se practicaban los pueblos del Miño. Con todo, pese a fingir que dominaba las urbes modernas, en el fondo era más bien un hombre perspicaz, con talento para interpretar los tormentos ajenos.

—Querida doña Matilde, ¿quién es este residente de la casa que está a punto de dejarnos?

Sus excesos no lo indisponían con Matilde y ella parecía disculpar su histrionismo. Trataba bien a su invitado, que siguió adelante con su propósito. Pues nada le opondría resistencia. Se reía alto. Con cierto desdén, hizo notar a la anfitriona que, al preguntarle quién estaba a punto de abandonar la casa, se refería a mi persona. Luego se puso serio, esperando una respuesta de Matilde.

—Puede irse, Mateus, ya no necesito sus servicios —dijo, echándome en presencia de aquel hombre.

Sentí cómo afloraba la rabia y me levanté. Esperé a que Leocádia saliera en mi defensa y, por obra de un milagro, reprobara a su tía, demostrando que la casa también era suya. Pero su apatía me obligó a marcharme. Me humillaban juntas delante del Africano, haciendo partícipe de mi drama sentimental a un extraño con el que no tenía lazos de intimidad.

—Ya me voy. No hace falta que me lo repita —dije en un tono atrevido.

El sabor de la victoria fue fugaz. Pues no me había salvado de mí mismo. Me faltaba valor para sostener un desafío imprudente. Había ofrecido mi cabeza al alfanje de Matilde.

Ningún detalle de la escena escapó al Africano, que tomó nota para declararse vencedor. Yo no entendía qué clase de emoción lo controlaba, que al mismo tiempo me afectaba.

Asentí con la cabeza a modo de agradecimiento por las monedas y me dirigí a la puerta. Acababa de embarcarme en una difícil travesía.

Matilde no dijo nada. En cambio, el Africano se precipitó en mi dirección, casi sin despedirse de las dos mujeres. Salimos juntos. Me seguía de cerca por el pasillo. Crucé el primer umbral y estuve a punto de tropezar bajo su mirada. Una vez en la calle, con la vista nublada, sorprendido de que aquel hombre actuara como un cazador presto a disparar la flecha sobre su presa, eché a correr hacia la casa del anticuario.

75

Algunas noches iba a pasear por la fortaleza cuando las verjas aún estaban abiertas. La soledad me pesaba y no sabía si gritar o si echarme al suelo, a la espera de que otro cuerpo me envolviera en un abrazo mortal.

Me escabullía como una babosa por las paredes, casi incapaz de tolerar mi condición humana. No sabía cómo apaciguar mi sexo ni mi corazón desesperado. Una vez cerraban las verjas, veía en los alrededores a alguna que otra mujer que hacía amago de aproximarse a hombres como nosotros, incapaces de ofrecerles un hogar, de pronunciar una triste palabra de consuelo. Eran mujeres angustiadas, como yo, que me hacían señas casi indistinguibles en la oscuridad. El impávido teatro de los desconcertados, de las criaturas que golpeaban la coraza del corazón ajeno con el ansia de hacerse escuchar.

Yo también apelaba al gozo que emanaba de las zonas de placer, el grito que creaba un eco interminable. De cerca, esas mujeres revelaban rostros envejecidos, arrugas, marcas. También cicatrices invisibles en el alma, debidas a las incertezas, a los malos tratos. Vivían al margen de los hogares cristianos, nadie las quería, ni siquiera yo, que no habría soportado compartir con ellas mi agonía. Solo tenían valor cuando yo, cual abominable felino, saltaba el muro y, sin preguntarles ni cómo se llamaban, empujaba a alguna contra la pared, le abría las piernas y liberaba en su interior la lava de mi volcán. Para luego separar nuestros cuerpos y resignarnos a nuestras respectivas miserias. Yo no quería verlas, como tampoco ellas a mí. Avergonzados por nuestra condición inexorable, que nos obligaba a copular como animales.

Un día sorprendí a Akin el Africano mirándome mientras hacía el amor con una de estas mujeres. Lo había conocido en casa de Matilde y había vuelto a verlo el día anterior en la taberna, conversando con Nuno, y su presencia me había molestado. En ese instante en que estábamos tan cerca el uno del otro, cada cual afanado en su propia hembra para alcanzar el éxtasis, le eché una maldición. Le prohibí, para mis adentros, que gozara antes que yo, o al mismo tiempo. Yo haría con una mujer lo mismo que él hacía con la suya. Actuábamos como si nos hubiéramos prestado el uno al otro nuestros cuerpos, dispuestos a alcanzar juntos el infame paroxismo del éxtasis. Aunque ello conllevara el riesgo de que su prodigiosa eyaculación me alcanzara.

Acto seguido, me dirigí a toda prisa a casa del anticuario, con la mirada baja, sin saludar a aquel hombre que disfrutaba de verme fornicar. Pero al Africano eso no le importó. Soltó una carcajada y empezó a seguirme. Quería insultarlo, pero me contuve. Aquella noche, la luna resplandecía como si estuviera en llamas, su luminosidad realzaba las facciones del hombre, a pesar de la barba y los cabellos largos, que llevaba recogidos. Él insistía en sonreírme y sabía que, mirándolo, le devolvía la humanidad que le había arrebatado, dejando de ser una aparición.

Cuando ya estaba cerca de casa, me mordí la lengua para contener la grosería que estaba a punto de soltarle. Mi expresión le reveló mi rabia.

—Soy Akin el Africano, ¿no se acuerda de mí? Soy nuevo en esta región del fin del mundo —me dijo a voces para que lo oyera.

Me devoraba con una mirada intensa que jamás había visto en otro hombre. Me miraba fijamente y yo no sabía muy bien cómo reaccionar a alguien que me observaba como si fuera una mujer. Le di la espalda y apreté el paso, preguntándome quién sería aquella persona que, pese a su rudeza, mostraba hacia mí una amabilidad poco habitual entre varones.

No volví a ver a Akin durante un tiempo. Hasta un día que apareció por la taberna mostrándose indiferente a mi presencia, como si hubiera olvidado lo ocurrido en la fortaleza. Como si le diera igual que no lo llamara por su nombre. Pero al apoyarse en la barra, con aquel rostro que atraía la atención de los demás, me ofreció una taza de café como si fuera Nuno.

—¿Qué puedo ofrecerle? —me adelanté, censurando su osadía.

Cogí la taza y tiré el contenido en una tina que tenía al lado. El café nos salpicó a los dos, vinculándonos de una forma extraña. Él se tomó bien aquel hecho simbólico que nos unía y del que yo me desentendí. Astuto como un zorro, se apartó y evitó mirar a los presentes. Se sentó a una mesa junto a la ventana, actuando como si el mundo no existiera. Se desentendía de cualquier consideración ajena, incluso de la que tuvo el matrimonio de la mesa de al lado. La esposa instó a su marido a ofrecerle un vaso de vino de la botella que ellos solos no se acabarían. Ella se agarró a su esposo como si estuviera a punto de perderlo.

El Africano se distanció sin hacer ningún amago de reconciliación. Era mejor así. Yo no quería una amistad que me incomodaba. Pero quizá regresaría para repetir el ritual.

76

En la taberna, el Africano mantenía la distancia con los demás y, sin razón aparente, evitaba mi compañía. Le di tiempo para que decidiera qué pedir. Debía tratar a los clientes con deferencia, como me había enseñado Nuno.

Sin embargo, no sabía controlar la turbación que me causaba el Africano. Su actitud confirmaba que había renunciado a trabar amistad conmigo. En mi intento de reconciliarme con el mundo masculino que él representaba y que yo casi no conocía, me acerqué al grupo que había concentrado en la barra. Entonces él se despidió en silencio.

Más tarde, estando a solas con Nuno, le hice varias preguntas seguidas acerca de qué sabía del recién llegado y de doña Matilde, a la que no había visto en mucho tiempo, ya que tal vez se había recluido en casa cerrando hasta las ventanas, pues tampoco había visto a la empleada, Amparo, salir a comprar. Lo cierto es que me inquietaba, pues sabía que a la tía le gustaban los atardeceres y solía salir a la terraza a contemplarlos sola.

—No me ha llamado ni para ir a limpiar. A lo mejor han ido a Lagos.

Nuno no pareció aprobar la curiosidad de un servidor. Me dejó con mis preocupaciones y fue a sentarse a la mesa de la ventana que el Africano solía ocupar.

—Si alguien sabe algo de Matilde es Juliano el Apóstata —me dijo en tono de burla, refiriéndose a Ambrósio, que en aquel momento entraba en la taberna dando muestras de haber oído la pregunta. Pero no dijo nada, pues no tenía intención de mencionar la historia del cristianismo en aquel ambiente profano. Tampoco le correspondía a él hablar del pecado que se cernía sobre todos y que mucho tenía que ver con los rebeldes presentes. Inclinándose sobre la barra para que solo pudiera oírle yo, me dijo:

—¿Quién quiere abolir el pecado en el mundo? Forma parte de nuestra humanidad. ¿No le parece, Mateus?

Y al poco rato, mientras se tomaba un vino tinto, su rostro se iluminaba a ojos vistas, porque acababa de evitar que renunciáramos al misterio de la carne contenido en el pecado. Y esta había sido su intención desde el instante en que había puesto los pies en la taberna. Como si quisiera demostrar que en su juventud había sido un sátiro y que ahora lamentaba haberse privado de las alegrías del cuerpo.

Le toqué el brazo en señal de respeto, y de cariño también. Ambrósio formaba parte del panteón de la patria, de mi patria. Dios lo había puesto entre los hombres para dar prueba de que había acertado al prometer a beatos y pecadores el Reino de los Cielos a despecho de cómo obraran.

El anticuario apuró el vaso de vino. Ordenó que lo pusiera en su cuenta. Se sentía un héroe por beber y por pagar. Y se enderezó para dirigirse al templo de sabiduría humana que era su casa. Pero antes me llamó.

—No se retrase, Mateus. Le espero para tomarnos la sopa juntos. La he dejado en la olla, sobre el fogón.

Corrí a la bodega, con Infante a la zaga. No quería que nadie me viera llorar.

77

El nombre de Matilde no era común en Sagres. Otros de tradición portuguesa, adoptados sin extrañeza, habían singlado los mares en boca de marineros enamorados. Gracias a estos, recorrieron el Oriente, pescaron en aguas exóticas y, en las noches solitarias, bajo el fragor de las tempestades, aquellos hombres se rendían a la emoción de pronunciar los nombres de Maria, Fátima o de la reina Leonor.

Cierto anochecer en el cabo San Vicente me hundí en el epicentro de la Tierra. En aquel promontorio diabólico, pronuncié el nombre de Leocádia a voz en grito. El lenguaje del amor era inconexo, me confundía. A través de este, había conocido las pasiones cantadas por poetas, pero nunca aquello que sentía por la joven. Con todo, a mi grito ronco y sincero se unió el de viejos marineros de Sagres, inválidos, arruinados y hasta muertos, a todos se les había prohibido amar.

En sus épocas doradas, aquel pueblo forjó criaturas indomables y, en años recientes, acogió a Matilde, que había llegado íntegra, evitando aportar el menor detalle de su vida. Existía la sospecha de que el paisaje portugués la había curtido desde la infancia, que este la había llevado a asomarse al infierno. Su propio sufrimiento le hacía infligir a los demás igual martirio, sanciones necesarias. Había puesto a Sagres, su emporio, bajo su tutela.

Había venido de lejos, aunque no seducida por la grandeza del Algarve, que poco conocía. No obstante, respetaba los mares enfurecidos vinculados a la prosperidad del litoral, mientras ahuyentaba con garras afiladas a los soñadores que le cobraban monedas y no le daban nada a cambio, como aquel campesino del norte. Estaba a salvo de las rutas heroicas de antaño que habían movido el engranaje de la historia universal y, por lo tanto, de la portuguesa. Se decía que el espíritu colectivo que había guiado la epopeya del reino, al cual pertenecía por nacimiento, no despertaba en ella la menor pasión. Si algo apreciaba quizá era la eterna lucha entre el bien y el mal. Por ser como era, Matilde se rebelaba contra los adeptos a la fantasía, no los quería como consejeros. Para ella, el cabo Bojador nunca había existido.

Ambrósio abría heridas en mi corazón. Me ayudaba a entender el mito del Navegante, que había muerto y no había resucitado, pero ocupaba un lugar en la imaginación portuguesa. Su promontorio, rodeado de acantilados, causaba tal fascinación al mundo que se investigó qué podía haber más allá de aquellos precipicios. Un lugar en el cual los dioses habían alojado una serie de misterios, privilegio que habían reservado asimismo al Finisterre gallego, la última lengua de tierra al suroeste de Europa.

Desde allí veía, a su izquierda, el sur de España y, si cruzaba las aguas mediterráneas, llamaría a las puertas de Ceuta, plaza que el Infante consideraba indispensable para el porvenir del reino de Juan I, su padre. De allí partía una ruta de sangre y mestizaje que llevó a las carabelas a enfrentarse a la realidad de Oriente y del oeste, incluido Brasil, donde los portugueses pusieron pie en extraña hora.

Matilde era considerada una mujer soberbia, pues para ella el mundo giraba alrededor de su casa, al servicio de Leocádia. Sus actividades diarias se desarrollaban en torno a sus cuidados, como si fueran leyes. En virtud de esto, Sagres era un feudo esencial que defender. Confiando en los efluvios cautivadores que emanaba, Matilde insuflaba confidencias y secretos y los guardaba en el cajón. Nos había llegado a insinuar que, en una ocasión, había disfrutado apuntando a un contendiente con una arma que supuestamente tenía, para sellar un prometedor pacto con él.

Cierta vez que fui a su casa, Matilde mostraba una actitud jovial, como si acabara de tomarse un elixir de la juventud, una poción de amor mágica que podía volver a cualquier persona invencible. Aun así, quiso ponerme a prueba, pidiéndome que observara su cuerpo y aplaudiera los resultados. La miré en su conjunto para ver si mantenía el frescor de los veinte años. Sin embargo, el vestido largo, en su mayor parte oscuro, de luto aún por su marido, cubría todo su cuerpo y dificultaba valorar bien su forma física. A pesar del vestido, caminaba deprisa tanto en casa como en la iglesia. Tenía ante mí a una Matilde camaleónica que lanzaba miradas aquí y allá, que se rejuvenecía para que nos rindiéramos a sus caprichos.

Acaso me había presentado al Africano con la intención de abrir grietas y brechas en mi frágil corazón. Sospechaba que él también era capaz de valerse de recursos para capturar a quien quisiera en sus seductoras redes. A lo mejor se había ganado la confianza de Matilde, ofreciéndole servicios abnegados, su energía africana. Incluso era posible que hubiera accedido a ocuparse de sus encargos, que le hubiera ofrecido la ayuda de sus manos robustas y hábiles. ¿Era posible que por estos motivos hubiera consentido a aquel hombre a mirarme con semejante ardor? ¿O acaso porque ansiaba verme fracasar había persuadido al Africano de clavarme una espina en el pecho? ¿Y si tales conjeturas eran producto de una imaginación enfermiza?

No habíamos creado ninguna alianza entre los tres. Acechados por los peligros de la selva, uno estaba a la merced de los otros. Con Matilde al frente, anticipándose a las desgracias ajenas, de acuerdo con su don. Ondeando la bandera de la fatalidad, no me cabía duda de que censuraba nuestras respectivas acciones. Ella había trazado la línea del destino que debíamos seguir mientras recogía los efectos de nuestra voluptuosidad y la resistencia a su control.

Un día, después de terminar el trabajo, me pidió a medias palabras que confesara la esencia de mi naturaleza secreta y de mis pecados, aquellos que Dios prohibía, esperando que purificara mis actos carnales, pues no los aprobaba.

En aquella confrontación cara a cara me negué a entregarle el alma. Sumido en un silencio implacable, aguardé a que Matilde proyectara sus propias expectativas en mi ser debilitado.

Salí de la casa con las monedas en el bolsillo, el corazón vacío y sin Leocádia. Bajo la mirada penetrante de Matilde, que iba tomando nota de mis agravios. Me había resistido a darle en bandeja no solo mi vida, sino los pecados, las aberraciones que había cometido a los pies de la cruz de Cristo, que murió bajo el peso de la crueldad de personas como yo.

Abominable, pensé. Esta mujer es pura hiel.

78

Por la fuerza del amor que Leocádia me inspiraba, me resigné a sufrir las humillaciones a las que me sometía en Sagres. Sobre todo a los constantes golpes que Matilde me asestaba cual siervo.

Sucumbía al espíritu del mal que los muertos y las brujas habían esparcido antaño en el pueblo, según había leído. Un paraje áspero, incapaz de absolver los errores del pasado portugués. Allí nada desaparecía ni quedaba exento de culpa, salvo el Infante.

En las calles, me cruzaba con las almas que solían concentrarse en los cruces. Oía sus sollozos, los mismos que había oído en la aldea. Era tradición que las almas visitaran a los vivos con malos augurios, anunciando la próxima muerte que habría en una casa. Aquellas apariciones me asustaban y me hacían pensar en Matilde, deseándole mal. Mi abuelo habría objetado que desperdiciara mi vida con personas que aspiraban a precipitar mi fin. Nunca quiso que formara parte de una familia dramática, con tendencia a la decrepitud, que consumía la energía del mundo inútilmente.

—¿Y qué debo hacer, abuelo, para disipar las sombras, para que me dejen en paz?

Regresé a casa de Ambrósio abrumado por los designios que me empujaban a la inercia. Me preguntaba si el Infante, en sus horas postreras, habría tenido el valor de empañar su aura heroica para reconocer la culpa que había arraigada en él, por haber sido responsable de la suerte que corrió su hermano Fernando al acabar como prisionero en Fez, donde murió.

Yo admitía ser un hombre sin talento alguno, un fraude que Matilde identificó desde el principio. Aunque me aceptara, como si bajo el gobierno del mal eligiera a un enemigo al que debía derrotar. Así y todo, me faltaban credenciales para ser su adversario. Era un hombre ofuscado por un ideal de belleza que ella desconocía y que Leocádia representó sin languidecer jamás. Tanto era así que, allá donde fui, llevé su imagen conmigo durante años.

Mi devoción por la joven era en sí una sentencia de muerte decretada por su tía. Entonces me perseguía la imagen del pez espada, el personaje de una fábula de amor que me habían contado en la escuela de la aldea siendo niño y que me había hecho llorar. La historia me atravesó el corazón. El macho y la hembra de esta especie vivían juntos, enamorados, y, cuando fueron capturados en la red de unos pescadores, ante la inminencia de ser arrojados al interior del barco y quedar separados para siempre, se clavaron la espada el uno al otro. Este suicidio en nombre del amor me impresionó, y era un sentimiento similar al que me afligía en Sagres. La fuerza de una pasión que yo alimentaba pese a no ser correspondida, que me hacía pensar que merecía la pena morir o matar por Leocádia, lo cual habría sido un homenaje a la muerte de mi abuelo Vicente.

79

¿Era posible que la miseria humana fuera el acicate del talento? ¿Es posible que el esfuerzo de cada individuo resida en empeñarse en ser feliz y considerar lo demás banal? ¿Es posible que el infante don Enrique recurriera a este mecanismo cuando un 28 de octubre empezó a redactar o dictar su testamento, dos semanas antes de morir? ¿Como si intuyera o supiera que su cuerpo debilitado ya no superaría sus impedimentos físicos y la muerte iba a ser su última recompensa?

¿Son estos los presentimientos que abaten a la par que distinguen a nuestra especie en la maraña de la existencia? Lo cierto es que Matilde se dio cuenta antes que yo de que Akin el Africano quería matarme. ¿Matarme o amarme?

Un día se acercó a mí y me dijo:

—Tengo un recado que darte: el Africano necesita asistencia, ve a ayudarle.

Fingió que no se daba cuenta de mi natural extrañeza. ¿Por qué debía yo salvar a un extranjero que apenas si conocía? ¿Por qué arrojarme a las aguas turbias para limpiar mi inmundicia y mi impiedad? Cuando en realidad debía redimir mis pecados y no cometer otros cuya inminencia yo presentía. Nunca había llegado a alcanzar lo mejor de mí mismo y ahora venía Matilde a desafiarme con su pura maldad, empujándome al precipicio, siempre en defensa de Leocádia. A pesar de condenar a su sobrina a la soledad de la carne, a no conocer jamás la pasión de un desconocido.

Cada vez que me surgían dudas sobre cómo debía comportarme, pensaba en mi abuelo. Al sospechar que la maldad acaecía como un rapto demoníaco, mi abuelo se fijaba en la palma de su mano para leer las líneas. Allí encontraría la respuesta en perjuicio de mi flaqueza. Los trazos de la palma de la mano que revelaban a mi abuelo que su nieto sería un hombre voluble, maldispuesto para con la vida, que iría acumulando frustraciones y desgracias. Y Matilde confirmaría este vaticinio.

Me negué a ayudar al extranjero. No podía dejar la taberna. Por primera vez, me sorprendí de mi propia valentía. La tía me dio las gracias y se preparó para el siguiente embate.

Cobré fuerza al recordar que, estando aún en Lisboa, todas las mañanas, hiciera frío o no, me convencía de que un día llegaría a la tierra del Infante y estaría bajo su custodia. Algo que acabó confirmándose como una realidad. Allí estábamos, en Sagres, yo y mi perro llamado Infante, que raras veces ladraba. Era la criatura más próxima a Dios que había conocido aparte de Jesus, mi asno. Ni mi abuelo, que era un hombre colmado de virtudes, era comparado al divino a causa de sus demonios. Mientras que mi Infante, con forma animal, por dentro era el mejor de los hombres. Siempre hablé poco de él, pero valía más que mis palabras, que poco crédito tenían.

A veces, cuando dudaba de si estaba en Sagres, recorría con la vista el Atlántico, pensando en arrojarme a las olas para que me arrastraran hasta costas extranjeras. ¿Llegaría sano y salvo a un territorio donde el caníbal sería yo?

Matilde se resignó, decidida a conspirar contra mí, a condenarme al limbo o al infierno. Carecía de bondad y recurriría a la mentira para arruinar a quien se propusiera. ¿Era posible que quisiera privarme del amargo destino de impedirme hacer de su sobrina mi esposa?

Ante el turbulento panorama de la vida, me preguntaba si en algún momento de insospechada euforia habría aspirado a ser un poeta como los antiguos, que se sentían los reyes del mundo pese a sus ropas rasgadas, capas siniestras y cayados de profeta del desierto. Pobre de mí, ¿qué clase de fantasías alentaba mi imaginación?

Con el tiempo descubrí que me faltó cultivar cierta modernidad. Vivía en un mundo que no reconocía. Ya al nacer fui un hombre antiguo, incrustado en siglos pasados, y salvo raras excepciones, solo aprecié a los muertos. Las maravillas que la civilización había ido construyendo en los últimos tiempos me ofendían. Tal vez fueran piezas monumentales, de estética irreprochable, pero eran individualistas, carecían de espíritu comunitario.

Vivo anclado en las raíces de un Portugal que ya no existe, no soy el protagonista de ningún fragmento de la historia. Ni siquiera me hacía falta preguntar al anticuario en qué época de la patria me habría situado él.

No hacía mucho, en la taberna, mientras servía a los marineros que bendecían los días o las semanas que les quedaban de vida, murmuré a los fantasmas que me había bañado a hurtadillas en las aguas del Tajo y no había muerto. Incrédulo como siempre fui, me decía que aquel río portugués nunca me haría daño. Al fin y al cabo, no era Jesucristo ni Juan el Bautista. Y resurgí fortalecido para emprender el camino a Sagres.

El anticuario me preguntaba por mis periplos. Con la excusa de afirmar que la vida de cada uno estaba decidida de antemano, que no había modo posible de desviar la trayectoria establecida en el cuerpo de la madre. Ambas entidades, Dios y el demonio, en un reinado conjunto, se vanagloriaban de esta responsabilidad. Era improbable que sus respectivas teologías y legiones salieran al campo de batalla para exponer argumentos convincentes si ya habían llegado a un acuerdo previo. Tal vez valía la pena preguntarse si el hombre era digno de la libertad de elegir la muerte que quería y redactar su epílogo.

El anticuario desarrollaba su tratado como si compusiera una elegía a la muerte y no le faltara nada.

—Dígame, Mateus, ¿quién dirige la vida, quién dicta su fin?

Disfrutaba del debate. ¿Quería poner a prueba mi fe? ¿De parte de quién estaría, de Dios o del demonio?

Y añadió que tal vez no eligiera a ninguno de los dos. Sino al cuervo, un pájaro de mal agüero, un ave nocturna.

Bajé la cabeza. Hacía mucho tiempo que mi madre me había condenado. No era necesario que Ambrósio me engañara con su compendio humanitario y tratara de consolarme presentándome un escenario, fuera de Sagres, donde me aguardaría un final feliz.

80

En una serie de encuentros casuales, Akin me detuvo al salir de la casa de Matilde, donde ambos habíamos estado trabajando, con una sonrisa discreta que al momento se transformó en una expresión malévola.

Había en él un gesto ambiguo que no presagiaba nada bueno. Pedí permiso para retirarme, cuando me detuvo haciéndome creer que teníamos un asunto pendiente.

—Todavía no me ha llegado la hora ni a ti la tuya —dijo de repente en tono amenazador.

Sus palabras, que a veces eran vagas y yo entendía a medias, insinuaban ahora que lo había ofendido por motivos fútiles y que tenían que ver con sentimientos recientes en el salón de Matilde. Pero no me aclaró qué delito había cometido, aparte de atender a los saludos protocolarios bajo la mirada vigilante de la anfitriona. Y, aprovechándose de mi perplejidad, sin que pudiera contestarle, añadió sin más:

—Te perdonaré si admites que ha sido una ofensa involuntaria.

Confesó que le resultaba extraño que un portugués del norte, donde aún se conservaban las buenas maneras, ofendiera a un marinero audaz como él, que había visitado hacía poco la ría del Miño con el propósito de deleitarse con la visión del Atlántico. Y que después de conocer mi tierra natal se había instalado en Sagres.

—Mateus, ¿verdad? He retenido tan bien tu nombre que lo olvido a propósito.

A veces era locuaz, como un antiguo hombre del mar y, sin recurrir a improperios, defendía los méritos de las tormentas que intervenían a favor de las conquistas humanas.

Un día, durante una conversación en que Matilde lo interrogó, evitó detallar cómo había llegado a Sagres. Y, cuando estaba a punto de revelar su pasado, se retrajo, atacando el temperamento portugués que, según él, oscilaba entre la reserva extrema y la astucia disimulada. Sin duda, se estaba quejando de que no lo habían acogido desde que había llegado, para que pudiera sentirse como en casa y se encontrase como en su propio país. A mi respecto, se tomó una confianza que nunca había habido entre nosotros.

Me iba enredando poco a poco en su telaraña. Sabía que yo era vulnerable a las proezas humanas, fueran de la naturaleza que fueran. Y, con afán de exhibirse, describió con fanfarronería la escena de cuando cierta dama casada con un alto funcionario del gobierno de su país lo arrastró hasta los pies de una palmera para dar fe de su virilidad a pleno sol.

—No te preocupes, Mateus, que mi pacto con la vida es dar placer, no provocar el llanto.

Sus frases, que seguían siendo enigmáticas, me ponían nervioso. Al no entenderlas, quedaba a su merced. De hecho, persistía para que yo, de algún modo, le debiera favores. Una actitud que se agravaba debido a que últimamente me seguía pese a las restricciones impuestas por mi parte. Puesto que conocía bien su confianza en sí mismo, miraba atrás para cerciorarme de que no me seguía.

Una tarde lo encontré en la playa, dentro del casco de un barco abandonado, recto como una estatua envuelta en una red de pescadores. Si bien presentaba una postura lánguida, se tensaba como un capitán en la proa de un velero a punto de partir, preparado para rebasar la cresta de la primera ola.

Sin moverme de donde estaba, contemplando la ensenada, no perdía al africano de vista. Y él, sabiéndose observado, acentuó la escenificación del navegante.

Aguantó hasta cansarse, y entonces vino a mi encuentro. Enseguida hizo amago de iniciar la primera de las historias que me habría contado si yo no lo hubiera detenido, aunque estuviera dispuesto a escucharlo. Pues tenía habilidad para narrar y, por lo tanto, encanto. Sin embargo, al interrumpirlo, se comprometió a regalarme un bizcocho de Faro y unas anchoas españolas de Santoña.

—La sal inhibe mis excesos —me dijo en un tono gracioso.

Akin me inquietaba a la par que me atraía. Escuchaba su manera de hablar sin poder disimular mi interés. Me olvidaba de Leocádia, de mis fantasmas, de aquellos que conformaban la corte de don Enrique. Como si los enterrara a todos de una vez por todas. Incluso me olvidaba de él, ahora sin barba, con unas cejas gruesas y unos dientes que se ejercitaban en el ansia de arrancarme bocados de carne.

Se exhibía con naturalidad, acaso guiado por la tradición de su pueblo. Como si para un hombre africano, espléndido como él, fuera apropiado exponer sus trofeos físicos. Hasta que me embargó una sensación inaudita y me marché a toda prisa de allí sin decir palabra.

81

Desconfié muy pronto de las aventuras que relataba el profesor Vasco, contenidas en los libros estampados que leíamos en su clase. Las ilustraciones despertaban en los alumnos fascinación, y también frustración en mi caso. Pues, cuando las escuchaba, de inmediato me sentía excluido.

Por la noche, en mi habitación, junto a mi abuelo, me daba cuenta de que me faltaba valor para explorar el mundo más allá del patio de casa y no regresar. Aun así, soñaba con subir los peldaños hacia un paraíso situado más allá de la realidad prevista para un campesino del Miño. Como el de arrastrarme hasta el lecho ajeno y conocer el amor, ser grumete de Gil Eanes y superar con su nave el cabo Bojador y demás peripecias que demostraban que la mejor aventura consistía en recorrer la Tierra sin descanso.

El hecho de conocer aquella tarde en casa de Matilde al africano de piel tiznada, casi negra, barba hirsuta y físico opulento, irrumpió en mi vida como una amenaza. Las primeras veces que lo había visto había retenido otros aspectos de su personalidad, como su fuerte acento, la furiosa crispación en sus gestos y un físico que amalgamaba varias etnias. Nunca había visto facciones como las suyas, hermosas y brutas a la vez. En aquel momento lo vi como un aliado de Matilde, convencido de que estaban implicados en una conspiración de la que me excluían.

Akin había venido de la costa africana y se comportaba conmigo de una forma voluble. La primera vez, demostró ser solidario conmigo reprobando que Matilde me echara del salón. En cambio, más tarde, en la taberna se había mostrado distante e indiferente. Y, cuando en otra ocasión en que Matilde había vuelto a convocarlo, al verme en el salón se limitó a saludarme con la cabeza, acaso ofendido por el incidente en la fortaleza, la noche que coincidimos con las prostitutas.

Matilde se tranquilizó al advertir que el Africano era frío conmigo. Aprobaba una posible desavenencia entre nosotros. En esta visita, quiso hacer notar que Akin estaba dispuesto a hacer lo que fuera por ella. Pero yo ya sabía que favorecía al extranjero, cuyo aspecto varonil protegía la honra de la familia. Por otra parte, Matilde apreciaba la arrogancia de aquel hombre, ya que se parecía a la suya.

Aquel día, volvió a esparcir las monedas sobre la mesa en el momento de irme, que ella decidía. No había cabida para ninguna clase de consideración entre nosotros. Desalentado, salí de la casa en dirección a la fortaleza para evadirme. Este monumento concentraba la historia de Portugal que daba sentido a mi vida. Di un paseo por la muralla, por los caminos de alrededor, mis pies se resentían. La antigüedad de las piedras me decía por dónde había pasado el Infante. Al igual que él, bajo el efecto de los vientos, de las corrientes del mar, que rompía contra las murallas, me preguntaba qué dirección debió de seguir su trayectoria expansionista, como si así hiciera balance de vida. Por lo que se sabía del Navegante, era capaz de interpretar las posibilidades del mundo visible e invisible y prosperar.

El anticuario me contaba cómo el Infante había reunido recursos para seguir dominando el mundo. Mientras me detallaba las políticas que adoptaba para emprender su aventura, me eché a llorar por él. Ese mismo llanto incluía a Leocádia, que invadió mi ser cuando murmuré para mí mismo: si necesitas ayuda, aquí estaré.

Aquel sonido procedente de mi corazón, de la recóndita profundidad de mi ser, me llegaba en ondas centrífugas. En ese instante, la imponente figura de Akin interfirió en mi visión, me miró fijamente a los ojos, que ahora ardían. Los intrépidos pasos en aquel descampado insinuaban que alguien había venido por mí y solo por mí.

—Mi fiebre es como la tuya. Los dos sufrimos —dijo, y frunció el ceño para que viera su tormento.

Era él, Akin el Africano. Estaba allí, en el promontorio.

Reaccioné con ferocidad. ¿Qué quería de mí aquel infeliz de mirada penetrante que escrutaba mi sexo como si midiera su volumen, como si me arrancara los testículos? Era una osadía inaceptable cuando apenas si nos conocíamos. ¿Qué motivos tendría para comportarse de aquel modo? Quería que dijera algo. Aunque me hiciera sentir torpe al enfrentarme a la concupiscencia que lo consumía en la misma fortaleza que el Infante había pisado, probablemente embargado por sentimientos no siempre dignos. Una sospecha que nos unía a un misterio que se originó en el pasado y que ahora revivíamos.

Nada lo detendría. Se acercó a mí para que sintiera su aproximación pecaminosa. Sin tener en cuenta quién era yo, se me estaba insinuando. Me hice atrás, asustado. Nunca había visto a un hombre desear a otro, tratarlo como a una mujer o simplemente como a un varón. ¿Era esto lo que sucedía?

¿Había venido del norte para llegar a Sagres, a los dominios del Infante, y ser un objeto de deseo para el Africano? ¿No tenía suficiente con la tormentosa utopía de don Enrique, que inauguró mares nunca antes navegados, como apuntó Camões pensando en el noble hijo de Felipa de Lancaster y Juan I, que tenía que aceptar la propuesta de aquel africano que me envilecía?

Los vientos nos azotaban. Nos expulsaban del territorio en el que se desarrollaban nuestros conflictos. Yo era víctima de un monstruo que se alzaba ante mí. Incapaz de moverme o ser audaz. ¿Qué más podía haber aparte de los acantilados para aquellos dos siervos del pecado? ¿Debíamos cruzar el mismo portal que otrora había dado acceso a la geografía de Oriente, de las Américas, que los portugueses habían decidido descubrir? ¿Fueron esas rutas que fundieron cultura y sangre las responsables del mestizaje del que proveníamos el Africano y yo? Pues él era hijo de una civilización innovadora, que construía el futuro.

Akin me acorralaba desde la distancia. Ambos vivíamos sometidos a las leyes inexorables que dividían la tierra en porciones desiguales, imponiéndonos lenguas, costumbres, moral, sensibilidades antagónicas. Alianzas que predicaban la intolerancia y, con su carga beligerante, sometía a las personas, nos arredilaban en el calabozo de la historia.

Al acercarse, sentí que coartaba mi libertad, sofocaba mi arbitrio. Su voracidad sexual le hacía tensar el pecho, obviar las sanciones morales. El objetivo era el gozo. ¿Era posible que fuera también el mío? ¿Que ya estuviéramos implicados en un desastre inminente, libre de culpa, sin responsables?

Lo dejé allí sin despedirme para dirigirme a casa. Arrastraba conmigo una trama que yo no había escrito. ¿Por qué la vida solo quería cobrarnos oro y plata? ¿Y qué decir de las lágrimas que se deslizaban por mi rostro?

Ansioso, fui dejando atrás al hombre del traje negro y piernas firmes. Invoqué a mi abuelo para que me mostrara el camino de vuelta a la aldea, donde solíamos comer juntos. Para que salvase a su nieto de sí mismo. Ya era de noche.

82

Como invitado de la tía Matilde, Akin se presentó con la barba afeitada. Sentado en el salón, comentó lo extraño que le resultaba ver en el espejo un rostro que no veía desde hacía años, que ni siquiera parecía el suyo. Antes de visitar a las mujeres, yo lo había visto en la taberna y en la playa con la cara rasurada. Sus facciones delataban que venía de un hemisferio lejano, de la India o del África negra. Una tez familiar para Camões, similar a la de la esclava Bárbara. Por lo tanto, era hermano de los portugueses que conocieron aquellos parajes, hijos que habían dejado los navegantes a su paso.

Se instaló en el salón con su aparente vanidad, adoptando un protagonismo que había decidido asumir con la aprobación de Matilde. Como si fuera el dios Neptuno que hubiera salido a nado de África, cuyo aspecto rústico y la profunda cicatriz cerca de la mandíbula inspiraban tanta curiosidad como desconfianza. Cosa que poco le importaba, dada la soberbia con que desafiaba al prójimo. No temía ganarse otra cicatriz.

Sorbía sin ninguna contrición el vino tinto que Matilde le había ofrecido, pues parecía libre de pecados. No le importaba que pudiera ser rechazado mientras obtuviera el aprecio de la audiencia preferentemente masculina. Yo no era el único. Lo había visto observar con interés a algunos marineros que también se sentían libres del pecado original, redimidos de toda culpa. Propensos a desatar su furia, a maldecir. Los hombres como ellos, que arriesgaban su vida en el mar para salir a pescar, no podían ser castigados. Antes serían sepultados entre las algas por aquellas aguas malditas que querían engullirlos para no devolveros jamás a sus hogares. A la vista de semejante destino, aquellos hombres de mar eran dignos de respeto a pesar de sus perversidades.

La influencia de las enseñanzas de mi abuelo me hacía reaccionar contra esos hombres que, pese a la inminencia de la muerte, relegaban a esposas y prole al desamparo. Que las obligaban obedeciendo una ley natural, a buscar cuanto antes alguien que abasteciera la mesa, que los sustituyera en la cama vacía y devolviera a las sábanas el olor a mar.

En el salón de Matilde, evitaba la mirada del Africano, pues no quería que nadie viera que su afectación me fascinaba. Ni siquiera yo mismo, incómodo en mi silla, tenía modo de entender qué me estaba pasando. Me negaba a la posibilidad de que mi semblante pudiera reflejar esa naturaleza secreta. O a que otros rostros se fundieran con el mío en ese mismo reflejo.

Antes de entablar un nuevo tema de conversación, el Africano se despidió con la excusa de que tenía asuntos que tratar. Y, aunque hizo hincapié en que disfrutaba de la hospitalidad de Matilde, percibí su irritación. Entreví a una persona que guardaba secretos a pesar de su discurso imponente. Aquella tarde no pronunció ninguna frase que revelara interés por agradar a Matilde. ¿Acaso porque su intención había sido acercarse a Leocádia por sentirse atraído por ella, movido por la sospecha de que yo la amaba? ¿Es posible que, al marcharse de repente, intentara expresar cierto sarcasmo con el fin de hacerme daño?

83

Era doloroso seguir en Sagres, que mantenía intacta su gloria pasada gracias al Infante, sin necesidad de retocar lo que él definió como ley para los navegantes. Un pueblo habitado ahora por gente quejumbrosa que desahogaba sus penas y su lujuria en la taberna de Nuno, o confinada en sus casas, y yo sufría. Vivía atormentado, a merced de Matilde y el Africano, cautivos como yo de sentimientos insaciables propios de una villa sin anhelos. Ni siquiera les quedaba el fasto que les había brindado la pluma del príncipe de Avís.

Aun así visitaba la fortaleza, convencido de caminar sobre un epicentro sagrado. Con la expectativa de averiguar qué lugar me correspondía en el vasto universo portugués. Contemplando desde las murallas los acantilados bañados por las olas, tan tentadores para aquellos que habían perdido el gusto por vivir.

Después de varias noches de insomnio, pensé en alterar el rumbo de mi existencia. Buscar otro cielo que me aliviara. Revisaba la época que había vivido en Lisboa y en la aldea, junto a la sepultura de mi abuelo. Iba tejiendo ilusiones con la generosa ayuda del anticuario, que me animaba con historias disparatadas de perversos linajes de sangre real.

Sus narraciones carecían a veces de lógica y hasta de secuencia. A pesar de nuestras diferencias culturales, aquellas eran como mis recuerdos cuando los resucitaba. Ambrósio manejaba un amplio material narrativo, tenía la historia del mundo en la lengua. Gracias a esta variedad, tendía a iniciar sus relatos en el mar, a bordo de una carabela con las velas henchidas, pronta a zarpar, momento en que se detenía para reanudar el relato al día siguiente.

Cierto lunes me tomé el café como si fuera cicuta impuesta por el rey. Estar vivo me pesaba. Fui derecho a la taberna, ansioso por regresar más tarde a la fortaleza. Tal vez el misterio de la escuela de navegación estaba encerrado en aquella fortificación.

Aquella mañana me impregnaba cierta fragancia, y no provenía del hecho de estar vivo. Casi me tambaleé, yo que me rendía al olor intenso de los animales, de las criaturas de la Tierra, de sus cuerpos perecederos, antes de darles sepultura. Del Infante y sus acólitos. Del sexo, de cuya fuente brotaban la viscosidad, fluidos siniestros, sustancias acumuladas en las cavidades, olores perturbadores sin los cuales el deseo se desvanecería.

No olvidaba que había llegado a Sagres movido por un sentimiento de malogro. Había renunciado a quedarme en el Miño, en Lisboa. ¿Y ahora? ¿También renunciaría a Sagres? Fondeaderos que me habían expulsado por ser como siempre había sido. El propio Nuno, que solía ser comprensivo conmigo, censuró la barba que me había dejado crecer y que acabé por rasurar. Era evidente que mi persona daba pie a las críticas y que mi animosidad se volvía en mi contra. Pero no pensaba pedir misericordia. Sentía una extrañeza que me apartaba del mundo. Tal vez porque mi madre me había expulsado de su vientre descarado y libertino sin garantizarme la leche siquiera.

Sí, había nacido en Portugal, pero no era de allí. Entonces ¿de dónde era? De niño soñaba con conocer desiertos, estepas, tundras, despeñaderos profundos, archipiélagos orientales, territorios que los portugueses habían explorado y donde habían implantado el comercio. Lugares donde se amancebaron con mujeres para luego arrancar sus bienes de la tierra.

—Tranquilo, Mateus. Es pronto para morir, es hora de buscar un hogar —me dijo el anticuario.

Ambrósio me inspiraba sensatez y valor para echar raíces en algún lugar aunque no fuera a heredar nada de nadie, ni siquiera del Infante. Y tenía razón, pues ¿cómo iba a fomentar lo imaginario, que también era real, si ni siquiera había establecido un vínculo con mi lugar de origen? Pero, si un día salía de Sagres con el corazón despedazado, ¿adónde iría? El mundo no era lo bastante grande para abarcar a un hombre condenado a la inconsciencia de las cosas.

Una vez amenacé con partir sin rumbo. Pero el dolor agónico con el que reaccionó mi abuelo me hizo echarme atrás. Aquella demostración de amor, sus lágrimas discretas, me consolaron. Con todo, seguía sin estar conforme con los impulsos de su nieto imprudente, que estaba dispuesto a lanzarse al mundo sin pan ni monedas.

—Huye del abismo, Mateus. Es el refugio de los desesperados.

Acabé quedándome en la aldea. Resentido con la vida, aceptaba el espíritu del mal. Mi abuelo me compensaba colmándome de delicadezas para salvarme. Quería hacerme entender que corría el riesgo de saborear el gusto amargo de la desgracia. Yo quería a mi abuelo.

84

Me volví hacia el Africano. No quería escucharlo, la gravedad de su voz penetraba en el cuerpo ajeno, revelaba su maldad. Él sabía que tenía la voz ronca, propia de una naturaleza poderosa, recién surgida de África, donde había vivido entre leones y chacales, bajo la protección de su madre.

Proyectaba el esplendor de una dinastía que, pese a haber estado expuesta a peligros durante siglos, por fin había ascendido al trono de su tribu. Un país que solo la traición de los blancos, de los portugueses, había podido quebrantar. En su presencia, sentía la obligación de venerar aquella genealogía africana que Europa había diezmado. Sentía la necesidad de pedirle perdón por los crímenes colonialistas que se habían cometido, según confirmaba el anticuario.

Nada saciaba el hambre del Africano. Su apetito por la carne y por el pan. Había llegado a sugerir que era víctima del universo y que este le debía una libertad que aún no había obtenido. ¿Qué apaciguaba a aquel hombre? ¿El drama, el ridículo humano, el arrebato sexual?

Defendía algunos intereses con voz meliflua, tal vez para convencer a la audiencia. Describía su cultura con riqueza de detalle, comparándola con la portuguesa. Podía cerciorarme de mi propia existencia por medio de su forma de hablar, del énfasis con que subrayaba cuánto debía Europa a África, y yo a él, con cada nuevo día.

—Mi origen me apena, Mateus. Lloro por mis muertos —me dijo un día, al salir de la casa.

Me asustó compartir sentimientos similares. ¿Era posible que sintiera el mismo dolor que yo tenía por mi abuelo, mi madre y los animales, que para mí eran como hermanos? ¿Lamentaba que se hubieran relegado al olvido siglos pasados a cambio de una época desprovista de esplendor, de utopías? ¿Era, pues, víctima de algún sentimiento que evitaba precisar?

A su lado, mi masculinidad se veía amenazada por la contundencia del universo. Aunque mi abuelo hubiera sido un modelo inolvidable, jamás me habría considerado bello como Akin se veía a sí mismo.

Aquella confesión del Africano sobre sus muertos y su origen, en el momento de salir por la verja de la casa, me desconcertó. Nos apoyamos contra la pared. Relajado como si descansara en el sofá del salón, se aprovechaba de la situación dirigiéndome elogios. Con cada palabra amable lapidaba mi cuerpo como una piedra preciosa. Sabía muy bien qué decir para ruborizarme.

Entonces fue cuando Matilde, que había salido del salón, se escabulló por el pasillo hasta la verja para esconderse detrás del cenador y poder escuchar mejor al Africano. Quise advertirlo de la incómoda presencia de la tía, que había acudido atraída por su voz, que llegaba hasta el salón. Pero era demasiado tarde para evitar posibles consecuencias, pues Matilde acababa de escuchar una serie de confidencias obscenas y podía utilizarlas según le conviniera.

Matilde se resistió a reprender a los dos hombres que tenía a su servicio. Tal vez esperara una sentencia lo bastante contundente para suprimir la realidad. Sin embargo, Akin elogió su elegancia, la acogida que ella le había brindado, propia de una dama. Matilde reaccionó al comentario abriendo de par en par la verja y luego nos hizo señas para que nos fuéramos a la fortaleza. Insinuando que su casa no era el mejor lugar para confraternizar, si era lo que queríamos. Mordiéndose la lengua para no soltar palabras mayores, nos mostró la salida.

85

Matilde se dio cuenta antes que yo de que Akin, ahora sin barba, con su aspecto de animal amedrentado, ansiaba aniquilar o amar a quien estuviera a su alcance. Ella se rodeaba de amistades y adversarios y, si hacía falta, se servía de las garras para combatirlos. ¿Qué la llevaba a contener sus impulsos rencorosos? ¿Acaso la melancolía que llevaba incrustada en el alma, que yo intuía?

Contrario a las certezas de Matilde, que rechazaba al Africano a ojos vistas, apenas vislumbraba nada tras aquella fuerza inquietante. Él, en cambio, sabía que tanto ella como yo estábamos pendientes de él. La astucia de Matilde, que antes había utilizado a su favor, lo intimidaba. Solamente le quedaba esperar que las previsiones de la tía fallaran, que no le retirara la aureola de héroe que le había concedido previamente.

Yo quería irme. La casa del anticuario me protegía y la taberna de Nuno empezaba a exigirme una actitud que nunca había tenido. Antes de dirigirme a la casa de Ambrósio, vi que Akin me seguía de cerca. ¿Obedecía a Matilde, que le había ordenado amarme? ¿O buscaba hacerse con la herencia de Leocádia? Hui, lo dejé atrás, rechazando la materia sigilosa que se interponía entre dos hombres que apenas se conocían y que, de camino al infierno, se cruzaban ahora en un lugar sombrío.

Por la mañana, me cercioré de que el anticuario seguía vivo. Para mí era valioso, no podía perderlo. Le estuve ayudando un rato y, antes de dirigirme a la taberna, me acerqué al promontorio, pues no quería renunciar a aquel territorio de piedra.

Aquella mañana de un lunes, la delicada brisa marina me embriagaba, dándome alas. Mientras contemplaba el paisaje, me encontré con el Africano, que venía siguiéndome. Con su gigantesca altura, se interpuso entre mí y las vistas sobre las aguas. Vacilé ante la posibilidad de estar en peligro. Aun así, en mi interior resonaba el vigor matinal, reforzado por el recuerdo del Infante. Poco antes de aquella aparición, durante el café con Ambrósio, había pensado en regalarle a Leocádia el mundo entero contenido en una cajita de música que algún día compraría. Era el mismo mundo que Akin admitió que reclamaba para sí.

Aquella mañana había pensado en Leocádia, en su vida, enclaustrada en el cubil de su tía. Aun así, yo veía en ella un aura de misterio inagotable, en tanto que me preguntaba si un día accedería a venir conmigo si la raptaba con el propósito de ser felices. Juntos conoceríamos cavernas cuyas profundidades ocultaban tesoros. Rincones donde don Enrique había amado a alguien en secreto. Tal vez una campesina, una meretriz o acaso un eunuco que, pese a su cuerpo mutilado, le proporcionaba un placer sublime. Al que había liberado de un harén, gracias a un gesto magnánimo del sultán, seguro de que la rara hermosura del joven, así como sus incesantes caricias, sanarían las penas de su alma portuguesa.

Presentí que, si no respondía a los reclamos del Africano, a su ambigüedad, podía contemplar la posibilidad de que le sobraban motivos para borrarme de la faz de la Tierra.

Un día que nos reunimos en casa de Matilde, me di cuenta de que Leocádia no prestaba atención a los presentes ni revelaba ninguna atracción por él. Hacía mucho tiempo que no reaccionaba a los conflictos que surgían a su alrededor, menos aún a los sentimentales.

En la playa, donde ahora coincidíamos, Akin estaba apoyado contra el muro junto a los barcos para protegerse del amenazador vendaval que había empezado a azotarnos. Guardé silencio un buen rato, manteniendo una postura vigilante. Hasta que ya no soporté estar tan cerca de él y me alejé a todo correr.

—Quédate —me gritó—. Yo soy la encarnación de África, yo te protegeré.

Debilitado por el vendaval y ante la inminencia de ser arrastrados al borde del precipicio, en medio de una escena que parecía el juicio final, no me detuve. Temí estar siendo juzgado por las leyes divinas. ¿Por qué era castigado si no había pecado?

Acaricié el hocico de Infante, que empezó a gruñir y a ladrar a los rayos que atravesaban el cielo, previniéndome asimismo del peligro que corría. Lo sosegué con las mismas palabras que pronuncié el día que lo salvé de camino a Sagres. Aquel día lo parí como una madre. Sin embargo, viendo que no se calmaba, apreté el paso, más por él que por mí. A merced como estábamos de la naturaleza agitada, buscamos abrigo en casa del anticuario, donde siempre habíamos estado a salvo. Una isla imaginaria frente al cabo Bojador, donde se hablaba y ladraba nuestra lengua.

86

La redención, tan predicada por la Iglesia, no enaltecía mi cuerpo. Sin embargo, Leocádia, que era indiferente a la maldición católica, fue declarada inocente. Conjuraba la culpa cerrando los ojos, no quería ver las señales de la vida. Como si fuera una sustancia pétrea, respiraba con un ritmo discreto, no se sorprendía de manera que sus senos palpitaran, forzados por una emoción inesperada. ¿Quién era ella, Señor?

Miré fijamente a Leocádia, la despojé del vacío que empalidecía su rostro y enseguida aparté la vista. Su tía me había prohibido mirarla. Pero, al observarla por un instante, no solo vi una mujer, sino un ángel que dejaba las alas en su habitación por las mañanas para recuperarlas cuando necesitara volar.

Nada en ella imploraba que la sacaran al jardín. Y yo no podía ayudarla, pues no se me permitía tocar su piel, sentir su olor. Castigado por Matilde, que me culpaba de querer embriagarme con la carne íntima de su sobrina. La tía vivía turbada por sus propios designios morales y rechazaba la vorágine pasional de la que me acusaba y que a sus ojos empañaba el mundo. De ser por ella, podía pudrirme en la miseria bajo el cielo de Sagres.

Tardé un tiempo en desentrañar la naturaleza de la gente de Sagres. Yo era un hombre simple y lloré en el entierro de mi abuelo, me enjugué las lágrimas y luego me marché de casa. Puesto que carecía de cualquier forma de tradición histórica, me atuve a las leyes del dolor. Y decidí marcharme a Lisboa. Me desprendí de la obligación de tener que sepultar a mi madre algún día. ¿Qué trato merecía, al fin y al cabo, si me había dejado en herencia una deshonra que me impedía ser feliz? De ella heredé la sangre de vagabundo que por las noches me hacía imaginar peripecias jamás vividas.

Me resigné a la idea de que Leocádia nunca cedería. Pero mi sexo era hostil. Sufría por no poder tener acceso a sus artes femeninas, por no poder oír sus lacerantes estertores aunados a los míos. Yo que acariciaba su presencia como si la tuviera en mi cama, cuando junto a la suya estaban su madre y su tía, las dos dispuestas a sacrificarse por ella.

En la soledad de mi cama, mi cuerpo se rebelaba. Mi verga compulsiva embestía contra el pozo insondable de cualquier mujer de la calle que yo imaginaba tener a mi lado. Cual macho, la inmolaba con mi fuego, desgarraba su carne y su membrana en nombre de un gozo insano. Acto tras el cual desfallecía, olvidándome de Leocádia y del Africano. Recibirían las sobras, los restos de un placer al que no renunciaba, pero del que abominaba. Unos instantes de éxtasis que se confundían con la joven y el africano, igualados en la intensidad del deseo. Ambas anatomías, bien que antagónicas, eran vehículos de voluptuosidad que me brindaban un ardor que siempre atribuí exclusivamente a la naturaleza femenina. Pero de repente temía que aquel hombre fuera a hacerme gozar como a una mujer y Leocádia como a un hombre.

87

Sabía que Akin estaría al acecho en algún lugar de la fortaleza. Su olfato de verdugo estaría presto a lanzarse sobre una presa indefensa que dependía de la voluntad de un hombre que, en breve, daría un salto mortal para abatirse sobre ella. No había escapatoria.

No nací guerrero. Era un hombre de escasos recursos, que solo tenía la azada para hacer frente a lobos y animales rastreros. A diferencia del Africano, al que sorprendí en aquella ocasión con un arma blanca a la cintura. Aquel alarde me llamó la atención, que viniera hacia mí, en la fortaleza, en actitud beligerante. No le dije nada. Di media vuelta y abandoné el hogar del infante don Enrique, donde había muerto sin conocer el arrullo de un amor que no admitía perderlo, sin poder pronunciar sus últimas palabras.

A la salida, me sobrevino el temor de que fuera capaz de recurrir a un acto violento para forzarme. Pero tal vez se contentaba con verme amedrentado, huyendo, impaciente por correr el cerrojo de la puerta de casa de Ambrósio, bajo la mirada de algún vecino asomado a la ventana, extrañado por aquella persecución sospechosa. Y, además, dos hombres enfrentándose, los dos asesinos.

Abrumado por mi estado de agitación, volví a la taberna. Sentí que Sagres me arrebataba el futuro. Quería cortar mis lazos con aquel lugar. Si era capaz de recuperar el control, no tendría nada que temer. Ni las represalias ni las intrigas difamatorias ni mis propias fantasías. Simples lastres que, sin embargo, me angustiaban.

Nuno, que estaba apoyado sobre el mostrador, me preguntó si me encontraba bien. Recientemente me notaba angustiado, como si necesitara ayuda. Las sospechas que se reflejaban en el rostro de su empleado lo incomodaban. Entonces, ¿por qué se interesaba por mi vida como si hubiera cometido un delito?

Me ofreció vino, que rehusé, pero él insistió. Había llenado el vaso hasta el borde, quería verme derrotado por el alcohol. Así confesaría lo que hiciera falta. Me puse en guardia, me notaba débil, no reaccionaba, pero tampoco me había arrojado al mar para dar prueba de mi hombría. Nunca imitaría a Jesucristo en el lago de Galilea en la inminencia de obrar un milagro.

—Con esta tormenta no tendremos pescado fresco. ¿Quién va a echarse a la mar para tirar las redes? —dijo.

Me sentía acosado por Nuno y por la furia de la naturaleza, pero ocultaba mis sentimientos. Desde su lado del mostrador, que era su escudo, se apartó de mí y esperó un mejor momento para averiguar qué me pasaba. Desde el ángulo que escogió, atendía y escuchaba las conversaciones. Entonces entró el Africano y se acomodó en la mesa de siempre. Su voz ronca resonaba en un tono más alto que el habitual, advirtiéndome así que todavía abrigaba intenciones secretas.

Aquella tarde no dije nada. No conocía bien a Akin y tampoco a Nuno. Seguiría el consejo de mi abuelo, de no exponer en público mis emociones. Impediría a los demás acceder a mi intimidad. Ya fuera por cobardía o para no ser quemado en la plaza pública.

¿Quién entre los presentes no guardaba en el cajón incontables pecados, delitos contra el prójimo? El propio Africano había huido de su tribu con la idea de aliviar sus tormentos, la carne que los carbonizaba. De modo que decidí evitar una escena confesional. Yo mismo respondería por mis flaquezas. Yo y mi tragedia.

El fantasma de mi abuelo se impacientaba, señalándome otros caminos. Oía la voz susurrante típica de los muertos. Recordándome que no se había equivocado al decir que su nieto era irascible en asuntos del corazón, tanto propios como ajenos.

Otros pescadores a los que el mar había expulsado iban entrando y ocupando las mesas con la intención de instalarse allí durante las próximas horas. Ante la previsión de ganancias, Nuno los agasajaba a todos. En medio del vendaval, el Africano salió por la puerta sin despedirse, exponiéndose a la lluvia.

El rastro que había dejado atrás me causaba sufrimiento. Aunque estuviera libre del peligro que representaba su presencia, me dividía el alma en dos. Una mitad quería a Leocádia y la otra se hallaba a la deriva, ante la inminencia de ser arrebatada.

Una vez en casa del anticuario, me pregunté qué clase de hombre era yo, hijo de una mujer y un hombre desconocido. En el espejo, después de afeitarme la barba, vi el reflejo de un falso profeta que lamentaba la conducta asociada a la bestia del apocalipsis. Un Jeremías que, desde la cima de la montaña, difundía sus lamentaciones y se compadecía de la depravación del mundo.

88

Ansiaba marcharme, pero mi cuerpo no me dejaba. Era incapaz de abandonar Sagres sin entender antes la verdadera razón por la que me había instalado en aquel maldito promontorio. ¿Sería para amar a Leocádia con el amor convulso que me inspiraba?

En las proximidades de la fortaleza del Infante, donde él había vivido, se concentraban mi esfuerzo y mi espanto. Con todo, a medida que el tiempo transcurría, iba dejando señales incomprensibles. Aunque recurriera a Ambrósio, con sus pinzas y sus lentes de aumento, yo descifraría las señales que venían de Matilde, del Africano, de las intrigas que se difundían en la taberna.

Deambulaba por el pueblo desorientado, o por la playa, para acabar en la imponente fortaleza y luego volver al abrigo de mi habitación. Envejecía bajo el embate de las horas.

A veces entraba a hurtadillas en casa, cuando no me apetecía ser rescatado por Ambrósio, como de costumbre, con un té y un pedazo de pan. Durante unos minutos, me salvaba de los abismos que se abrían en mi alma. Entonces le pedía que me contara una historia como él sabía, para amainar las turbulencias que me sobrevenían cuando todo me faltaba. Nunca le confesé los motivos que me llevaron a Sagres, un sueño indigno de un labrador inculto. ¿Es posible que lo hubiera hecho para cruzar la geografía portuguesa desde el Miño y acabar entregándome en holocausto? Convencido de que, al llegar a la fortaleza, el Infante en persona me recibiría, desarmado, vestido de almirante, para demostrarme que me esperaba desde hacía mucho tiempo. Como un hombre renacido y con las palabras propias de su época, me conduciría a los orígenes de su saga, que yo reconocería como la magna trama portuguesa.

Sin embargo, nunca confié al anticuario el fracaso de mis ingentes sueños sobre Leocádia y el príncipe de Avís. Seguía preguntándome si me había aventurado a venir a Sagres para sufrir, y si, por haber vivido en una aldea sin leyendas, había descuidado asimilar la realidad, abstraerme de los apremios cotidianos. Y por ello me había entregado a un amor abocado al fracaso.

Ante el Atlántico, anhelaba ser amado algún día, superar el sentimiento de una madre que me había gestado en el infierno y, por lo tanto, que me había condenado a sentir un arrebato que, lejos de liberarme, me aprisionaba. Estaba sometido a una fatalidad bajo la apariencia de un sexo cuyo nombre no osaba pronunciar. Ante el cual la vida me debilitaba.

Llegué al mundo pobre, sin siquiera harapos. Vivía a salto de mata, deslizándome por una pendiente que me precipitaría al epicentro de una tierra sin cabida para mis fantasmas ni para imaginaciones que me llevaran donde yo me propusiera. Como, por ejemplo, a una tienda en el desierto donde esperaría, recostado sobre un cojín, a alguien a quien amar, con quien fundirme en un abrazo mortal.

Todos los días me tomaba el café que el anticuario me ofrecía y así recobraba el ánimo. Su bondad me redimía y nunca se lo agradecí suficiente. Tal vez porque me pesaba estar vivo. Pero yo seguía acudiendo a trabajar y, más tarde, al anochecer, me animaba contemplando la estampa que formaban las casas eternamente encaladas, como si fuera un belén.

Mi aspecto desaliñado espantaba a cualquiera que me viera. Tal vez desprendía el olor de la vergüenza, el legado de una madre que me había expulsado por unos genitales que solían atribuirse a mujeres penetradas por falos groseros y vengativos. Una sintonía aterradora que jamás conseguí acallar. Así, cualquier cuerpo que yo mismo penetrara —y lo hacía con violento desprecio— degradaba la esencia íntima y salvaje de la hembra. ¿Era aquello lo que había en el interior de mi ser despiadado?

Desde la muralla veía las olas crispadas que rompían contra las rocas. Aquel paisaje atraía a quienes pensaban en la euforia de la muerte. Un despeñadero vertiginoso para el que hacían falta alas, ser Ícaro, si uno quería arrojarse a él.

Sentí miedo de las tentaciones de la tierra. En voz alta, sin que nadie me oyera, maldije la vida a la que obedecía. Así como para muchos el arte de fabular era una virtud, a mí me quitaba la respiración. Frente al promontorio, dudaba que estuviera a salvo para vivir la locura de la pasión que se avecinaba, cuando el centro de mi gravedad se concentraba en el sexo.

Me senté sobre la piedra bajo la cual el Africano me dejó la primera nota y las que vendrían. Él mismo había mencionado aquella nefanda nota y el lugar donde la dejaría, mediante otra que deslizó previamente por debajo de la puerta de la casa de Ambrósio, con una firma falsa, la de Nuno. Sentí que estaba al borde de la desgracia, que era prisionero de la miseria. De nada habría servido protestar, me comportaba como si la realidad me fuera ajena. Me acomodaba sobre el tronco de un árbol, como Antão, sin esperar ser beatificado. También me resguardé entre las paredes del anticuario para protegerme de la locura. ¿Cómo salir ileso si había sido condenado a nacer en un pueblo cuyo nombre me empeño en no recordar? Había visto la luz de la vida en una casa cercada por una espléndida arboleda, apartada de los vecinos. Allá, en el norte que me declaró apátrida. No fue hasta mucho después cuando decidí visitar el núcleo de la Tierra. El mundo contenido en el mundo.

89

A veces, cuando estaba en la playa y Akin me veía de lejos, con un movimiento lánguido introducía los dedos entre su cabellera rebelde, que el viento despeinaba y hacía caer sobre su frente. Entonces él mismo se la despeinaba con las falanges, como si fuera la melena de una mujer.

Aquel movimiento me martirizaba y fingía no verlo. Me hacía pensar en Leocádia, interfería entre ella y mis sentimientos. Lo extraño era que se comportara como si aspirara a que yo, al pensar en la joven, me confundiera, y de este modo se encendiera en mí un deseo que lo favoreciera. Lo cierto es que me costaba separarlos. Cuando lo miraba, aunque fuera de lejos, hundiendo los pies en el agua, veía a la sobrina de Matilde, una imagen que no rehuía. Como si en la amplitud de un abrazo apasionado realzara la intensidad de su rostro, una hombría que representaba la belleza de la especie. La forma varonil y lasciva que gestó el mundo. Entonces me marché de allí precipitadamente.

Por la noche, en la oscuridad de mi habitación, expuesto al arbitrio de un dios despiadado que me permitía dilacerar mi sexo, gozaba en silencio, si bien temiendo que Ambrósio pudiera oírme. Me quedaba dormido como si estuviera en la playa bajo la mirada atenta del Africano.

El gesto de alborotarse el pelo era sin duda una señal para que buscara otra nota bajo la piedra. Y para que al leerla, una vez saciada mi curiosidad, la guardara en el bolsillo, a la altura del miembro.

Él estaba convencido de los efectos beneficiosos de su escritura. Su carne osada y jadeante había dictado cada línea con el propósito de conquistarme. Me asustó el inusitado fervor que me inspiraba su pena. Parecía un sufrimiento abrasivo que me inyectaba veneno en las venas y me inducía a aceptar su demanda. Seguí leyendo, me embaucaba con subterfugios y mentiras. Inflaba las anécdotas de su pasado, aquellas que engrosaban el repertorio de su fabulación africana.

A veces retrasaba el momento de recoger las notas. Y pensaba en su soledad, que era como la mía. Me intrigaba qué lo había llevado a desear parte de mi cuerpo. ¿Es posible que fuera porque no tenía orifico abisal femenino que penetrar? Porque, si no era este el motivo, ¿cómo iba a aceptar yo que un hombre me quisiera como amante?

Pese al acoso, Akin mostraba cierto recato, respetaba límites. Pero se excedía en cada línea. Entonces dejaba de lado el pudor para referirse a nuestras carnes, como si estuviera hablando de la ubre de una vaca vecina. Iba ganando terreno hasta ofrecerme, mediante las palabras, sus profundidades, invitándome a penetrarlo con mi reprimido miembro, sometido a la cruel evolución de alargarse y crecer hasta ajustarse, a punto de partirse dentro de él.

Seguía en la fortaleza, aterrorizado, inmóvil, necesitaba refugiarme en algún otro lugar. Pero actuaba como si quisiera que me encontrasen. Dudé de si tendría que pagar con mi vida cualquier desliz, leí la nota y sellé mi destino. Allí estaba Mateus, nieto de Vicente, hijo de una puta.

90

Mi insana curiosidad me perdía. Las notas, desde la primera, me ardían en las manos y no me deshacía de ellas sin antes releerlas. Luego las tiraba al mar. Pero, en cuanto empezaba a leerlas, nada entorpecía su vorágine verbal. Dejaba que el arrebato pasional de su autor ganara intensidad, pues para ello se había concebido el texto.

Las notas siempre estaban bajo la misma piedra, cerca de la muralla de las olas que venían del este, en el curso de las corrientes marítimas traídas por quién sabe quién.

El Africano dejaba personalmente las notas en el lugar señalado. Actuaba bajo el silencio de la noche como una paloma mensajera que, aprovechando una tregua acordada entre facciones enemigas, ejecutaba a la perfección esta delicada tarea.

Después de cumplir su propósito, no me avisaba de que había un mensaje nuevo. Confiaba en que yo no me resistiría a buscar otra nota, siempre arrugada, entre lombrices, ciempiés y demás criaturas rastreras. Sin importarle que el hombre del norte estuviera a punto de cometer un sacrilegio.

Cuidaba tanto el contenido como la caligrafía. Era dado a unos detalles que revelaban meticulosidad. Como doblar el papel siempre igual para que no sobresaliera de la base de la piedra.

Yo buscaba el mejor momento para recoger la correspondencia. Un momento en que, presa de la ansiedad, me precipitaría a buscar sus palabras profanas. Nos estábamos equivocando. Yo me resistía a que aquel hombre gobernara mis tribulaciones y, a modo de desagravio, tardaba en acudir al escondite. Reacción que acaso acentuaba mi malestar, que para él era evidente cuando nos veíamos casualmente en la taberna y yo revivía el vértigo de las palabras concentradas en el papel.

Por las noches, en la cama, tras la culminación del gozo en solitario, maldecía las frases compulsivas que el demonio había redactado. Así como inicialmente se mostraba más reservado, ahora parecía haber perdido el control, pues llegaba a confundir los destinatarios, dirigiéndose a su madre en África, que supuestamente aún vivía, pero que nunca leería las aterradoras confesiones que su hijo dejaba bajo una piedra escogida como un nido propio.

En la taberna, se ponía a escribir en la mesa contra la ventana junto a la que decidía sentarse, desde la que contemplaba el mar. Se desentendía del bullicio nocturno de los marineros o de aquellos que se interesaban por el ímpetu con que escribía. Con una letra nerviosa, redactaba sin hacer correcciones. Y tampoco se exponía a hablar conmigo al otro lado del mostrador.

El hecho de dirigirse a su madre cuando me escribía a mí demostraba que quería darme a conocer su vida anterior, la que había dejado atrás en la costa africana. Pedía a su madre que le diera, aunque fuera desde la distancia, el hogar que siempre había necesitado. Y concluía el comunicado filial con una frase dolorosa que me marcó para siempre: «madre, creemos juntos un hogar».

Aquel corazón se deshacía de tristeza. Demostraba tener poco aprecio por la vida. De pronto, un día, sin aclarar por qué, me amenazó con dejarme un legado de dolor que jamás olvidaría. Tal vez de arrepentimiento. Una furia insensible a cualquier súplica. Estaba dispuesto a cometer un disparate.

Desde el mostrador donde servía a los clientes, observé cómo levantaba el lápiz al aire como si cazara al vuelo las palabras necesarias, arrebatadoras confidencias. Yo pensaba, especulaba, sobre si estaba pensando en matarme. La temperatura de mi cuerpo se elevó, reaccionando a mis sensaciones y al gesto inquisitivo del Africano. Y, pese a lo mucho que me abrumaba, no apartaba la mirada de su rostro.

Estaba a su merced, como si apoyara el filo de una navaja contra mi cuello. Ni siquiera Nuno se daba cuenta de lo que ocurría entre nosotros. Absortos como estaban todos en la bebida y las conversaciones, no se molestaban en prestar atención al mestizo que se había afeitado la barba rizada, como había hecho yo, que además de sangre negra tenía rasgos semitas, de algún árabe que hubiera visitado el litoral africano con tiempo suficiente para fecundar a algún ancestro suyo.

Yo seguía los movimientos bruscos que lo exponían a la atención de hombres que aspiraban, en algún momento de la noche, a fornicar hasta la extinción.

91

Cuando me llegó la primera nota, me ardía en las manos. Me provocaba fiebre. Contuviera lo que contuviera, sería un golpe mortal. En cierta línea, me pedía que lo llamara Alfonso, como si mereciera el nombre de un rey. Afirmaba lo siguiente:

Vine de la costa africana, donde los portugueses nos gobernaron. Nada se resistía al ímpetu de sus ambiciones. Dejé atrás la casa donde mi madre se desangró para que yo pudiera nacer. Llegué a Sagres tras vivir mil peripecias, aunque sabía de antemano que sería imposible cambiar mi vida. Fui marcado con un estigma que solo yo conozco y que el hombre del norte conocerá en breve. Lo acepto, asumo con resignación quién soy. Con una barba espesa que me afeité hace poco, pues crecía más de noche que a la luz del día, llegué a Portugal. Con un gorro en la cabeza que me quito en presencia de las damas, o al entrar en las casas de Dios y de aquellos a los que respeto. De esta forma, practico las enseñanzas de mi madre negra, de nariz estrecha y labios finos como un trazo de pintura. Sus rasgos de princesa, hermosa, hija de una tribu apartada del litoral, emplazada en el corazón africano. Cultivaba creencias anteriores a las cristianas, regidas por la mezcla de dioses, que fueron incorporándose a su lenguaje. Convertida a este mismo misterio, ella también asimiló los rituales de su esposo, un bruto salvaje que de seguro odiaba a las mujeres. Pero todos esos dioses, unidos por su fe, atendían a las necesidades humanas. Esta madre, además, por unas convicciones malditas, se doblegó ante la maldad de mi padre, que la inflaba a bofetadas al llegar borracho a casa. Juré vengarme cuando creciera. Un día golpeé con tal violencia su virilidad que lo castré. Cayó al suelo sin poder reaccionar. Quise pegarle más todavía, matarlo, pero mi madre lo defendió. ¿Qué me lleva, pues, a escribir sobre esta larga historia? Te pido que, al menos una vez, me llames Alfonso, pues me mueve el sueño de enfrentarme, aunque tardíamente, al Imperio portugués que extorsionó mi lugar en el mundo. Sé que las victorias pasadas no son mías, ni vuestras las de ultramar. No estamos al mismo nivel. Todos hemos sido castigados con una vida oscura, los días insulsos han erradicado los recuerdos del pasado. Sí, llámame Alfonso Enrique, si te parece bien. Pues es un nombre tan familiar como el del infante don Enrique.

Alfonso el Africano

¿A qué estigma se refería? Un cuerpo viril como el suyo, señor de la selva y del mar, vecino de la costa, no podía esperar que yo me anticipara a la revelación de sus dramáticos percances. Por otra parte, sus medias confidencias me confundían.

Mi abuelo solía pensar que era imposible sondear el alma ajena. Aquel asunto que tanto había perturbado a aquel hombre le había hecho huir a Sagres, al fin del mundo, como a mí. ¿Qué podíamos tener en común para haber coincidido en el lugar donde se fraguó el Imperio portugués? ¿Qué buscábamos en aquel pueblo plagado de intrigas, gobernado por los mitos que habían surgido alrededor del infante don Enrique?

Supuse que el Africano, aquel tal Alfonso tan prometedor, había desembarcado en el litoral escarpado del Algarve siguiendo la estela contraria a la de los navegantes. Y, al igual que yo, perseguía un sueño inmortal, un patrimonio esfumado en el aire desde hacía mucho tiempo. Los dos sabíamos muy bien que no nos quedaba nada del pasado que nos animara a seguir adelante. Circunstancia que hacía difícil explicar mis andanzas por el país. ¿Cómo demostrar que había vivido con acierto, que merecía que mis sueños y los de mi abuelo se cumplieran?

92

Siempre hacía lo mismo. Entraba en la taberna y se sentaba en la mesa junto a la ventana. Atraído por el paisaje exterior, no parecía interesarle nada más.

Desde su lugar, me miró como si me aniquilara, yo no existía. Tardé un rato en moverme de mi sitio, y no por picardía, sino porque estaba cansado. Hacía noches que dormía mal. Incluso Ambrósio, extrañado por mi palidez, dejó de lado el manuscrito y me invitó a distraerme. Me pidió que lo ayudara a investigar el documento que acababa de llegarle de la Universidad de Salamanca mediante una inesperada transacción, relacionado, según me explicó, aunque yo ya lo sabía, con el debate desatado en Valladolid entre Bartolomé de las Casas y el impertinente Ginés de Sepúlveda sobre la mortalidad del alma. Con riguroso cuidado, me mostró la preciosidad histórica que había caído en sus manos sin dispendio alguno.

Por otra parte, así como tenía la suerte de disfrutar del documento, reconoció que durante años era habitual que la región del Algarve se apropiara de manuscritos de valor inestimable que iban dirigidos a centros académicos y que habría dado su vida aunque solo fuera por tocarlos. En general, estas preciosidades eran manejadas por vendedores de la región sin escrúpulos, indiferentes a semejantes sangrías históricas.

En aquellos días, Ambrósio estaba alegre. Tras asistir al funeral de un vecino, le habían entregado sacos con documentos y daguerrotipos que supuestamente carecían de valor, pero que tal vez fueran de su agrado. Ansioso por la adquisición, se los llevó a casa, confiando en la inexorable fatalidad humana, que dejaba rastros inadvertidamente. De ahí que todavía tuviera la esperanza de encontrar entre los papeles amarillos los restos mortales del Código de Hammurabi.

—Algún día tendrán que saber que la historia de la humanidad está contendida en un pedazo de papel.

Su visión de la existencia se reducía a una pila de manuscritos que exigía ser interpretada. Y subrayaba que, si se prescindían de estos o de los que habían quemado en actos bárbaros, la historia de la civilización jamás podría recomponerse.

Frágil como era, de edad avanzada, y después de haber soportado tantas desgracias personales, le ayudaba consumir las horas traduciendo cuanto había tras sus registros, las ideas que encerraban, con vistas a la posteridad.

Yo le tenía cariño. No quería que muriera. Prefería caer antes yo que él. Aquel anciano tenía una aureola de santo, su existencia se asemejaba a la de un anacoreta retirado del mundo con el propósito de estrechar lazos con Dios. Aquellos ascetas del siglo IV del que él hablaba decidían vivir en cuevas bajo condiciones precarias rezando, meditando, confiando en los designios del Señor, que purificaría sus sacrificios en el juicio final.

Ambrósio trataba los papeles como si fueran emisarios divinos que se guarecían en sus páginas bajo la creencia de que eran imperecederas. ¿Acaso era así?

Después de tomarnos la sopa empapada en pan que compartíamos, me habló de la misión que tenían algunos documentos, que alguien había escondido en algún sótano o alguna cisterna, como aquella en la que arrojaron a José, el benjamín de Jacob, y seguían conservándose como secretos y confidencias. Y Ambrósio solamente debía pinzar sobre los restos de la hoja una letra suelta, en el conjunto del texto, que aclarara algo que se había mantenido en la sombra hasta el momento. Y así, poco a poco, él iba confeccionando los últimos ajustes de una historia.

Ante aquel poderoso misterio, cuya existencia Ambrósio confirmaba, ¿cómo podía yo confiar en la transitoriedad del amor? Y sufrir por Leocádia y Akin, dos almas tan distintas entre sí.

93

Akin se aproximó al mostrador. Jugaba con el vaso, arrastrándolo de un lado al otro. Mostró interés en las relaciones que existían en el pueblo. ¿Quién había resistido al paso del tiempo o qué familias habían perdido la integridad de sus linajes, que según ellos se habían diluido en matrimonios indignos? Como si pretendiese dominar los círculos a los que algún día pertenecería.

Desde mi lugar, me enfadé con aquel forastero de la costa africana que, apenas haber puesto los pies en Portugal, ya se consideraba digno de inmiscuirse en las intimidades de un pueblo con tan sólida tradición histórica, cuyos severos principios, al menos en tiempos del Infante, chocaban con la menor transgresión.

El Africano notó mi incomodidad y me miró con repentina simpatía, que también censuré. Me cohibía que expresara en público el placer de estar a mi lado.

Me escabullí por la puerta principal con la intención de salir de la taberna sin despertar extrañeza. Todos reconocían que yo era un norteño peculiar al que veían deambular tarde y noche por el pueblo, por los recovecos de Sagres, sin llegar a detenerse en ningún lugar. Me aceptaban, sabían que el desasosiego era mi modo de ser.

Como parte de este conjunto de peculiaridades, sabían que me aferraba al pasado. Me habían oído decir que era más imperativo que el presente. De camino a casa, volví la vista atrás y recordé con intensidad la aldea, la perturbadora belleza del río Miño. Y pensaba en qué me llevaría conmigo si me marchara de Sagres. Seguramente aquello que me pertenecía y lo que Matilde me habría dejado con su maldad. Ahora ya era capaz de reconocer que lo que sucedía durante el día tenía el poder de suprimir los logros de la víspera. El día a día se evaporaba sin alardes, sin dar al menos una señal que afirmara haber vivido cada estación del año.

Para el anticuario, uno mismo difícilmente podía narrar su historia personal, era más fácil que lo hiciera un vecino, ya que, pese a no vivir el drama ajeno, tenía el mérito de tergiversar, ampliar, suprimir cualquier aspecto de la vida del otro, de aproximarse a su supuesta verdad.

Sin embargo, para mí era imperdonable que otros indagaran en mi pasado. Mi abuelo había sido el único testigo de mis desaciertos y había guardado silencio al respecto. Murió sin traicionarme, sin descifrar cuanto yo mismo me reservaba. Al contrario que Matilde, que se desvivía por despedazarme y echar mis restos a la plaza pública. Grité, no se saldría con la suya y, en mi defensa, pensé en el puñal de plata con el que decoraba la mesa. ¿Qué más daba? ¿De qué me serviría?

En el salón, Leocádia consumía sus horas y sus días. La vida no la hacía vibrar. En cambio, yo sí que anticipaba el arduo futuro que me acompañaría.

Durante aquellos días en que acumulaba recuerdos, monedas, paisajes, tal vez porque preveía mi marcha de Sagres, recordé que Leocádia raras veces repartía sonrisas. Solo una vez la vi entreabrir los labios a modo de agradecimiento al recibir el regalo que le llevé de la Vila do Bispo y que Matilde rechazó. Nunca un gesto me había calado tan hondo. No volví a poder ofrecerle ni un caramelo ni un bizcocho de tapioca de los que preparaba Maria.

Obedeciendo a su ideario secreto, Matilde planeó una visita en su casa. El Africano había llegado antes. Sentado en el salón, había renovado su complicidad con la anfitriona. El ardor que emanaba también expresaba la aparición de un amor adverso.

A los pocos minutos advertí que Matilde pretendía guiar los pasos de ambos hombres. Era difícil creer en qué medida dos trabajadores como nosotros, sin credenciales, podían enriquecer su acervo humano, una pila que no paraba de crecer. Tal vez tuviese en mira promover una alianza entre los dos y arrojar uno a los brazos del otro. O pretendía entregarlos a la extinta Inquisición y expulsarlos de Sagres de una vez por todas. Ahora bien, tanto el uno como el otro estábamos sometidos a un juego que traería consigo una sentencia de muerte.

Sus motivaciones eran oscuras. No dejaba de hablar y, por primera vez, nos ofreció comida. Se tomaba estas molestias con el objeto de alejar a aquellos que eran una amenaza para su sobrina. Protegía a Leocádia bajo su manto, con sus haberes, para la eternidad, libre del amor.

Qué otros motivos podía tener si no, aparte de proclamarse la generosa señora de Sagres que abría su casa a dos sirvientes en calidad de invitados, ofreciéndoles una taza de té y galletas de yema, mientras disponía a su gusto de sus sentimientos.

94

Al ser recibido por primera vez como una vista después de cierto tiempo, Matilde también me ofreció el té servido en tetera de plata. La invitación se debía a que había llegado a sus oídos que yo estaba a punto de despedirme de Sagres sin que tuviera motivos para partir.

El calor que emanaba de la taza me nubló la vista, impidiéndome observar a Leocádia, a quien su tía no había ofrecido nada, acaso porque últimamente estaba teniendo dificultades para mover los brazos.

—Pensé que no nos dejaría nunca, que se establecería en Sagres —dijo con cierta ironía.

—Lo tenía todo para quedarme —respondí en el mismo tono, con el intento de mantener una conversación que difícilmente prosperaría.

Si al menos hubiéramos sido amantes, la carne habría hablado por nosotros. Pero éramos dos personas sombrías que vivían encerradas en una casa que apenas nos dejaba respirar. Saturados de ilusiones que nos henchían con dudosos efectos. Nosotros solos no respondíamos por nuestros delitos. No le contaría lo que me ocurría. Eran pecados que no habría aceptado.

—¿Y el Africano se va con usted? ¿Forma parte de su comitiva?

Matilde acababa de asestarme un golpe con un ariete que podría haber derribado una muralla. Con qué placer me apuñaló. Yo callé, odiándola para siempre. Asimismo, pese a sentirse incómoda conmigo, me exigía confesiones. Y me dio un plazo, para lo cual fijó la mirada en el reloj de pared, una reliquia de la familia de su marido. Tras confirmar el diabólico ardid de los minutos, se sintió libre para anularme, me invalidaba. A partir de aquel momento pondría en marcha su intento para derribarme, mientras yo, sintiéndome desamparado, vigilaba a Leocádia, que estaba sentada en el salón.

Supe por el anticuario, que siempre tenía sed de noticias, que Matilde había tenido un amor en su tierra natal, cuyo nombre se desconocía. Al parecer, había amado a un extranjero, pero él no quiso incorporarla en su universo y la hizo sufrir. Aunque quizá Matilde sintió alivio al perderlo. Así confirmaría que no era el hombre ideal para llevarla al paraíso. De ahí que fuera con su hermana Leonor y con Amparo, cargadas con los baúles, en busca de una persona que les conviniera.

—No sé cuándo me marcharé ni sé adónde. Quizá algún día vaya a Brasil —dije a Matilde.

Me dispuse a mentir acerca de proyectos que pudieran despertarle envidia, y quizá hasta podría sacarle una sonrisa. Bien que nunca había visto en su rostro una expresión de felicidad o de vana alegría.

—Dicen que el calor de aquellas tierras no deja pensar. ¿Será verdad?

Dicho esto, se acercó a su sobrina, estrechando los lazos de amor que las unían. A continuación apoyó la mano sobre el brazo pálido de Leocádia, que estaba absorta y no reaccionó al contacto. A pesar del gesto de cariño, de concentrar su atención en la joven, estaba pendiente de mí, temiendo que aprovechara cualquier descuido para abusar de ella. Siempre dispuesta a matar a quien fuera para defenderla. Incluso a quien pretendiera hacer feliz a su sobrina. Y seguramente aquel forastero tenía la intención de llevarse a Leocádia a Lisboa para abandonarla en la estación Apolonia después de arruinar su reputación.

El pacto que había entre aquellas mujeres era algo viciado. Levantaba un muro a su alrededor que no dejaba circular ni la brisa marina. Aun así, gracias a la evocación de la sangre, latían al mismo compás. Un ritmo al que cada una contribuía con su particular misterio. Pues mientras Matilde hablaba y Leocádia desmentía en silencio, aquella expulsaba el aire con voluptuosidad, en vivo contraste con el sufrimiento de la sobrina, que nadie era capaz de descifrar. Aferradas la una a la otra, aspiraban el aire frío y carnívoro de la noche.

Hacía ya algún tiempo que me había convencido de que no valía la pena seguir en Sagres. No podía salvar a mi amada de aquella cárcel. Ni a mí mismo, que vivía entregado a la pasión y la vergüenza.

Hasta que un día tuve el valor de decirme a mí mismo: adiós, Leocádia, no volveré a verte. Parto al encuentro con Dios, si es que cuando llegue está ocioso. Si alguien debía castigarme por haber amado en silencio, era Él.

Sorprendido ante mi propia decisión, había que preparar el ritual de despedida. Sagres había sido mi corazón. Una vez dispuesto a marcharme, evité la mirada de Matilde. Ella sabía muy bien qué me sucedería a partir de aquel momento. No la conmoví. Sabía que tenía un don para anticiparse a los desenlaces de las vida ajenas.

Al cruzar la verja, su voz retumbó.

—¿Quiere llevarse un fardo para el camino?

Maldita seas, Matilde. Y que el Dios de los hombres te condene y tengas que cargar con Leocádia en los hombros hasta que des el último suspiro.

95

Leía las notas que el Africano me dejaba bajo la misma piedra que un Adamastor* hubiera traído de Oriente para depositarla en el Algarve, en el extremo de Occidente, y que nadie osaría llevarse de Portugal.

Me resistía a recogerlas. Él disfrutaba de acumular los papeles minuciosamente doblados con la esperanza de que yo los recogiera en algún momento, aunque tardara en hacerlo. El Africano estaba seguro de que, bajo su hechizo, yo no eludiría el efecto de sus palabras dañinas y aceptaría lo que me deparara la suerte.

Las misivas, que Akin redactaba en la taberna, incluso a altas horas de la noche a la vista de todos, llamaban la atención. Sin embargo, a él le era indiferente que los marineros presentes pensaran que mostraba una pasión desmedida al escribir, dado el veloz ímpetu con que deslizaba la pluma o el lápiz sobre el papel. A fin de cuentas, ¿a quién iba a escribir aquel hombre que hasta hacía poco llevaba una barba enmarañada, de piel mestiza, casi negra, con sangre de tantos pueblos en sus venas, capaz de exponerse con semejante atrevimiento a la atracción pública?

Al pasar por delante de mí como si no me hubiera visto, volvió a deslizar con languidez sus dedos por su larga melena, exhibiendo la belleza de unos cabellos rebeldes. Al despeinarlos como si fuera una cabellera de mujer, me estaba asegurando que ante mí tenía en realidad a Leocádia, a la que decía amar, y no al Africano, cuya condición masculina rechazaba. Y que una vez me liberara de tantas confusiones, que me hacían ver en él a

---

* Personaje mitológico que aparece en *Los lusíadas* de Camões, que representaba los peligros de navegación que debían afrontar los barcos en los aledaños del cabo de Buena Esperanza. *(N. de la T.)*.

Leocádia, ya no los distinguiría si lo besaba y me fascinaría conocer una hombría idéntica a la mía.

Por la noche, mientras intentaba conciliar el sueño, me agarraba a un sexo que recordaba al del Africano. Solo quedaba enlazar nuestros cuerpos y dilacerarnos el uno al otro como castigo por el crimen perpetrado.

Con el gesto de desaliñarse el cabello que repetía como un ademán característico, sin duda me insinuaba que había una nueva nota en el escondite de siempre. Y me recomendaba que saciara mi imaginación leyendo lo que había escrito. Seguramente volvería a hacer reflexiones sobre el esplendor de la carne.

Rechazaba a aquel hombre. Sus mensajes estaban cargados de agudeza, exigían relecturas y me producían malestar. Los escritos no contenían mentiras ni disimulaban sus intenciones pasionales. Akin hacía gala de una crueldad y una falta de decoro que me atormentaban, pues deseaba a toda costa mi torso masculino. Hablaba del cuerpo como si fuera comida que lo alimentara. Sugería veladamente que yo alcanzaría el éxtasis dentro de él, que se entregaría en todo su esplendor, en contracciones desesperadas que casi romperían mi sexo.

Me resistía durante unas horas. Temía que alguien me viera levantando la piedra, ansioso por recoger la carta de una doncella enamorada o incluso de Leocádia. ¿Por qué no pensar que la sobrina de Matilde, en su afán por abrazarme, hubiera dictado aquellas frases al Africano, que a su vez las anotaba con letra nerviosa?

96

Crucé la verja con la humildad de un mendigo que lo había perdido todo, pero seguía conservando su antigua elegancia. Ya no tenía derecho a reconstruir ningún vestigio del pasado. Llamé a la puerta de Matilde, llevado por el delirio del fracaso, sabiendo que no quería recibirme. Sería una visita breve, pues ya no había modo de recuperar cuanto había perdido.

Y, sin duda, sería la última vez que visitaría a Matilde, para dejar atrás, aunque no sabía dónde, la figura del Africano, sólida y continental como un país. Los perdería a todos.

Matilde me recibió molesta por mi presencia, pues habría preferido no volver a verme después de la conversación junto a la verja, donde nos había sorprendido días antes. Nos censuraba, a mí y al Africano, por haber cometido un pecado abominable. De modo que me trató como si ya me hubiera marchado. Me veía como un esbozo caligráfico que hubiera arrojado a la basura. Quizá hasta había pedido al anticuario que me incluyese entre los manuscritos sin valor.

Este interregno protocolario me permitió ver a Leocádia una vez más y enterrarla en vida. Y convencerme de que Matilde y yo habíamos zanjado nuestra tragedia. Sin embargo, me costaba liberarme de las ignominias de esa mujer que para mí ya estaba muerta. Había sido esclavo y ahora solo me quedaba aceptar la nostalgia de volver a ser un hombre. Como si al cortar la yugular el resto de la vida fluyera con la sangre que brotaba del corte. Me marché, pues era tarde. Sucumbía a mi propia carga.

—Qué miseria de vida —me dije.

Me acordé de mi hogar en la aldea, que ya no era tal. Había ido a Sagres por don Enrique, para recoger los fragmentos con los que componer el mosaico definitivo de mi destino. Después, Infante y yo partiríamos en silencio. Envié una nota sentida al anticuario, que conservaría entre papeles que se desintegraban, igual que el desvalido misterio de un hombre del norte.

Me había familiarizado con Sagres, por donde solía deambular constantemente. En cuanto salía el sol, Infante me lamía y yo buscaba signos de don Enrique esparcidos por los rincones del Algarve, su reino y su imperio allende el mar, dando avisos, instrucciones, susurrando a quien le prestara oídos, como yo. Pues así consolidó sus misterios marítimos.

En cierta ocasión, me pareció verlo, como si hubiera renacido, en el fondo de una barca abandonada en la arena, con la que su tripulación había afrontado los peligros del mar. Y, por extraño que parezca, me advirtió de los crueles sucesos de Sagres, que él observaba desde el Hades, donde pasó una temporada después de morir.

Infante me esperaba en la puerta de la casa de Matilde, que nunca lo acarició. Pero él simpatizaba con mis emociones, así que no le importaba. Él notaba que me sentía en deuda con un Portugal que había amado y odiado a partir de sus navegantes. Y, al ladrar prometiéndome amor, también me pedía prudencia.

—Tranquilo, Infante. Yo también soy una amenaza.

Infante tenía razón. ¿Cómo confiar en los portugueses si descendíamos de colonizadores, del mar y del infierno, de fornicadores, de bárbaros a quienes debíamos nuestro origen de sangre sueva, visigoda, romana, semita, africana, asiática, indígena y de otros pueblos a los que poco a poco diezmábamos?

En el litoral del Algarve las pasiones se recrudecían, habían dilapidado los valores de mi abuelo y las causas patrióticas del profesor Vasco. A cambio de propuestas que empobrecían mi oficio de vivir y que me avergonzarían.

Este pueblo, que era Portugal y Matilde, me había repudiado. El Avís, en cambio, conocedor de mi devoción, se levantaba de su sepultura en la Batalha, atento a mis plegarias.

Como nota a pie de página, y a título de despedida, me fijé en los detalles de una pintura colgada en la pared de la casa de Matilde, cerca de Leocádia. De este modo, con la mirada, me despedía de Matilde, Leocádia, Leonor, Nuno, Maria, Ambrósio y Akin, terminaba con todos. Pero ¿cómo despedirme de la grandeza de Sagres?

97

Nunca he sido dado a acumular objetos, salvo por una Biblia que heredé de mi abuelo y, mucho más tarde, tres relojes que me regalaron y que apreciaba. También pasé a considerar como parte de un legado una hoja seca que cayó de un libro de Leocádia mientras leía y que me apresuré a recoger del suelo con cuidado de no romperla. Cuando fui a devolvérsela, la joven despertó de la letargia que la aislaba del mundo y rechazó la hoja que le tendía. Y con una sonrisa, la primera que le vi esbozar, me dio a entender que se la estaba ofreciendo al hombre que tenía delante como una prenda de su existencia. Para mí fue un obsequio tan valioso que lo conservé entre las páginas de la Biblia, de manera que conjugaba así a mi abuelo, a Leocádia y el Antiguo Testamento.

Me despedía de Sagres resentido, y solo yo sabía por qué. Como si huyera arrastrando conmigo secretos, el corazón deshecho, mi propia corona de espinas. No obstante, tuve la osadía de volver a casa de Matilde, incluso sin su permiso.

Al verme, me dijo con severidad, en un evidente tono amonestador:

—Lo que haya pasado entre ustedes no me importa, pero márchese ya de Sagres y no vuelva nunca más.

Me hizo pasar para que viera el salón, los objetos, la marina de la pared y hasta a Leocádia, su figura, por última vez. Compartió conmigo sus tesoros. A cambio, esperaba que le adelantara los planes de un futuro incierto.

—Iré a Lisboa y luego tal vez a Brasil.

Y mencioné Brasil como si estuviera cerca del Algarve, no muy lejos de donde ellas vivían. Comunicándole mi intención de atravesar el Atlántico, en realidad pretendía conmoverla y esperaba que me infundiera valor para afrontar cualquier percance, que me protegiera aunque fuera entre sus muslos, cerrando las puertas del jardín para que ningún verdugo me llevara al calabozo. De este modo no perdería a la joven ni los sentimientos que habían aflorado en Sagres. Sin embargo, me estaba despidiendo para siempre, como si fuera natural dejar atrás el hogar. Era como saber que estaba predestinado a morir.

La tradición portuguesa imponía a los hombres partir hacia tierras lejanas y permanecer allí durante años sin volver a ver a su esposa y sus hijos, para luego ser sustituidos por otros de nueva nacionalidad. Una realidad que evocaba mi partida y que no obstante no despertó compasión en Matilde.

Observó el horizonte a través de la ventana y confirmó que la lluvia, que había empezado a caer muy fina, había derivado en un temporal que sembraría el hambre entre los pescadores por no poder volver a tierra con las redes llenas de peces. Amén de ser una amenaza para los marineros que estaban en alta mar y corrían el riesgo de ahogarse con el furioso oleaje.

Leocádia seguía viviendo ajena a los vivos. Sometida a los preceptos de su tía y de su madre, que le explicaban cómo era el mundo real. ¿Qué cabía esperar, si no, de la ferocidad heredada de un antiguo reino, rodeado por una muralla sitiada por los hombres?

—Soy un náufrago, doña Matilde. Un navegante que rema en la arena.

Fueron mis últimas palabras.

Me levanté, impulsado por mis propias piernas. Volví a lamentar la invalidez de Leocádia. Si hubiera podido, le habría dado mis piernas, mi cuerpo entero, para que pudiera sentir el placer de andar por la playa, de disfrutar de la sensación del mar contra la piel.

Sintiéndome solo, me vi despidiéndome de lugares donde había sido infeliz. Abandonaba la utopía del príncipe, que nunca había sido mía. La desgracia me había sometido a su hechizo como un modelo de vida. Y, acuciado por la fuerza del mal, me apresuré a abandonar Sagres. Pero antes pasaría la fortaleza, sería el último paisaje que conservaría en la retina. No quería ver a nadie, ni al Africano que había desatado en mí el sentido de la catástrofe. No teníamos que despedirnos, no éramos nada el uno para el otro. El único recuerdo que prevalecía en mi corazón era el de mi abuelo. Con este símbolo, concluiría mi tiempo en Sagres. Lo que me deparara el futuro era irrelevante. Y, si algún día lo narraba, conciliaría verdad y fantasía, la alianza que yo predicaba.

Me dirigí a la fortaleza. Desde el promontorio revisaría la temida naturaleza de los sentimientos, abstrayéndome de la realidad. Pero mientras paseaba, sobre el suelo se dibujó una sombra. Me dijo algo que no alcancé a oír. Temí que fuera un fantasma con apariencia real. La verdad bajo forma humana. Pero era él, Akin el Africano.

98

Siempre procuré apartar del pensamiento mis andanzas después de huir de Sagres como un fugitivo. Quitarles importancia como si mi vida se hubiera detenido después de despedirme de aquel pueblo histórico. En él abandoné la esperanza de entender el misterio de la felicidad. Ese velo que esconde el rostro y que es la única razón de vivir. Si es que ser feliz era estrechar a Leocádia entre mis brazos después de aprender a respetar el dolor de su cuerpo maltratado.

Recuerdo cómo, a punto de partir de Sagres, después del encuentro con Matilde y antes de ir a la fortaleza, volví a entrar a hurtadillas en la casa, aprovechando que la verja estaba abierta. Permanecía en la terraza unos segundos. Quiso la suerte que no aparecieran Matilde ni su hermana Leonor. Pude contemplar a Leocádia a través del cristal velado de la ventana entreabierta, sin ser visto. Su belleza me hizo entender que la perfección contenía en sí misma la tristeza. Y mientras concluía así el ritual de la pérdida, desde el exterior, apoyado en el muro, entrelacé las manos con tal fuerza que paralicé cualquier posible movimiento. Preguntándome cómo podía aceptar un final que me traicionaba, cuando podría haber sido halagüeño si yo no hubiera sido hijo de aquella madre que me tuvo y que me negó el nombre de mi progenitor.

Cuántas veces pensé que había nacido sin honra y que, si había disfrutado de momentos agradables, había sido gracias a la dedicación de mi abuelo. Este pensamiento me acompañó durante años, sabiendo que solo había dos personas que valieran la pena en el mundo, mi abuelo y yo.

El hecho de volver otra vez a casa de Matilde como un merodeador confirmó que debía marcharme de allí. Aunque no tuviera modo de saber cuánto tiempo de vida le quedaba a Leocádia. Así fue como partí solo al encuentro con el mundo. Cargando a la espalda el sentimiento de varias pérdidas que, de tan insoportables, nunca las evoco y menos aún las menciono.

Los años iban pasando deprisa y me distraían, sin saber a veces dónde me encontraba. Desde luego, habría sido un consuelo anticiparme a los hechos. Al menos para saber qué derroteros pensaba tomar, un peregrino como yo, tan pronto llegara a Lisboa. Un día, sin más, me puse a trabajar en el barco mercante de unos portugueses, asumiendo humildes encargos a bordo. Todos los años cambiaba de barco, de isla, de continente, pero siempre en las mismas condiciones. Contemplaba cosas que parecían reales y que luego invalidaba. Gente, costumbres y comida. Nada mitigaba mi añoranza ni me producía placer. Cierta noche tuve un arrebato de tristeza y vomité.

Padecía por la falta de amor, por el peso de haber vivido una tragedia que me castigaba y me hacía preguntarme quién era. Trabajaba para sobrevivir y mi indiferencia por la suerte en sí era cada vez mayor. Esta apatía me arrebataba la fe, vaciaba mi cuerpo de todo coraje, impidiéndome solidarizarme con la cruz de Cristo.

Ahora, desde la vejez, me resulta difícil reproducir las vidas que tuve. Todas ellas, vidas vacías de amor y gloria. Cierto, Portugal fue siempre el centro de mis pensamientos aun cuando viajaba a lugares remotos, a puertos extranjeros. Siempre llevé en mi pecho la lengua lusa, la patria del recuerdo, del mío y de mi abuelo. Pero no he retenido lo que viví durante ese tierno murmullo, casi lo he olvidado.

En Lisboa, entre los mismos indicios de pobreza, y después de tantos años, me sigue persiguiendo el recuerdo de mi madre —que debe de haber muerto hace mucho tiempo— copulando con Lucifer, su cómplice en el lecho, mancillándome con el estigma del bastardo. O quizá de un hijo póstumo del infante don Enrique, durante un viaje que hiciera al futuro. El padre que no tuve. Como portugués, reivindico el derecho hereditario de abrigar esta esperanza. Hasta mi abuelo, en espíritu, habría achacado a algún parentesco los motivos que me habían llevado a navegar, como mensajero, encargado de la limpieza, por mares que el príncipe señaló en sus mapas. Y que yo, con vana convicción, obedecía. Quería ser digno del Navegante y de la lengua de Camões.

Durante aquellos años asumí funciones diversas a bordo que dejarían atrás los sueños de otrora. Ahora bien, nunca fui un inmigrante. No sustituí una patria por otra. Me bastó con renunciar al Miño. Y en cada puerto donde atracábamos, aunque fuera por unas horas, al bajar las escaleras me imaginaba que volvía a estar en Sagres.

En los últimos años, cuando la edad ya empezaba a pesarme, viví en una isla del archipiélago de San Miguel, un fondeadero del Infante. Aunque viví en una casucha de ladrillo, a salvo de tempestades del alma y la naturaleza, no llegué a hacer de ella el hogar que nunca tuve en mi vida. Viví con alguna que otra mujer, si bien siempre de forma breve. La isla simplemente fue un lugar en el que refugiarme de mis pesadillas.

Ah, la ambición de ser feliz.

99

La mano del destino, que nunca vislumbré, era infalible y me devolvió a Lisboa muchos años después para que pudiera reconocer definitivamente el sentido del fracaso.

Por dondequiera que camine ahora, percibo el final del siglo que me ha tocado vivir. Aunque me pregunte si ha sido o no una época de júbilo, adornada con guirnaldas, celebrada con vino tinto y gente que se saludaba con alegría. Me temo que me cuento entre los miles que engrosan el cortejo de desvalidos. Esas personas desprovistas de esperanza que, en conjunto, me ayudan a comprender los últimos años que me quedan de vida.

Siempre supe que Brasil, donde estuve de paso como mozo de limpieza en un barco negrero, o casi, se ocultaba al otro lado del Atlántico, donde no alcanza la vista. Es más, cuando me inclinaba sobre los peñascos de Sagres, frente a un mar turbulento y crispado, pensaba cómo era posible que la Tierra se dividiera entre tantas regiones y países. Algunos con dueños, otros dispersos, esclavizados, a merced de la codicia de los pueblos colonizadores.

Lo cierto es que ni con un catalejo habría podido divisar desde Sagres el resplandeciente litoral brasileño que, según creía, me estaba esperando. En esos momentos tenía la vaga sensación de que en breve iría a su encuentro y llamaría a las puertas del futuro, en caso de que perdiese a Leocádia, como así fue.

Durante los primeros años en el mar, conocí la conjunción perfecta de la belleza y el horror. Sobre todo, esa suerte de perfidia que consistía en despojar de santidad cualquier anhelo fútil. Desde la cima del mundo, en lugares del sudeste asiático, del litoral africano, cuyos nombres no retuve, el peso del exilio me castigaba. Entonces me abstraía de todo y exaltaba la inocencia de mi abuelo.

A pesar de haber tenido una vida difícil que me llevó a perder Portugal, respiraba con cierta libertad. Nadie me reclamaba, tenía un salario, comida, una litera donde dormir y sepultura anónima asegurada, sin lápida, en el mar. Era un trabajo arduo e insulso, pero el paisaje se renovaba y me traía a la memoria los vendavales, la bruma del mar salvaje de Sagres. Aquel extremo olvidado de la Tierra, vecino de España y de África, que acogió al Infante, emperador del mundo, cuyo corazón se desgarró bajo el peso de glorias y tragedias varias que no osaré mencionar.

Fue una época custodiada por la memoria del anticuario, que me instruyó en la solemnidad de la melancolía. Ambrósio, que debió de ser el último habitante del pueblo del Infante con capacidad para soñar. Pues entre los demás ya no quedaba nadie que se disputara el prestigio de la fabulación. Habrán sucumbido todos. Nadie más, entre los vivos, en Lisboa ni en ninguna otra parte del país, sabría alimentar un ideal redentor para la patria. Ni convertir en riqueza algo que nacía de un simple acto voluntario. Ya nadie vivía esperando la señal de un milagro.

Sin embargo, en Lisboa me alegré de volver a ser capaz de sorprenderme. Allá donde iba, mis días parecían sombríos, faltos de vida. Huía del olor putrefacto que emanaba de la zona donde yo vivía.

Por la noche, a solas, recogido en mi habitación, nadie me protegía. Ni las monedas que guardaba en la bolsa. Hundía los pies en una palangana con agua fría imaginándome que me bañaba en el río Jordán, donde se obraban milagros.

100

Al amanecer, en el ocaso de mi vida, nada embellece mi persona. No llevo grabado en la frente una frase caritativa. Evito contemplarme en los escaparates de la urbe, donde ahora veo reflejada mi vejez.

La belleza de los azulejos de Lisboa tiene el efecto de hacerme sentir próspero. Procuro despertar recuerdos que tengan cierto candor. Mi memoria recoge andanzas, me hace creer que llegué ileso a esta ciudad gracias a mi temple heroico.

Pero no es verdad. Podría haberme jactado de ello otrora, cuando crucé Portugal a pie sin cayado y sin arma. Y, aunque mi cuerpo era fuerte, me resguardaba en la espesura del bosque, huyendo de algún bandido que acechara tras alguna mata o arbusto. Con un conjunto de puñales a la cintura, preparado para el asalto sin perdonar la vida.

El paisaje cambiaba a partir de la región del Miño. A medida que me alejaba de mi tierra y renunciaba poco a poco a los restos mortales de mi abuelo Vicente, me lamentaba. Me aventuraba por dominios donde abundaban los animales salvajes y venenosos y animales domésticos que iban sueltos, con sus dueños, hombres perversos, así como aguas traicioneras con las que podía envenenarme. Estaba ansioso por llegar a la capital del reino, pensando que esta me protegería con su paradójica civilización. Con su clan, que execraba a los débiles aun cuando la élite había asegurado a los portugueses que conocerían un estadio de progreso compatible con el cristianismo.

Mientras contemplo el Tajo en la lejanía, me pregunto cómo sería ser joven de nuevo, emocionarme con el cariño de mi abuelo, que ahora no sé dónde estará. En la aldea cumplíamos rigurosamente el ritual de la muerte los Viernes Santos, con los paramentos litúrgicos de color púrpura y el Señor en la cruz.

Nos solidarizábamos con los que ya no estaban entre nosotros, nos comportábamos como muertos. Después de rendir homenaje a sus almas, los rezos apelaban a las cosechas, la abundancia, los cerdos, cuya carne se multiplicaban en longanizas, morcillas, manteca, cualquier pedazo sagrado que el hambre nos permitiera comer. Las mismas oraciones servían para otros fines que no necesitaban detallarse.

En la aldea, los entierros eran una suerte de celebración. Bañados y arreglados, agradecíamos a los dueños de la casa, en cuyo salón exponían al cadáver a la vista de los invitados y, entre llantos y pésames, servían pan de harina de maíz, castañas, bacalao y vino en abundancia.

En el patio de la casa se reunían a comentar los pormenores de la vida que acababa de extinguirse, pero que conservaba todavía sus secretos. Las habladurías, que eran parte de la cultura, eran tan bien recibidas como el aguardiente. Los detalles sobre la vida del difunto solían animar la fiesta, cuyo grado de satisfacción se medía por la danza y los cantos o, en fin, los alaridos de los presentes. Y no se descartaba que, al final de la celebración, algunas parejas fornicasen en algún rincón resguardado.

A veces, en la buhardilla donde vivo, estas evocaciones me desvelan, no me facilitan precisamente el sueño. Aunque la recompensa del insomnio es escuchar las primeras campanadas de las iglesias, que doblan por los muertos y por mí. Sin embargo, el incesante sonido de las campanadas a distintas horas del día, los maitines, las vísperas, las completas... me sientan bien, pues cada repique me confirma que no están anunciando mi muerte.

Siempre acabo regresando a la vejez. Con ella he aprendido a malgastar el tiempo. Y leer me ayuda a consumir las horas. La lectura siempre me causaba una doble reacción. Sus páginas ponían en evidencia la extrañeza humana y luego me producían malestar. Por otro lado, en la letra impresa cabía toda la historia de la humanidad, incluida la mía y la de mi abuelo. Incluso quedó constancia de la de Joana, mi madre, que nunca mereció sobrevivir.

Mi pasatiempo habitual no es tanto la lectura como reflexionar sobre qué he hecho con mi vida. Hoy soy un hombre desamparado, sentenciado a alojarme en el interior de esta ciudad, a la cual regresé tras confirmar que el mundo era, en realidad, la aldea del norte. La única frontera válida que me dictaba la memoria. Lo cual me lleva a preguntarme: ¿quién, aparte de mí, tira del hilo de mi historia y me asegura unos años más de vida?

101

En el crepúsculo de este martes, la Lisboa del marqués de Pombal parece incendiarse en la puesta de sol, cuando la claridad se desvanece. Las agujas del reloj señalan que es tarde, me advierten de que es hora de volver a casa. El paso del tiempo acorta los días que me quedan. En un calendario colgado en la pared, que suelo consultar con interés, sé qué santo es ese día y conozco los epígrafes que leo. Tengo los meses asegurados hasta el final del año. Y cada hoja que arranco es una puñalada en el pecho.

No soy el único ser vivo que espera su epílogo, como se le llama al final de un libro. Los reyes, que son mis iguales, también se equivocan al revestir la muerte de pompa. Como hicieron los Avís, que, entre loas a sus propias hazañas, sus féretros eran llevados a la cripta del monasterio de Batalha, donde se reunían todos, y yo, en cambio, un campesino del Miño, acabaré en una fosa de tierra. Y, aunque muera sin ningún tipo de lustre, no los reconozco como mis señores. Ni siquiera a Carlos V.

En mi humilde morada, paso horas sentado en una mecedora decrépita que encontré abandonada en la plaza. Pensé desde el primer instante que estaba encantada, que era la portadora de un mensaje velado según el cual me llevaría al infierno en presencia de su guardián, el cancerbero, un platito de sardina frita, un buñuelo de bacalao y, llegada mi hora, me cuidaría bien.

El movimiento oscilante de esta silla que está a punto de romperse propicia mis divagaciones. ¿A qué va a dedicarse un viejo sino a reflexionar a conciencia sobre aquello que nunca ha tenido? ¿A qué si no, cuando sabe que no dispone de mucho más tiempo para zanjar el debate interior que inició hace mucho tiempo?

Recientemente me preguntaba con curiosidad, en caso de haber estudiado y no haber sido un campesino del norte, ¿habría sido un artista o un escritor? ¿Habría tenido un oficio de esos que dejan huella, pruebas inequívocas de haber existido? Y las palabras, incluso aquellas pronunciadas en vano, lanzadas al viento, no se perderían, sino que permanecerían en los libros.

El propio Ambrósio afirmó un día, haciendo gala de su patriotismo al ensalzar a los navegantes mientras arreglaba unos papeles, que los restos de arte divinos, incluso aquellos que aparentemente se pasaban por alto, penetraban en la mente y los poros de monarcas y esclavos por igual. Nadie era inmune a sus efectos. Así, al volcar en la corriente sanguínea de la conciencia esas muestras de arte, era imposible extirpar lo concebido por un ser humano.

Creyéndome escritor, me imaginé sumido en la tristeza, narrando al tuntún la historia del universo. Rebelándome contra el silencio impuesto a las grandes causas, a las catacumbas de los primeros cristianos incendiarios. Sobre todo con ganas de que el anticuario, a mi lado, ayudara a concebir leyes que restaurasen la justicia, emancipasen a los pobres de Portugal, a fin de preservar los valores inherentes a todos, y que se hiciera por medio de un pergamino oficial que contuviera, según él, el espíritu de la civilización.

Y allá iba yo, subiendo cuestas, incluso en días lluviosos, corriendo el riesgo de resbalarme, para ir a comprar pan o lo que necesitara. No era el único que podía caerse, otros se equilibraban apoyándose en las paredes al subir. Y sentía pena por aquellos que, en su afán por salvarse, perdían el sentido del ridículo.

102

En la vejez se sufre una especie de destierro. La fortuna está hecha de recuerdos. Se vive más de lo que viven muchos. Me consuela la idea de arrojarme al Tajo, de escogerlo como sepultura, una vez gaste mi última moneda. En sus aguas me reconciliaré con héroes, los reyes y los desvalidos, mi gente.

Evito pensar en el amor que no tuve. Ese ardor rayano en la pasión, el crimen, las faltas imperdonables. Para purgar mis pensamientos, me refugié en la iglesia de Santo Domingo, cerca del Rossio, un edificio de gruesas paredes. Allí voy a descansar después de observar las exhibiciones de ávida promiscuidad entre hombres y mujeres en la plaza de la Figueira.

Dios no me molesta lejos del altar, como tampoco sus santos más eminentes. Cerca del confesionario, la zona del pecado, me permito vaciar mis desdichas ante el sacerdote. Con la convicción de que Dios, en su eterna vigilia, no me pide lo que no le debo. Pagué mi libertad con los errores que cometí. Una licencia que me concedió la vida.

En esta iglesia de planta de cruz latina, posiblemente de estilo barroco, me abstraigo de lo que somos. Los bancos, pegajosos, malolientes, han absorbido en la madera el sudor y las plegarias de aquellos que siguen creyendo en lo divino. Yo no pido nada, nunca he recurrido a Dios y tampoco sé si mi abuelo está en deuda con Él. El pueblo del norte destacaba por su rudeza y melancolía y maldecía con su voz estridente.

Incluso ahora, siglos después, quisiera ser un apóstata, pero las reglas ya están hechas. Y me redimen con la figura de mi abuelo y la espléndida transitoriedad de Leocádia, cuya desnudez jamás me fue permitido contemplar. Soñé en vano con su cuerpo deforme, acaso incapaz de corresponder el placer que yo le hubiera querido ofrecer. Tal era mi congoja que me echaba a llorar al verla atada a la poltrona. En la intimidad de mi habitación, en casa del anticuario, las palabras fluían a raudales de la fuente de mi amor y yo me preocupaba por cómo habría de tratarla si algún día llegábamos a estar juntos.

En aquella época, al lado de Ambrósio, yo actuaba como si el mundo me perteneciera. Susurraba, amaba mi cuerpo, blasfemaba, empeñado en conseguir los recursos para hacerla mi esposa. Entendía que el amor solo surgía cuando se necesitaba.

Al abandonar Sagres me perdí en la Tierra. Y ahora, de vuelta a Lisboa, agraviado por la suerte, me pregunto si el caos de mi vida proviene de la falta de un hogar, de sentimientos que, albergados en el corazón, habrían germinado a mi favor.

Mi vida se desmoronó al perder a mi abuelo y me dejó un vacío. Ni siquiera tuve una mujer que me cuidara, que me ofreciera su cuerpo por las noches. ¿Qué sé yo, pues, del amor y de la evolución humana?

Pido, entonces, poder confiar en mi memoria dispersa e incierta. Que me devuelva la imagen escuálida de Leocádia, a quien amé y que no me amó y que me suscita una vaga emoción. No sé si aún vive o si habrá envejecido como yo.

Desordené mi existencia en sí precaria a partir del profesor Vasco y de la devoción que mi abuelo me demostró. Un estado que agravé en medio de la belleza asfixiante de Sagres, del fantasma del Infante, de la sabiduría de Ambrósio, de la visión de Leocádia y el Africano. Cuando puse el amor donde antes había pobreza honrada, el paisaje del Miño. Y empecé a sufrir la agitación propia de los sentimientos, de la cual no me liberé, ahuyentando a la persona que fui.

Recientemente ha aparecido un padre que nunca tuve. Sarraceno, semita o párroco de aldea, un forastero de paso por el norte con tiempo para depositar en mi madre el germen que da lugar a lo que llamamos la humanidad. Hasta ahora no había reparado en que mi carne era un pedazo sólido de la suya. Y que en mí se alojaron sus males, taras familiares como la falta de compasión o un corazón maldito. Para que, al mirarme en el espejo, lamentara ser una réplica de él.

No me he perpetuado en nadie, como le sucedió al Infante. Termino en mí. Las mujeres a las que poseí no llevaron en su útero mi imagen y, por consiguiente, la de mi padre, que siempre estuvo en mí. Idénticos el uno al otro, en cualquier circunstancia responderíamos por el instinto de la simultaneidad, esto es, de un ser a imagen y semejanza del otro. La maldición reside en que soy fruto de una creación defectuosa que me castiga incluso en este momento de mi vida, en Lisboa.

Recorrí los dos hemisferios, el norte y el sur. La llama de la existencia inflamó y apagó mi espíritu. Bebí agua de mares, ríos y fuentes, y no morí. Dondequiera que me hallara, me despertaba sin exigencias, con el café amargo en la garganta. Y a continuación imprecaba a aquellos que me habían maldecido, mi padre y mi madre. Unidos en un lecho, me arrebataron el valor de la vida que me dieron. ¿Cómo aceptar que nací de una cópula sin que ninguno de los amantes llorara la inminente separación que los alejaría para siempre? Un adiós definitivo, sin tiempo para anotar los respectivos nombres de sus familias de origen. Dos ancestros que perpetuaron el aprendizaje del amor, de la tradición, de la lengua que expresó fe y creencias. Un pacto no firmado, que vulneraron al permitir que yo naciera. Y jamás volvieron a verse. Mi madre sustituyó a mi padre por otros, mientras ese padre repetía el acto perverso de sembrar hijos con su semen reproductor. De mancillar con su vulgar esperma a cualquier mujer. A mi madre, Joana, hija de Vicente, que me acogió en su seno.

Rezo por que mi padre y mi madre estén enterrados. Hace tiempo que imaginé la escena de sus muertes. Y, movido por la lógica de los rechazados como yo, he comprobado que la muerte es el arte de la vida.

103

Con la muerte de mi abuelo se extinguió el único lazo de sangre que me quedaba, aparte del de mi madre. La mujer que me dio la vida dedicando la suya a un oficio milenario. Lo planificó todo para que yo naciera en el Miño, en la aldea donde eché raíces. Salí de sus ingratas entrañas para caer en los brazos de mi abuelo y Ermelinda, que hizo las veces de partera. Mi abuelo me confesó que, a poco de nacer, ya demostré poca sensibilidad a la belleza del entorno, que no era tanta. Era intransigente, poco dado a los halagos, como si me costara amar o ser amado. Según mi abuelo, su nieto carecía de los hábitos de los hombres bien educados.

Pero ¿qué parte de mí puede achacarse al padre que no tuve, cuya ausencia cerró las puertas del reino terrenal para impedir que las cruzara? ¿Por qué me negó el permiso para vivir con nobleza?

Sé que soy estricto al relatar cuanto tiene que ver con mi origen. Soy evasivo cuando me enfado. Y ahora reconozco haberme equivocado al no ir a la aldea para enterrar a mi madre en la misma tumba que mi abuelo, al que ofendió. Y, al reunirlos, reconocer de una vez la nefanda alianza entre padre e hija, despedirme de la mujer que me hizo bastardo, aun cuando yo, con los puños cerrados, me afanaba ansioso por salir de la siniestra gruta de una madre que nunca me quiso y poder ser feliz recogiendo moras rojas en el campo.

Cuando me despedí de la aldea, retuve la mirada de mi madre, las órbitas verdosas, tal vez llorosas, pero sin lágrimas. Me dolió que nos perdiéramos el uno al otro sin poder reconciliarnos, pues era la enemiga a la que debía matar. Quise arrodillarme, admitir que mi odio era en realidad amor. Y que, al prohibirle volver a verme, reconocía que solo la juventud era digna del amor que se le había brindado. En la vejez, nadie se prestaría a la labor humanitaria de amarme. Ahora, con un pie en el cementerio, ya no reclamo nada, salvo los abusos de la pasión que se me niega. Pues creer que soy digno de amor sería reconocer que, al final de mi vida, comprendo y acepto el mundo.

No tengo unos brazos justicieros que me indiquen dónde situarme en el momento crucial de Aljubarrota para entablar batalla con la muerte. Quisiera contrariar los conceptos divinos, a Él, que me relegó a la miseria moral. ¿Quién soy yo para desafiarlo? En mi imaginación, juntos bebíamos la sangre de los que murieron en la batalla del Condestable, en la que he pensado este domingo paseando por la plaza del Comercio.

Cuando salí al mundo, por allí donde pasé perdí el alma y no obré milagros. ¿Acaso el mayor de todos fue pedir pan y obtener un día más de vida? ¿Qué hacer con esta clase de esperanza?

En la iglesia de San Antonio de Pádua, cerca de la catedral, llegué a pensar que el pecado me ha humanizado. En medio de los fieles, el fracaso humano me conmovía. La fe, que se me antoja algo lúgubre, sobre todo la mía, exhibida en el reclinatorio de la iglesia, hizo rezumar mi sangre cobarde, mientras fingía rezar.

Nunca fui el penitente que se flagelaba en la procesión de Cuaresma y arrastraba cadenas de hierro atadas a los tobillos ensangrentados, mortificándose con cilicios a la vez que juraban eterna abstinencia sexual.

Ah, abuelo, sé muy bien quiénes somos. Todos somos mercaderes del templo.

104

Casi he olvidado el apellido de mi abuelo, el único que tenía y que nunca heredé. Y de este modo fui viviendo. Pero, al llegar a Sagres, recuerdo haber presentido, ya desde la primera noche, que no moriría en el Algarve, esa región de abismos marinos, azotada por los vientos. Y así fue, más tarde cambié la villa del Infante por las adversidades del mar; abrazando un nuevo oficio, di inicio a una nueva vida. En el barco atracábamos en cualquier lugar, noche y día. Había que seguir la ruta comercial.

Desde la cubierta, justo antes de desembarcar, descubría tierras ignotas, conquistadas antaño por los portugueses, de lo cual ya no me enorgullecía. Evitaba los rincones que desprendían llamas y azufre. Daba la espalda a lo que no me interesaba. Había perdido la noción de una realidad que me quería someter. Hasta Portugal se ausentaba de mis sentimientos. Aun cuando a veces lloraba por una patria destrozada por las fuerzas del mal. Y me preguntaba cuándo nos redimiríamos y por qué habíamos tardado tanto en abolir la esclavitud, la pena de muerte. Y por qué habíamos dejado Lisboa en la oscuridad, por qué habíamos inmolado a los animales atraillados a carros y tranvías. Y por qué habíamos olvidado suprimir del alma portuguesa los desgarradores vestigios del maldito terremoto que nos acorraló un día santificado.

Vuelvo a mi abuelo Vicente de manera recurrente, como mencionaba una y otra vez la tragedia del terremoto como si la hubiera vivido. Aludía al carácter egoísta y pecador de los vivos, entre los que nos incluía. Sospechaba que los muertos se removían en su sepultura para que nos uniéramos a ellos, descontentos porque siguiéramos con la vida que ellos habían perdido aquel noviembre.

La calamidad se abatió sobre un pueblo, creyente y disipado como cualquier otro, que no se merecía la implacable venganza de Dios. Era inaceptable que todos debieran ser castigados por los pecados cometidos a la vista de todos, a sabiendas del clero y los moralistas, que se filtraban entre el lodo de las siete colinas de Lisboa. Y que ese mismo Dios redujera a la ciudad al polvo, destruyendo los huesos, la fe, la visión del paraíso, los pilares de la civilización. La miseria se extendió condenando por igual a inocentes y a criminales, también a los que se flagelaban. Gritaban todos al unísono, un coro de voces en medio del hedor de la carne calcinada o podrida.

¿Debo disipar estos temores e indagar quién merece ser fustigado hasta abrirle heridas en la espalda? ¿Sé realmente el daño que se hizo? ¿Y aquellos que se arrancaban con pinzas de hierro los pelos púbicos próximos a sus testículos entumecidos en nombre del gozo, y que fueron infelices para siempre?

Absorto en mi mecedora, que parece rodar, girar, galopar, quisiera saber a qué entidad dirigirme para tener un final propicio. Al fin y al cabo, hace mucho que Dios y el demonio vigilan mis genitales sórdidos y corruptos, y los dos saben que el único bien del que dispongo para no morir de inanición es la lujuria. He querido sofocar tantas veces el deseo que despertaba y dormía conmigo. De nada habría servido infligirme dolor en partes de mi cuerpo para purgar mis errores.

Cuando vivía en la aldea no entendía bien el significado de la pureza. Mi abuelo nunca se pronunció al respecto. Al contrario, defendía el apremio de llevar en el corazón un ideal de vida con el que afrontar las tempestades. Nunca olvidaré la seriedad con que pronunciaba aquellas palabras. Comprendí demasiado tarde que aquello que para mi abuelo era un principio arraigado era incompatible con el ser humano.

Sin embargo, él me liberó de la avidez del cuerpo, un bien al servicio de los hombres y los animales. Sencillamente, se negaba a domar lo que su nieto llevaba dentro. Asustado por la esencia que se traslucía, que yo mismo debía atenuar con la mirada y el corazón.

Vivía subyugado a los sentidos, lamentaba que la pureza no estuviera al alcance de los humanos, que únicamente fuera dominio de los santos y de aquellos que se refugiaban en la fe. Alguna vez, con el anticuario había hablado de los santos y los justos que, movidos por el ansia del martirio, se sometían al sacrificio supremo. Comían pan duro aunque no tuvieran dientes. Y oraban extendiendo los brazos en alto, con un gesto que expresaba un anhelo por la perfección, pidiendo a Dios que perdonaran a los pecadores. Yo pensaba en estos beatos, pero seguía pecando. La carne era mi consuelo y nunca renuncié a ella. Así firmaba mi sentencia de muerte, insensible al perjuicio que me causaba tanto a mí como a los demás, víctimas de mi pasión.

105

En Lisboa me despierto por las mañanas aspirando el último soplo de esperanza. Y me pregunto cómo transcurrirá el día, qué me deparará.

Hoy me hallo en un lugar donde muchos han estado. Soy un ser anónimo, cuyo esqueleto representa a los difuntos de la época del infante don Enrique. Un mero escudero de épocas pasadas, sin linaje, sin nombres ilustres inscritos en los papiros enterrados en la casa del anticuario, algunos de los cuales son un obsequio de un coleccionista del Algarve. Otros, de un descendiente del navegante Gil Eanes.

Sin embargo, sigo siendo un portugués que nació de espaldas al mar, no tan lejos del río Miño, cuando concluya mi existencia no dejaré a Portugal vestigio alguno de mi ser ni de mis ancestros.

A lo largo de los años, Matilde me obligó a romper los lazos con Leocádia, lo cual me hizo derramar lágrimas. Resignado, acepté los designios de los dioses, fingí que el dolor que sentía no era mío. No obstante, Leocádia me acompañó durante mucho tiempo. La mujer condenada a la eterna juventud.

La imaginación todavía me da fuerzas, esboza el antiguo retrato de una Leocádia de tez sedosa y translúcida, casi dorada, cual porcelana importada, fácil de romperse. Un espejismo fugaz en el desierto, al que su tía, para compensar el cuerpo deforme, sentaba en la poltrona Chippendale, desde donde exhibía a los mortales su abrumadora belleza.

En aquella época, Matilde tenía la casa llena de adornos que nunca había visto, a excepción de los almanaques. ¿Cómo era posible que una sola familia hubiera acumulado tantos objetos en virtud de la elegancia? ¿O que ostentara lo que mi abuelo Vicente jamás había tenido? Él vivió recluido en la aldea y nunca habría apreciado los favores del mundo en forma de obras de arte, aunque hubieran sido forjadas por las manos ásperas de artesanos, sus iguales. Obras que luego serían expropiadas por la nobleza.

Nunca vi a mi abuelo traer ningún recuerdo de las ferias remotas a las que asistía. Era un hombre de recursos limitados, se bastaba con lo que poseía, que era muy poco o casi nada. Solo lamentaba no tener más vacas.

—Los animales dan sentido a la vida —repetía con convicción, pues creía a ciencia cierta que las buenas cosechas se obtenían gracias a las criaturas cuadrúpedas.

Una noche inhóspita en Sagres, me retiré a la bodega de la taberna, donde guardaban los toneles de vino. Era un lugar oscuro que conservaba en buen estado la bebida. Después de un rato allí, me dediqué a tomar notas relacionadas con las vidas de los hombres. Además de Ambrósio, algunos de nosotros deberíamos ser custodios de las experiencias vividas. Él sobre todo, pues buenas dotes tenía para ello, podía guiarme en los entresijos del pasado. El anticuario se consumía organizando manuscritos, pergaminos, incunables, cualquier papel conservado en librerías y baúles.

Durante las noches siguientes, en mis horas libres, avancé en la escritura, que no era mi oficio. Escribía meras frases sueltas debido a mi falta de firmeza para empuñar la pluma. Y, mientras redactaba, me daba cuenta de que las palabras, cuando eran vagas, no valían para nada. Era una pretensión inútil por mi parte. A pesar de mis limitaciones, anoté sin más preámbulo en unas breves líneas:

—No sirve de nada que me expulsen de aquí. Exijo mis derechos. Allí donde me afinque, conservaré conmigo la figura del Infante. La imaginación es mi salvaguarda.

La letra trémula reflejaba la emoción contenida en la nota. Los errores no empañaban su veracidad. La había redactado con la pluma que Nuno dejaba sobre el mostrador para su uso exclusivo. ¿Cómo iba a impedir él que la historia de Portugal siguiera su curso?

Esa misma madrugada decidí marcharme. Abrí la puerta de la casa procurando evitar que chirriara. Infante me acompañaba sin ladrar, pues sabía cómo debía comportarse. Delante del palacete de Matilde, asimismo encalado, me enfrenté a los adversarios que habitaban mi espíritu y, pese a carecer de carácter heroico, acepté ser ejecutado. Doblé el papel y lo deslicé por debajo de la puerta de atrás.

Una vez volví a estar en mi cama, abracé a Infante y censuré mi acción. ¿Qué ganaba con aquel gesto? Recé por que Matilde no lo leyera o fingiera que no lo había recibido. Y eso hizo, pues jamás lo mencionó.

106

Aquí estoy, a los pies de la cruz. En el supuesto Gólgota, tan lejos de Occidente. En realidad, en Lisboa, capital del reino.

La vida es difícil como una cuesta empinada. La edad me debilita y me apoyo en los muros para no caer mientras me dirijo a la Baixa, siguiendo el recorrido de siempre. No me identifico con la aglomeración humana, aunque sean todos portugueses. Era imperativo que una urbe como Lisboa aglutinara a ricos y pobres, gente del norte y del sur, como si bajo su bóveda celestial todas las clases y procedencias se igualaran. Una vez en la calle, la suerte me diferenciaba. Casi tengo prohibido sentarme a una mesa de los cafés de la burguesía, que se proclama heredera de las costumbres francesas. Viven con el miedo de que un paseante como yo, de aspecto relajado, que camina sin un propósito concreto, pueda rebelarse y apuntarles con un arma de fuego, que la gleba invada de repente viviendas señoriales y palacios y corte la cabeza al rey. Y tenían razón: en mi corazón solitario late una disconformidad bélica, un alma furiosa que, pese a estar dispuesta a instaurar un nuevo régimen en algún insólito momento, no actúa.

Mis argumentos contradicen la realidad, son ingenuos, petulancias de un campesino que creció con miedo, incapaz de desafiar las frases líricas que pronuncian los cortesanos como si fuera una cordialidad, con el deliberado propósito de contener una rebelión, de apaciguar la ira popular, con utopías aprisionadas desde siglos atrás. La paz del cementerio y su olor a difunto, impuesto por los buitres reales.

Durante mi primer viaje marítimo, el segundo de abordo me avisó de que se avecinaba un temporal. Y, aunque fuéramos a fondear en una ensenada de la costa africana, preparó a la tripulación. La evocación africana me produjo un escalofrío, me entristecía recordar el rostro del Africano, pues mis razones tenía. Aguardé a que todo se apaciguara, sobre todo mi corazón.

Nos acercamos a un archipiélago de asombrosa belleza. Un paisaje idílico que posiblemente ha sido inmortalizado en prosa y verso. Tal vez una de aquellas islas inspiró a Camões la suya, la de los Amores, al servicio de la imaginación del poeta.

Me acostumbré a las tormentas, eran parte de nuestro día a día. En caso de naufragio, cualquier isla valdría. Pero no creía que pudiera ser feliz en ninguna. Eran paraísos embusteros, contradecían los sueños.

Me ataba a la litera y afrontaba las embestidas cerrando los ojos, con la esperanza de salvarme. A fin de cuentas, había dejado atrás Portugal para convertirme, aun sin estar cualificado, en un marinero que limpiaba vómitos, excrementos, la suciedad acumulada en la cubierta, los pasillos, la bodega y los camarotes. Y, cuando atracábamos en un puerto, retirábamos de las bodegas las mercancías, para embarcar a continuación una nueva carga que llevaríamos a otro destino.

Invocaba los nombres de António, Ermelinda y el profesor Vasco con el tono que mi abuelo me había prestado. Al tiempo que imploraba protección, jurando que cambiaría el mar por la tierra, algo que para mí tenía sentido. En el mar no había abolido mis penas ni pecados. Cuando tenía escalofríos, los disimulaba. Me ocupaba del trabajo bruto y me adaptaba a los marineros que usaban un lenguaje grosero. Pero la memoria me transportaba a la aldea una y otra vez, a los pies del roble, a la sombra de su copa cuando descansaba junto a mi abuelo Vicente. Allí esperaba mi regreso del monte, azuzando a las vacas con la vara, saludando de lejos para confirmarle que su único camino era acomodarse en su corazón.

—¿Cómo ha ido, Mateus? ¿Qué me cuentas? —decía en el mismo tono entusiasmado.

107

No soy digno de que las campanas doblen por mí ni por las personas que han pasado por mi vida, que ha sido aciaga hasta el día de hoy, en que me preparo para las despedidas. Me conformo con el rayo de sol que me baña a través de la ventana que casi nunca cierro.

A mi lado, ahora duerme una vieja que no me sirve para nada, ni yo a ella. La encontré encogida de frío al anochecer en un parque y me miró confiando en que me apiadara de ella. Solo me pidió, con la voz quebrada, que no la abandonara a una triste suerte. Accedí, le permití seguirme con sus modestas pertenencias. Le ofrecí lo poco que tenía, lo único que podía ofrecerle. Quiso decirme su nombre, pero me negué, y también a que me contara su historia. Prefería prescindir de los detalles de su infelicidad.

Ambos dormimos sobre dos colchones, nuestros ataúdes. Como el rey Pedro I e Inés de Castro, que al morir se reunieron en el monasterio de la Alcobaça. Entre ellos existió un amor exaltado. Entre la vieja y yo no hay calor que compartir.

Pobre de esta mujer si muero yo primero. Le he dicho que, cuando dé mi último suspiro, se quede con mis parcos bienes y abandone mi cuerpo sin demora. Los despojos de un hombre no son responsabilidad suya, sino de aquellos que siempre me maltrataron. Hemos firmado este trato tácitamente y estoy seguro de que lo cumplirá con decencia.

Es una mujer afable y se mueve sin hacer ruido. Sus ojos oblicuos confirman que no es caucásica. La mujer oriental es más delicada que la europea, acaso más servil. Sigo pensando en Leocádia, aunque sus facciones no sean iguales. Su rostro se ha desvanecido con todos estos años. Qué pena. ¿Vivirá todavía en la misma casa, custodiada por su madre y su tía Matilde, mientras ambas se resisten a morir? Y Sagres, ¿habrá sido inmolado por fin en la memoria portuguesa? ¿Habrá quien aún recuerde al Infante, cuya ambición, como lamentablemente he descubierto hace poco, lo llevó a ser comerciante de esclavos negros?

La vieja se desplaza por la habitación con delicadeza. De vez en cuando me pone delante un plato de comida que ha preparado en el hornillo.

El domingo suenan las campanas, reclaman atención. La sonoridad aguda de los tañidos me angustia. Pero también me convocan a la vida. Sirviéndome de un cayado, obedezco y voy a pie al monte de San Jorge, donde, en una esquina, hombres y mujeres asan sardinas y castañas en las brasas. El intenso aroma de aceite mezclado con sal gruesa aguza el apetito. Veo pasar a las parejas, algunas de enlace furtivo, otras que se miran de soslayo. Envidio su grado de traición y deseo.

He aprovechado la luz del día para ver Lisboa de cerca. No salgo de noche para ahorrar aceite del candil. De modo que la mujer y yo estamos a oscuras, salvo por alguna que otra vela encendida.

Me pongo a pensar como si tuviera permiso para usar la lengua con los labios de un poeta portugués, cuyo poema interrumpo enseguida porque no lo escribí yo. Recurro a la pluma imaginaria de los que ya están muertos. Memoricé cuanto alojé durante años en mi corazón, entre ninfas, héroes mitológicos y gnomos. Me gusta saludar a los personajes del entorno del infante don Enrique.

En cuanto a Portugal, aunque conozca poco nuestra historia, no hago alarde de los hidalgos y hombres públicos que, afiliados a políticas conservadoras o progresistas, no cuidaron de igual forma a todos los vivos, solo se ocuparon de sí mismos. Estos caballeros no son de fiar. Vivieran en la época en la que vivieran, solo lucharon por sus intereses y causaron muertes. ¿De qué sirvió que Pedro IV y don Miguel se disputaran el trono? Todos estos petimetres vestidos con trajes suntuosos condujeron a Portugal al abismo de la miseria y la intolerancia. Señores de la corte y las mansiones, de estirpe traicionera, que bajo el aura del cristianismo, de las falsas apologías, al abrigo de sus vicios y su altiva indiferencia, tomaban siempre decisiones que perjudicaban al pueblo.

Observo a la mujer que alojo en mi casa, donde pasa todo el tiempo. La trato con un respeto que mi abuelo aprobaría. Mi carácter de aldeano pone en práctica lo que aprendí de él. La cortesía de quitarme el sombrero ante una dama o en un recinto cerrado, sobre todo en la iglesia. Y demás gestos que me enseñó. Ningún otro modelo me valdría. Con ella evito cualquier costumbre que ofendería al honor del norte.

La vieja me ha traído un caldo de patata con nabas y sabor a grasas de carnero de gusto apreciable. Me habría comido las sardinas asadas que he visto en el mercado, pero no le he dicho nada. Tal vez el sábado las pueda saborear en el convento de los dominicos, con corteza de pan de maíz. Le he mostrado mi aprecio por la sopa con un gesto y ella ha sonreído. Y, avanzando un paso en nuestra relación, le he preguntado:

—¿Cómo se llama?

Temiendo que le pegara después de responderle, me ha mirado fijamente para armarse de valor.

—Amélia.

—Ah —he suspirado.

Ha esperado a que me pronunciara, que la compensara por su acto humanitario.

—Yo me llamo Mateus. Así me bautizó mi abuelo.

Me he tomado la sopa después de desmigajar el pan en el plato. Ella ha respirado aliviada. Ha asentido con la cabeza, complacida, dándome a entender que no he sobrepasado los límites.

Nuestras suertes están unidas.

108

Después de cansarme del mundo, de sentirme al margen de una vida de puerto en puerto para la que ya no tenía energía, regresé de nuevo a Lisboa, el lugar que escogí para morir. Era el destino natural de alguien que ya no tenía adónde ir. La capital de mi universo, la ciudad de mi miseria, ante la que me rindo, hastiado.

Amélia me observa y yo le permito indagar en mi alma con la intención de explicar una vida sobre la que ni yo mismo reflexiono. He dejado atrás episodios irreparables, lamentables, que no se han disuelto en el recuerdo. Es todo lo que me queda de ciertas vivencias.

Desde que mi abuelo murió, hace ya tantos años, he ofendido a cadáveres que no he enterrado. Al partir de Sagres, con la vida destrozada, perdiendo lo mejor que tuve, la humanidad se descompuso a mis pies. Y no debía derramar lágrimas por ella. Los difuntos debían partir. No me despertaban una compasión profunda. Fueron santos y asesinos, ladrones que atesoraron privilegios usurpados. Meras excrecencias vivas. Y aun así, escoria moral por la que la civilización portuguesa, entre otras, lloró.

Defiendo el honor de mi abuelo Vicente, custodiando la valía de los campesinos y los navegantes, a los que considero mis iguales. ¿Y por qué no? Sus hazañas resuenan en comarcas y provincias. Les di renovado aliento con mi esfuerzo por olvidar a Leocádia y a aquel hombre que vino de África, cuyo nombre no pronuncio al rememorar las ilusiones del pasado.

La vida fue injusta conmigo. Me socavó con el desdoro de la pobreza y la ignorancia. En la escuela, gracias al profesor Vasco, forjé una patria con mi carácter, compatible con la imaginación que conquisté. Al principio me resistía a frecuentar las clases.

Mi abuelo me amenazó con echarme de casa si no aprendía a leer. Estaba dispuesto a asumir esta decisión a cualquier coste.

—He vivido mucho, pero también he llorado mucho. E incluiré a mi nieto Mateus en la lista de mis fracasos —me confesó un día.

Como si fuera un refrán, repetía que el sueño y la pesadilla, pese a ser antagónicos, formaban parte de la vida real. De otra vida, tal vez, pero invisible. Y así ponía a prueba mi capacidad de comprensión, feliz de tenerme a su lado. Siempre vivió solo en casa, sin la compañía de una mujer. La que le había dado a su hija Joana tenía morada propia. Y murió poco después, cuando la niña apenas caminaba. Se la llevó a vivir con él, la bañaba, siendo aún pequeñita, y reforzaba su alimentación con leche de una vecina que había parido hacía poco y tenía senos generosos. Los unía la pobreza, un tesoro del que ambos se servían.

En las clases aprendí que, si unía las palabras, formaban una sucesión de pensamientos que encontraban eco en la lengua lusa.

—A ver, Mateus, ¿qué has aprendido hoy en la escuela? —me preguntaba a diario.

Y le contaba cualquier cosa, con la promesa de corresponderle con su parte mágica. Una alianza de sangre que solo se extinguiría con la muerte de uno de los dos.

Mi abuelo jamás descuidó la labranza. Madrugaba para examinar el rocío, ansioso por saber cómo habían descansado los animales, si les había afectado algún mal. Y, sin medir esfuerzos, repartía su sabiduría entre el huerto, el manzanar, el plantío y, sobre todo, observaba el tiempo. Presentía la lluvia antes de que las nubes se formaran sobre su cabeza. Arar la tierra y cuidar a los animales eran para él labores fundamentales, decididas por Dios.

Siempre fue un hombre discreto, y durante mi pubertad se dio cuenta de que, con el desarrollo de la edad, mi sexo me mortificaba, me sometía a la premura del deseo. Entonces no tardó en echarme, sin más, de la habitación en la que dormíamos juntos. Y me impuso, contra mi voluntad, otro rincón de la casa para que yo pudiera tener asegurada mi intimidad.

Sentí vergüenza al saber que se había percatado de mi virilidad. Yo fingía no ver la suya. Unos años antes, lo había visto copular en el monte con una viuda que vivía al otro lado del arroyo. No llegué a decirle nada. Entre nosotros había un pacto de silencio.

—Guárdate estas monedas, Mateus —me dijo cuando le entregué el dinero que me regaló mi padrino un día que estaba de paso por la aldea—. Para el futuro.

Celebrábamos las finezas que los animales nos brindaban, en especial la leche de la ubre generosa de las vacas, en la que reblandecíamos, por las mañanas, el pan de varios días que guardábamos sobre la repisa. En las comidas, consagrábamos las patatas, el maíz, las verduras, la manteca y algún pescado o trozo de bacalao en días festivos. Eran ágapes benditos en medio de dramáticos percances. Sufríamos mucho en la época de la matanza del cerdo, en general en noviembre, pues el animal llegaba pequeño de la feria y luego crecía de forma descomunal, como un Perseo griego. Me moría de pena cuando mi abuelo hendía con un golpe certero el cuchillo puntiagudo a la altura de la carótida, y el animal daba sacudidas sin que la sangre llegara a manchar la carne. Qué animal tan noble, que se sacrificaba para saciar el hambre humana. El hambre de una especie insaciable que asesinaba a animales y personas.

Salíamos muy tristes del molino en el que se hacía la matanza. Donde nos veíamos obligados a actuar con crueldad. En la cocina, mi abuelo recuperaba la energía sirviéndose un trago de aguardiente y otro a mí. A continuación, entre lágrimas, tenía que limpiar las vísceras y la carne, también la vejiga, y conservar cuanto había de magnífico en el alma del animal.

¿Cómo transmitir a Amélia todo lo que había sufrido, la genealogía de mi aldea? En nuestro silencio, ella parecía entender mi historia. Se vestía de negro, de luto por ella misma.

109

El universo ilustrado que conocí en los libros me hacía viajar. A veces tenía la sensación de haber crecido en América, de haber heredado de aquel continente su antigüedad, los mil años de misterio de las secuoyas. Las pesadillas también me agotaban, en concreto una en la que acompañaba el féretro de Leocádia, que había muerto joven en manos de un esbirro veneciano, que no estaba de acuerdo en compartirla con otros depredadores.

Pobre Leocádia, a vueltas con estos sueños en los que achacaba a otros la culpa por eliminarla. ¿Y por qué quería verla muerta? ¿Acaso prefería que el cielo se la llevara, porque no podía poseerla, porque su tía me prohibía acercarme a los bordes de su vestido azul?

Nunca había visto un circo en los aledaños de la aldea. Los payasos que hacían llorar de la risa al público en el escenario me intimidaban. Eran personas que vivían al margen de la sociedad, perturbaban la seriedad ajena y eran más apreciados que los reyes. Yo los envidiaba. A veces me sentía como un triste juglar que deambulaba por Sagres sin inspirar risa ni llanto, sin poesía. Y ahora que soy viejo y no cuento con la protección de mi abuelo, miro a Amélia, que debió de ser bella en otra época, y sé que conservo en mi ser trazos de melancolía, a pesar de no contar con el refinado talento de aquellos artistas. Me pregunto si Sagres fue el escenario de mi tragedia.

Desde que me fui del norte, pasando por Lisboa, para luego beber de las aguas oceánicas del Algarve, cada día que pasaba consumía parte de mi sangre y de mis sueños, que era cuanto yo tenía. Recuerdo que, siendo todavía corpulento, cuando vivía en la capital y salía a rondar las calles sórdidas al anochecer, a cambio de muy poco tuve entre mis brazos a meretrices jóvenes y a mujeres consumidas. Asimismo, acumulaba monedas con la ilusión de ser rico.

Poco después estaría de camino a Sagres, conversando con mi perro Infante, que había resucitado cual Lázaro, ignorando que en breve caería en la intricada red de amor a la que me Leocádia y el Africano me arrojarían. Sobre todo ella, que había surgido de las entrañas de la Tierra como una inocente Deméter a la que nunca descifré, ni siquiera ahora, cuando me hallo al borde de la finitud, con Amélia custodiando mi cuerpo como en un velatorio. Con su rostro oriental, vivaz para su edad, infunde ánimo a mis gestos cansados. Y me ha prometido que me abrirá los ojos cuando haya dado mi último suspiro, antes de huir, tal como le pedí.

No dejaba de interpretar sus expresiones. De vez en cuando me aseguraba de cómo velaba por las monedas que yo iba dejando sobre la encimera. La había invitado a cogerlas cuando le hicieran falta. Pero en sus manos el dinero se eternizaba.

—Un día, cuénteme qué la trajo a Lisboa —le dije como si así le diera las gracias por sus quehaceres.

—Es pronto aún. —Y sonrió.

Mi abuelo no se equivocaba. Desde la infancia, le había oído declarar que merecía más la pena soñar que vivir. Tal sentencia provenía de un gallego llamado Xan que, un día que pernoctó en la taberna, aseguró que era la fórmula más adecuada para soportar la vida y compensar las penurias. Este gallego de Cotobade se reía a carcajadas, exhibiendo con altanería una dentadura mellada, con pocos dientes, para que nadie lo olvidara.

110

En la ciudad sigo siendo un ermitaño que comparte sus días con Amélia. Se mueve a mi alrededor con sigilo para que me pase desapercibida su presencia. Duerme a mi lado, en el colchón. Se desvela conmigo, reparte lo que encuentra y yo hago lo mismo. Con ella aprendo lecciones de generosidad. Lee lo que pienso, saca a la luz mis miedos. Pero evita hacerme confidencias. Ahuyenta la tristeza con retazos de su vida. Me trae un vaso de agua cuando no tiene vino ni té. Se mueve con una sutileza que la embellece. Esta mujer que se precia de no serlo, está empezando a fascinarme. ¿Quién es ella?

Hasta que apareció Amélia, no contaba con muestras de solidaridad de nadie, menos aún de alguien de mi sangre. Y lo acepto. ¿Por qué pedir pan a un desconocido si yo nunca le he dado nada? Es cierto que en muchas ocasiones alguien me ha dado un plato de sopa. El alimento de Dios, hortalizas a las que basta añadir agua de manantial para que el ágape se multiplique. Como un milagro de Cristo, cuando los apóstoles instaron al Maestro a dar prueba de su divinidad y que contara para qué había venido.

La multiplicación del pan, ocurrida en tiempos remotos, nos impulsa a vivir, a rechazar el suicidio colectivo. Si no contáramos con esta creencia, ¿cómo evitaríamos los caminos al calvario?

Miro demasiado a Amélia, que ahora pela patatas. Tal vez en Sagres se habría preguntado si existía el momento adecuado para tener fe, para confiar el uno en el otro, para apostar por el futuro. Amélia me ha respondido con la mirada. A través de ella he visto a Leocádia, me gustaría saber si aún vive. Cuántas veces me acerqué a hurtadillas al muro de su casa, con la esperanza de verla aparecer en la terraza, ayudada por su tía, como si pudiera caminar sobre las aguas del Tiberíades.

Y es que había oído decir que, al menos una vez al año, de mañana, su tía la dejaba junto a la ventana para que le diera el sol. Tal vez para darle la ilusión de que podía andar con sus propios pies por Sagres, con presteza y elegancia. Y que, de tanto quererla, hasta el punto de ofrecerle, al amanecer o al crepúsculo, el cetro de su majestad, Matilde estaría apartando la corona de espinas que atormentaba a los desvalidos.

La memoria me ayuda, y yo a ella. Me ayuda a reconstruir al detalle todas las veces que, apoyado contra la tapia de aquella casa, esperé que fuera el día del año en que su tía la sacaría a la terraza y yo podría contemplarla aunque fuera de lejos. Pero no aparecía y yo sabía que estaría postrada en la butaca de la sala, obviando las órdenes de mis ilusiones, anhelando un amor que solo podía brotar de una posibilidad milagrosa, y que me decía que Leocádia no me amaba.

No quería que Amélia conociera mis carencias y las comparara con las suyas. No éramos iguales, las diferencias nos definían. Sentado en la mecedora, era capaz de contar las veces que había visto a Leocádia. En cierta ocasión, después de ocuparme del jardín, la estuve contemplando. Vi que estaba estática, con el libro en las manos, sin llegar a apoyarlo en el regazo, pasando las páginas lentamente, como si le costara renunciar al fragmento que acababa de leer y seguir avanzando. A través del cristal velado, mientras ultimaba las tareas de la casa, acompañaba a Leocádia en la cárcel donde distraía su corazón, recurriendo a la imaginación que le había dado su madre, haciéndole creer que vivía bajo la protección de Diana, la diosa de la caza, que llegó del templo con el arco y las flechas, la dejó en la cuna, en casa de Matilde, asegurándole un origen divino que pocos tenían. Y este hecho amplió su imaginación, del mismo modo que acudir a misa los domingos le permitía, sobre todo, comprobar que en Sagres, aparte de su familia, existían otros seres vivos.

La joven vivía sumida en la inocencia, ajena a la noción del pecado, libre de la impetuosa violencia de los hombres. Para Leocádia, cruzar la verja de su casa, encontrase con el paisaje humano, tan inédito, comportaba desvirtuar las formas de la realidad de la que formaba parte.

En el cuarto de la casa donde el anticuario me acogió, el sexo renunciaba a la nobleza del corazón. Al no purificar mi espíritu, me abrumaba con ideas ordinarias que me avergonzaban. Hasta que un día emprendí otro rumbo, expulsado de Sagres por Matilde. Pues corría el riesgo de que esta denunciara mi perversidad y la de Akin.

Dando muestra de una sutileza cruel e insaciable, no paró hasta conseguir lo que pretendía, perdernos de vista con la convicción de que jamás regresaríamos. Pero la quimera me mató a mí y no a ella.

111

Algunas imágenes se superponen a otras. Se confunden y no sé hasta qué punto me trastocan y me distancian de las historias que ocupan mi mente y que narro al azar. Aunque se presentan tal como debe ser, sin el rigor de una memoria incapaz de establecer una secuencia y ordenar el caos del corazón humano.

Miro la figura menuda de Amélia. Ahora la llamo por su nombre, que repito a menudo. Ella me trata con deferencia, como si aceptara mi supremacía racial. Hace siglos Portugal se apropió de su mente, un estigma del que yo me beneficio. La marca de la inferioridad dirige su vida, me debe pleitesía o vasallaje.

La fragilidad y los años han encogido su cuerpo. Ignoro su origen, no sé si es china o japonesa. Tal vez sea Bárbara en persona, reencarnada para despertar en mí pasiones y arrebatos por última vez. Una es la fuente de vida de la otra, que naufragó en un mar inhóspito. Murió para salvar a Camões.

¿Estaré inventándome una vida entorno a esta vieja, o en torno a la otra, Bárbara, para conceder a la primera, la que me acompaña, un espacio noble en la historia de la literatura portuguesa, porque ya no sé vivir sin fabular, sin perjurios, sin demoler lo ajeno y apropiarme de sus cimientos? ¿Es posible que en la decrepitud solo persista mi habilidad para escamotear? ¿Cuando la imaginación deviene el único puntal, el pan que reposa sobre la mesa?

Esta oriental llamada Amélia, hoy ya envejecida, me sorprende a cada despertar. Ya sé algo de su vida, por lo que me ha contado. No sé por qué nos unimos en esta Lisboa apestada por las fiebres, por el control de los poderosos. ¿Y por qué los dos seguimos vivos? Yo sé que en la primera luz del día y en la oscuridad de la noche, cuando parecemos aturdidos, ella está presente. Es diligente aunque no le pida ayuda ni le pague por lo que hace. Lo cierto es que me sirve como si fuera la Bárbara de Luís

Vaz de Camões. Es rápida con las tareas, presiente que el tiempo es breve, que la muerte nos vendrá a buscar dentro de poco y que conviene ajustar las cuentas con ella. Hay que limpiar el alma y la casa antes de que sea tarde.

En este año de gracia, todavía en el siglo XIX, me hallo en las indómitas colinas de Lisboa. Y rememoro el día que conocí a Amélia, acurrucada entre las plantas, casi dormida, y fingí que no existía. No quería saber si aún respiraba. Después de los turbulentos sentimientos que había vivido, ¿qué podía despertar mi interés? Pero ahora, en esta buhardilla, este cuerpecillo a mi lado ha engordado con los días y su piel se va tersando. Sus pies pequeños se mueven como si tuvieran alas. Observo su cabello largo, negro todavía, que perteneció a una mujer otrora hermosa. No puedo mirarla con deseo. Mi órgano masculino ya no se agita, aun cuando lo incito, salvo al orinar. Lamento su inutilidad cuando entretengo consideraciones sobre Amélia. Últimamente he estado pensando que se merece una vida decente que yo no puedo darle. De hecho, no tengo por qué preocuparme por ella.

Me sorprendió el día que sacó de casa los restos de las heces, tal es su entrega. Me salva de varias maneras. ¿Es posible que su conducta sea un reflejo de su incipiente cristianismo?

Amélia añade carbón al hornillo de un solo fuego y luego sopla para que no se apague. Y va añadiendo a la sopa col, repollo, zanahorias, patatas, cebollas, ajo y trocitos de pescado que le han regalado en el muelle. Conoce a los pescadores y su universo. Se mueve en este entorno como si hubiera sido emperatriz en el pasado. Aprovecha incluso las hierbas que recoge en los jardines, pues sabe distinguir las buenas de las venenosas y dañinas. Sumerge los productos de la tierra en agua hirviendo después de salarla, salpimentarla en abundancia y, por último, echar el aceite. Su cultura oriental le enseñó a combatir el hambre con pimienta para sustituir la carne.

—Aquí está la sopa —ha dicho, con un fuerte acento, arrastrando las palabras.

Cuando hace un momento me hablaba de sus males físicos y morales, no la he interrumpido y he retenido cuanto me ha contado. Al principio, sus palabras fluían, luego, se ha emocionado y titubeaba al describir su sufrimiento, al revivirlo.

Ha preferido no contármelo todo, tiene sentido de la mesura. ¿Hasta dónde podría llegar sin sacrificar el don de la vida? Los sollozos la sacudían al hablar, a falta de un Dios que extienda sobre ella el manto de la bondad. Mediante ademanes que la hacían volver a la vida, resollando, no ha querido hacer hincapié en su suplicio.

Observando unas pautas, Amélia me miraba y apartaba la mirada al mismo tiempo. No quería que los recuerdos que evocaba volvieran a matarla. La arrancaron de su familia, cuya fortuna se reducía a una prole numerosa, el hambre y el exiguo espacio donde sobrevivían. Sus verdugos los visitaron con el propósito de llevarse a la hija mayor, a la que arrastraron por el suelo, pese a que sus padres suplicaban de rodillas que tuvieran piedad. Los crueles gendarmes impidieron a la familia defenderse, pues tenían la obligación de cederles a la niña que habían elegido. Antes de llegar a la puerta, Amélia vio por última vez a sus padres y hermanos. En aquel instante, moría para ellos y volvía a nacer como bestiario humano.

Fue deportada a distintas casas extranjeras. El trabajo físico consumía su energía y, si no lo hacía bien, le pegaban. Tal era la educación que recibía. Los hombres y los niños de la casa incluso podían violarla. Rezaba para morirse, para librarse del martirio. Pero tuvo la suerte de ser estéril, de tanto pedir a los dioses que la secaran por dentro, que destruyeran en ella la fuente de la vida. La certeza de su infertilidad le infundió valor para hacer frente a los monstruos del mundo. La llevaron a Portugal, descargaron en ella múltiples clases de semen, todos con el mismo olor repugnante. Había perdido el alma y aprendía a navegar por un universo sórdido, impregnado por las relaciones sociales. Refiriéndose con esto a que iba de casa al lupanar. Hasta que, con los años, un día decretaron que su cuerpo ya no servía.

—Cuando me encontraste en el parque, había decidido morir —me reveló, interrumpiendo el relato.

112

Amélia me dijo que no volviera a preguntarle nada, aun cuando tuviera dudas. Lo que me había contado era la única versión de su triste historia. Si añadía algo más, tal vez mentiría para atenuar su inmenso dolor.

Al pedírmelo con una voz sibilante, me sorprendió su fuerza interior, la cual seguramente se debía al hecho de haber sobrevivido. ¿Qué sentido tenía vivir cuando la vida no valía la pena? ¿Qué sentido tenía hacer un esfuerzo diario para combatir las ofensas del mundo? Penosa represalia. Sin apenas darme cuenta, ahora Amélia era quien mandaba. No le hice más preguntas. Me fijé en el ritmo que imprimía a cada frase, aliviando la respiración.

—Todo cuanto sé de mí te lo he contado. El resto lo he olvidado. Para seguir con vida.

Fue lo último que me dijo y, durante mucho tiempo, me amenazó con un denso silencio. A juzgar por sus gestos, había vivido otras experiencias, pues había tenido una vida larga antes de conocernos. Sin embargo, me insinuó que había conocido tragedias de hombres y mujeres hasta la extenuación y, por lo tanto, conocía de sobra la naturaleza humana, cuya carne era nuevo pasto para los gusanos cada día. Y, decidiendo anticipar su propia muerte el día que nos encontramos en el parque, pensaba que todos debían seguir su ejemplo, dado el grado de infelicidad que puede alcanzar la existencia. Pues nunca había conocido a nadie con un balance de vida alentador y prolongado.

El desahogo de Amélia me llevó a preguntarme por qué, en medio de tanta desgracia, los portugueses habían escrito poemas y romances en nombre del amor y las hazañas heroicas que aplaudían. No le dije nada, la esencia del drama me era indiferente. Me interesaba leer en el rostro de aquella mujer todo lo que pudiera confesarme, las partes que faltaban de sus capitulaciones. Pues me revelaba un universo desconocido que, sin embargo, traslucía bondad, paciencia, un tremendo coraje de vivir.

Al principio evitaba darle las gracias por sus cuidados. Quería que se hartara de mi presencia, que me dejara. Que viera en este portugués a un bárbaro que mataba indiscriminadamente y destruía la cultura de los pueblos.

Me tomaba el caldo con voracidad, lo cual era una forma diabólica de mostrarle mi gratitud. Pero ella interpretaba mis formas zafias como una manera de disfrutarlo. Tanto era así que repetía estos ofrecimientos con el paso de los días, que luego fueron semanas. Resistíamos juntos, mientras yo soltaba sobre la encimera, junto al hornillo, los patacos que tenía, por si hacían falta para mejorar las comidas. Aun así, ella solo recurría a las monedas cuando recogía menos sobras en sus salidas al mercado, siempre provechosas. Y el dinero se quedaba allí, expuesto al sol y a la oscuridad. Luego, alguna que otra desaparecía para traer a cambio alguna vianda que me agradara.

Amélia llena mi vida. Se preocupa por mí como nadie. Es como mi abuelo Vicente, que en paz descanse, que decía constantemente cuánto despreciaba a aquellos delincuentes de entonces, embusteros de la corte, y reyes dignos de ser decapitados. Me extrañaba que mi abuelo, sediento de venganza, alineara en su discurso a monárquicos y conservadores, lo cual demostraba que conocía un amplio espectro de la desdicha portuguesa.

A veces camino entre los desterrados hijos de Eva, como decía el pueblo al orar. Ahora que me ayudo del cayado que Amélia me ha dado, un signo de que empiezo a desarrollar una tercera pierna. Me entraron ganas de regañarla. ¿Con qué derecho se atreve a insinuar que mi declive es tan evidente que ya no puedo usar las piernas? Pero así es, mi verga está marchita, mi cabeza, pesada, mi paso es inseguro, solo me queda declarar mi propio fin.

Acepté el cayado y me callé. Lo cierto es que me dio fuerzas, me hizo un hombre nuevo. Ah, Amélia, ¿de dónde has salido?

113

Mi abuelo Vicente solía animarme con sus promesas, igual que Amélia ahora. Como la de que convenía sacrificar a nuestro tan querido cerdo a cambio de carne que nos alimentaría a lo largo del invierno. Vivíamos de la longevidad de los animales.

Su voz todavía resuena en mí. Sus advertencias sobre el vértigo de las emociones que nos desvían del camino a la redención. Así fue como, sin ningún mérito, me dirigí a Lisboa bajo el pretexto de pulir el alma. Y de allí a Sagres, esperando que el fantasma del infante don Enrique ensanchara mi corazón portugués. Del mismo modo que el capitán Gil Eanes, que tras sortear olas feroces y arrecifes afilados, rebasó el cabo Bojador.

Incluso ahora, en la vejez, rastreo el pasado, la aventura portuguesa en África que, después de conquistar Ceuta con indiscutibles indicios de crueldad, ejecutaron a miles de musulmanes que repudiaban el cristianismo. Una pesadilla que todavía me avergüenza, porque compromete al Infante. Ese príncipe que, en el curso de una vida salpicada de éxitos, se equivocó, sin poder evitar un imprevisto que lo maltrató con dolores y conflictos de conciencia relativos a su hermano Fernando. Hoy lo veo de otro modo, despojado de las fantasías de antaño, y quisiera preguntarle, en presencia de Amélia, si la gloria valió la pena.

Un día me trajo un caldo con nabas duras. Dentro flotaba la cabeza de un pescado con los ojos desorbitados. Un náufrago rescatado de una cesta del mercado de la Ribeira, donde los pescaderos echan los desperdicios y restos que los clientes desdeñan.

Le fui tomando cariño poco a poco. Por respeto a su bondad, no le preguntaba de dónde venía aquello que nos mataba el hambre. Notaba que, en su afán por sobrevivir, se atrevía a enfrentarse a la prepotencia del mundo. Se dejaba humillar, permitía que le hirieran el corazón siempre que fuera a volver a casa con comida.

Amélia intuyó muy pronto mis angustiosas carencias. El sufrimiento que se resguardaba en mi pecho. Secretos que intentaba aplacar por la noche y que resurgían con amenazadora virulencia.

Ella no dominaba los códigos que me regían. Temía ofenderme, parecía querer arrodillarse a mi lado, cogerme la mano trémula entre las suyas y escuchar mi confesión, como un sacerdote. Ansiaba aliviarme de una culpa tan grave que me impedía tener una muerte serena una vez perdonados mis pecados. Estaba dispuesta a eliminarlos en nombre de aquellos que me habían ofendido. Y, quién sabe, quizá así también suprimiría la vida que había tenido.

Lo cierto es que intentó apaciguarme al contarme retazos de su historia. Además, cuando me hablaba, su voz era como la flauta de un pastor encastillado en el pico de una montaña, en la Argólida, rodeado de ovejas.

114

Reconozco que todo este tiempo en Lisboa, con Amélia, la oriental, siempre a mi lado, como si me amara, he sido un hombre libre. Mi abuelo fue el único anclaje en mi vida. Aparte de él, nadie se vinculó a mí, ni siquiera con el pretexto de envolverme un día en un sudario.

Conservo en la memoria la imagen de aquel andariego que otrora abandonó la aldea del Miño después de enterrar a su abuelo y entregar su casa a su madre Joana. Todo se ha disuelto con los años y ya no tengo paredes donde colgar un cuadro que conmemore un momento feliz. Sin el refugio de una realidad propia, sobrevivo al amparo del miedo que tenemos los desposeídos. Poco a poco he ido perdiendo los preceptos que me ayudaban a comprender las cosas.

Transito por las calles de Lisboa, entre Alfama y el Chiado, y llego al pulmón de la ciudad. Cruzo callejuelas, implacables cuestas, y participaré de las celebraciones habituales de la avenida Liberdade, que une Restauradores con la plaza del Marqués de Pombal. Su belleza trasladó París a Lisboa. A pesar de las zonas verdes que existen, aquí no tengo la naturaleza de mi aldea, del norte, donde podía sentirme de repente mitad animal mitad hombre y entregar mi alma confusa a los árboles que parecían hablarme.

En esta habitación oscura que comparto con Amélia, sufro la escasez y el invierno que nos azota. A través de la ventana, grito para que el mundo me oiga y para que Amélia sepa que la vida se rebeló contra nosotros hace mucho tiempo.

Quizá ahora me deshago de la rabia, la culpable de mis desdichas, porque estoy a un paso de la muerte, pues tal es mi destino. Evito muchas aflicciones a Amélia. Así pienso últimamente, más de lo que hablo. Confiando en que ella, al escuchar lo que digo, no me quite las palabras que siembro. Pues lo que le cuento de un tiempo a esta parte es materia exclusiva de una imaginación que nació conmigo, que heredé del Miño y de mi abuelo. Con todo, la materia sucia y vagabunda derivada del mundo y sus imperfecciones, que maldigo, sale de mi madre. Paciencia.

Mi abuelo me dijo que una vez herí la sensibilidad ajena al pronunciar frases inaceptables. No me defendí ni pedí perdón. Mi abuelo se enfadó. Si yo tenía facilidad para la lengua, debía usarla para enaltecer las relaciones humanas. Y zanjó la cuestión.

Le besé la mano en muestra de agradecimiento. Ambos sabíamos que su lengua era como la mía y que, por lo tanto, podía hacer con ella lo que el corazón le pidiera. Él sabía que, si alguna vez se veía obligado a hablar de la vida del vecino, ya fuera acaloradamente o con moderación, haría hincapié en la lengua y no en mí, que solo la utilizaba.

—Abuelo, ¿verdad que la lengua es nuestra, que nadie nos la puede quitar?

Asintió con la cabeza. Aspiraba a que su nieto, en el futuro, encauzara su corazón desorientado hacia el epicentro de la lengua lusa. Pero tenía que saber que, para ello, debía estar decidido a morir por ella.

Aquella noche no dormí. Nunca volví a ser el mismo.

115

La noche antes de marcharme de la aldea, antes de salir de casa, volviendo la espalda a mi madre, que heredó todo lo de su padre, dejé sobre la tumba de mi abuelo una nota que escribí a la luz de la vela. Quería que mi abuelo, recién enterrado, supiera qué camino iba a tomar tras mi decisión de partir. Ya no había lugar para mí en el hogar donde ambos habíamos vivido en paz, a pesar de la lucha interior que cada cual había lidiado. Desde niño sabía que jamás cambiaría lo que él y yo habíamos compartido, el goce de la vida, por el palacio del rey, en la corte de Lisboa.

Siento apremio por alejarme del horno en el que cocíamos nuestro pan de cada día, el único que teníamos. Después de su muerte, abuelo, abandono el pesebre que montó una noche de diciembre a instancias del cura de la parroquia que llegó de Tuy con ideas innovadoras para darnos prueba de la fe que teníamos en el niño Jesús. Y de la fe que depositábamos en los artesanos del Miño. Auténticos creadores de arte que nos hicieron llorar y rezar sobre la cuna del hijo de María. Una escena que ahora ya solo es un recuerdo. Adiós, abuelo, ya no puedo hacerle compañía. Voy a cruzar Portugal a nado y a pie. Espero llegar a la otra orilla de cualquiera de nuestros ríos. Usted fue y siempre será mi familia.

Enterré la nota bajo las hojas caídas, sin que me importara que alguien la encontrara y la tomara por una reliquia. E imaginé a mi abuelo susurrándome unas palabras: nuestra pobreza siempre ha sido honrada, igual que nuestro sudor, aprecia, pues, cada recuerdo, ya que valen un mundo.

Los dichos de mi abuelo iban y venían, me sustentaban. Nunca consideré oportuno confiarle a nadie lo que sentía. Me está costando decidir si debo hacer partícipe a Amélia de la intimidad que compartí con él, como si fuera a traicionarlo. Tantas décadas después, todavía no he aceptado su muerte, no lo he enterrado, lo mantengo vivo. Me costó asumir que acabaría en una tumba para siempre. Me resistí incluso cuando, en su última noche, me pidió que lo liberara de las cadenas terrenales, que lo dejara partir. Y le dije que no, que debía quedarse para ayudarme a cargar con el peso de mi vida. Mi corazón lo abrigaría, le daría calor, mi sangre lo renovaría.

Amélia me miró como si quisiera aliviarme. No estaba allí para escuchar mi confesión. Ni siquiera sabía qué significaba arrodillarse para expresar lo que uno guardaba en un recoveco del alma. Cualquier cosa que nos contáramos con el consentimiento del otro contaba con la ventaja de que desaparecía. O más bien se olvidaría. Pero nada de lo que le conté fueron palabras vacías.

116

Junto a Amélia sigo siendo libre para recordar e inventar. Se distingue por darme libertad para olvidarla, como si no viviera allí. Pero yo ya no puedo hacerla desaparecer de casa ni de mi horizonte.

En ocasiones alcanzo a divisar Sagres. Desde el promontorio o, más abajo, desde el cabo de San Vicente, me invade la fuerza de su paisaje mágico, inmerso en las aguas del Atlántico que revientan contras sus acantilados indómitos e inaccesibles. Desde aquel litoral, don Enrique, el Infante, infundió ánimo de conquista entre los portugueses, a los que convirtió en navegantes que inauguraron la mitad del mundo.

Ahora, en la capital del imperio, con Amélia, que me ilumina y me deslumbra al mismo tiempo, aprecio el agua cristalina que me trae de la fuente y agradezco el encanto que algunas mujeres esparcen por el mundo.

Sin embargo, también sufro un exilio exento de heroísmo. No he hecho nada para que reyes y hombres públicos me aclamen ni he superado escollos en altamar. Es más, aún hoy me mortifico pensando en Leocádia y en la atracción que sentí por la carne africana.

Tiempo atrás, mi abuelo y yo nos reíamos, compartíamos ilusiones, lamentando nuestra suerte, sin llegar a infringir los dictámenes de la pobreza. Para compensar nuestra lucha constante por sobrevivir, yo recurría al Infante, que el profesor Vasco me descubrió, bajo la promesa de conocer en breve su reino.

La vida que mi abuelo y yo compartíamos en la misma casa estaba subordinada a los cultivos. Vivíamos condicionados por el sueño de mi abuelo de adquirir algún día un pedazo más de tierra. Aunque esto no habría cambiado mucho las cosas, consumía el tiempo dando salvado a los cerdos y heno a las vacas, exprimiendo la leche generosa de sus ubres, plantando patatas, maíz y hortalizas. Amén de arar, fertilizar lo que podía, cuidar de los animales de pluma y de cuatro patas, en especial sus preferidos, como Filomena y Jesus, algunos de los cuales podían guarecerse con nosotros. Pues los queríamos.

Nunca proyectamos un futuro idealizado en el paisaje que teníamos delante. No había nada capaz de romper un sistema que nos privaba de recursos, de educación, de herramientas que propiciaran el sembrado. De modo que ninguno de los dos tenía a la vista un porvenir audaz.

El esfuerzo de mi abuelo, unido a mis brazos musculosos, no alentaba ambición alguna. Tal vez por esto Sagres acabó siendo una salida prometedora. Porque siguiendo su estela aprendía a explorar la imaginación, el territorio donde el Infante fundó los cimientos de Portugal y donde transmitiría a los cronistas el tono apasionado de sus narraciones. Con el pretendido efecto de que nunca más se olvidara, por los siglos de los siglos, que habíamos superado con intrepidez el maldito cabo Bojador y habíamos llegado al otro lado del mundo.

De camino a pie hacia Sagres, lo recuerdo bien, me acompañaba mi perro Infante, lastimado todavía, con heridas que le fui curando a lo largo del viaje. Por las noches, vigilantes, expuestos a los peligros de un posible asalto, imaginaba cómo debió de ser, en la época del príncipe, enfrentarse a vendavales, monzones, monstruos marinos, el escorbuto, las plagas, la violencia de los bucaneros armados. Para elevarse a la categoría de mito había que ser un dios.

Le hablaba a Amélia con frases seguidas, algunas inconclusas. Tal vez con el deseo de que hiciera el esfuerzo de extraer el sentido a lo que le contaba. Enseguida abandoné este método injusto, impropio para la comprensión de una historia. Y fui proporcionando palabras que, asociadas entre sí y en su conjunto, hacían comprensivo el episodio. Y ella sonrió, apreciando la naturaleza de la melancolía.

Yo le gustaba, acertaba en la dosis de realismo y ficción. La intención era llegar al fondo de mi verdad. Escuchando el corazón de Amélia, comprobé que desconocía la historia de Portugal. Le expliqué que en Sagres, donde yo había vivido, Ambrósio, el anticuario, me cuidaba como ella, preparándome platos calientes a base de pescado. Era comida muy distinta de lo que tomaba en la aldea, rebañando con pan la grasa, el ajo y el tomate con un chorrito de aceite y una pizca de sal gruesa. La fe ayudaba ahuyentar la escasez.

Al mencionar la comida de aquellos días, pretendía rendir homenaje a la oriental que, gracias a su empeño, conseguía que saciáramos el hambre. Gracias a la proeza de enfrentarse a días adversos con el mismo valor de los navegantes de antaño. Y destacando sus méritos, surgió el halago que nunca había recibido.

Según me contó, desconocía el significado de la seguridad de la cuna, de la familia que se le arrebató tan pronto. Vivió por su cuenta en el mundo, como si no existiese. Le hablé de la abundancia que existía en Portugal, de los nobles y burgueses acomodados en palacios y mansiones, ajenos al olor putrefacto de los que nacían en la miseria, cuya desidia criticaban. Nos veían y nos maldecían con rabia.

—Son los dueños del mundo, pero no son más que gentuza portuguesa.

Su riqueza no les satisfacía, no era suficiente. Rivalizaban con ocupar en el futuro las salas de los museos, el panteón, desvalijar la patria. Y se deshacían de los que no eran elegantes o elocuentes como ellos.

—Serán cadáveres en breve. ¿Qué valor tienen comparados con Camões?

Nada de esto impresionó a Amélia, parecía acostumbrada a oír hablar de esos hombres arrogantes con la panza llena de faisanes, marisco, jamones asados y dulces de convento. Me oía vociferar como si estuviera en una plaza pública, apelando a la confianza de algún portugués contemporáneo, y no me reconocía. Ensalzaba a mi abuelo, que aun extenuado tiraba del arado como un guerrero casi ciego que empuña la espada contra el enemigo, guiado por la brisa de la esperanza.

En aquellos días también comparaba a Amélia con otros personajes valientes. Con denuedo, me salvaba todas las mañanas con comida y amabilidad. A cambio, yo le contaba relatos.

Entre los primeros, le narré el episodio en que el infante don Enrique cruzó el estrecho de Gibraltar y desembarcó en Marruecos. Adentrándose en la región sin impedir el degollamiento de los infieles con la pretensión de implantar el cristianismo. De ahí que se lanzara con éxito al Atlántico, embarcándose rumbo a lo desconocido, dejando a su paso cautivos y vírgenes desvalidas.

—Sácame de este mundo, es una cárcel —murmuré ante la mirada apenada de Amélia.

117

Decían que ya no tendría que estar entre los mortales. Los engañé a todos. Aquí sigo, en Lisboa. Me despierto y cuento los males que me afligen. Son tantos que me confundo y vuelvo a contar. Enumerarlos me permite tomar conciencia de los pocos bienes de que dispongo, como las atenciones de Amélia. Ella me anima a tener paciencia, a aceptar el sombrío día a día.

Me distraigo observando las hormigas que forman una fila de guerreros en la batalla de Aljubarrota, en la que Portugal derrotó a los españoles. Explico a la mujer china la importancia del arco largo que usaron con insospechada pericia los ingleses que participaron en el combate histórico.

Amélia se agacha en el suelo para escuchar mis relatos después de servirme un caldo que ha preparado con cresta de gallo y mollejas. Intuye que estoy a punto de contarle una historia que exige atención. Se ha acostumbrado a la falta de cuidado con que interrumpo a veces mis narraciones, indiferente al brillo de sus ojos, cómplices de mis palabras. Somos afines a algunas vidas pasadas, a los muertos cuyos actos de valor alinearon Occidente y Oriente en la misma sintonía. No tenemos demasiado en cuenta la lógica de la veracidad, ya que no nos incumbe. Por esto aceptamos con cierta resignación a héroes, hadas, elfos, traidores y, ahora en la vejez, la farsa de la historia.

Junto a Amélia, ante la visión de su cuerpo cansado pero valiente, me pregunto quién soy para esta mujer a la que apenas conozco. Un simple narrador que cree arrojar luz sobre la historia de la humanidad, sobre cuanto aprendí precariamente, a través de caminos fraudulentos. Y que tras ausentarse de Portugal durante tantos años regresó sin ganancias, con apenas unas monedas, y que ahora se pregunta, desde la decrepitud, si todavía le interesa el misterio, ahora que Amélia lo cuida para que no se muera.

Sigo viviendo sin ilusiones. Igual que mi abuelo, que tenía motivos para desconfiar de la corona portuguesa, que prometió extender al pueblo los beneficios derivados de la confiscación de propiedades de las órdenes religiosas que fueron eliminadas por decreto real. Inicialmente se comprometieron a ceder parte de la recaudación, o de las tierras, a los campesinos, pero acabaron transfiriéndolas a un precio infame a burgueses y nobles y a políticos de la facción liberal que se beneficiaron de la guerra civil iniciada por Pedro IV y don Miguel. Excluyeron al pueblo de este reparto, ni siquiera distribuyeron, como habían prometido, semillas para el plantío o abono para fertilizar tierras estériles. Se limitaron a revocar los derechos estipulados en los decretos originales que firmaron.

Mi abuelo siguió de lejos la guerra entre las huestes de Pedro IV, procedente de Brasil, y las de don Miguel, que fueron derrotadas. De acuerdo con su espíritu crítico, veía como una farsa las decisiones que se tomaron entonces, pues eran un falso reflejo de la inclinación progresista del nuevo gobierno.

Un día, durante un debate en la taberna, en medio del bullicio de clientes ávidos de vino y de vida, su voz sonó por encima de la de los demás. No daba crédito a lo que decían bajo el efecto del alcohol. A pesar de todo, la mayoría seguía confiando en los gobiernos vencedores. De modo que puedo imaginar con qué exaltación debieron de defender sus respectivas posiciones. De haber estado vivos, mi abuelo y António habrían debatido sobre la promulgación del Código Civil de 1867, que fue concebido para mejorar los derechos de los portugueses y para determinar la abolición de la pena de muerte para los crímenes civiles.

Recuerdo la contundencia con que mi abuelo, mientras se tomaba la sopa, se oponía a cualquier medida que concediera libertades a los criminales. Puesto que había sido testigo de un atroz derramamiento de sangre, habría considerado inaceptable una ley que atenuara la culpa de los asesinos. Jamás habría perdonado a alguien que matara a su hermano.

Siempre que oía debatir a mi abuelo y a António, que solían tener opiniones opuestas, no apoyaba a ninguno de los dos. Mi espíritu de venganza, por ejemplo, no concordaba con la ley del talión que mi abuelo habría aplicado.

Puesto que siempre me consideré esclavo del implacable destino, acogí con gusto la acertada decisión de abolir la esclavitud. ¿Cómo aceptar que un individuo pudiera ser privado de libertad, sometido a un título, privado de moverse por el mundo a voluntad, o de suicidarse si se hartaba de vivir? Y solo por el color de su piel y por proceder de regiones tribales indefensas, de culturas consideradas inferiores, eran explotados de forma inhumana, pasando por alto que estaban vulnerando la esencia del cristianismo.

Amélia había sido esclava, sabía qué significaba que alguien se sirviera a su antojo de un cuerpo ajeno. Y, si le hubieran pedido que se desnudara, posiblemente en su piel habrían visto, como en el lomo de un animal, marcas causadas por un hierro candente como señal de propiedad.

La posibilidad de que Amélia hubiera sido esclava me martirizaba. Al venirme al pensamiento, incliné la cabeza para que no viera mis lágrimas.

118

Ayudado por el bastón, ando por las inmediaciones del castillo de San Jorge. Abatido por la apatía que siento ante las circunstancias de la época, me pregunto si alguna vez han existido tiempos alegres, decorados con guirnaldas, que merezcan alzar una copa de vino y brindar con entusiasmo por una cosecha abundante. ¿Es posible que nunca haya tenido una excusa para celebrar algo que valiera la pena, por el hecho de haberme rodeado de gente sin esperanza? De un hatajo de miserables, del que formo parte, con los que compartiré mis últimos años de vida.

Soy imprevisible, no me atrevo a confesar mis delitos. Me protejo de los demás con una máscara invisible. Temo que Amélia descubra un día la verdad que guardo en mi pecho. Sabe que soy un hombre taciturno que malgastó sus días pecando. Sin embargo, de nada sirve que intuya sobre mí lo que aún no puedo darle. Una carga pesada que oculto. ¿Cómo borrar las huellas que revelan los lugares por los que transité en mi afán de ser feliz?

Estoy en Lisboa. No soy de esta ciudad, provengo de la circunscripción del Miño, que he borrado de mi mapa particular. Han pasado tantos años desde que me despedí de mi tierra. No sé valorar el saldo a mi favor. Lo que perdí en cada año de mi vida. Fueron décadas de castigo sin tregua, sin alivio, sin oportunidades. Mi propia lengua me enseñó a exagerar para describir mi estado. Esta misma lengua no me redimió por haber amado a Leocádia.

Aún conservo Sagres en la retina, donde falleció el Navegante en su solitaria fortaleza, con pocos acólitos que lo acompañaran. El promontorio es un retrato en sepia, un color tenue, de muertos que claman por el rojo. En cambio, mi memoria es como un caleidoscopio al que recurro para teñir el mundo de diversos colores. Pero no sirve de nada, pues el negro envenena mi vida y Amélia se viste de gris. Apenas lleva adornos.

Amélia es la luz del día. Sé que estoy vivo gracias a ella. Cuando se mueve a mi alrededor, espera que mi corazón se anime. Como si desde su modestia quisiera aplacar los tristes motivos que me expulsaron del paisaje del Algarve y me llevaron de vuelta a Lisboa con mis fantasmas.

De regreso a la capital, los tiempos pasados insisten en atormentarme, en excluirme de este mundo portugués. En respuesta, purgo mis culpas y los siglos que fueron atroces para el pueblo del campo, inmolado en el altar del clero y los escalones del trono. A mí, me obligó a ponerme de luto por aquellos a los que amé. Como mi abuelo, mi asno Jesus y el Infante de cuatro patas cuya muerte nunca menciono porque me angustia. También la muerte del príncipe Avís, don Enrique, al que conocí gracias al apasionado maestro de mi aldea, Vasco de Gama, que fomentó con denuedo la imaginación de sus alumnos aun cuando la realidad nos maltrataba. Yo estaba convencido de que el príncipe en persona, establecido en su fortaleza, perseguido por el recuerdo de su hermano, el príncipe Santo, me exigía rendirle tributo algún día.

En la adolescencia era fácil creer. El profesor me inducía a tener fe en el futuro a medida que iban naciendo sus hijos y él se iba empobreciendo. Ingenuo maestro. Consideraba que yo estaba preparado para el viaje, a despecho de mi abuelo, que se enfrentaba a aquel soñador desamparado. Incluso al salir de clase, el profesor Vasco argumentaba que el Infante había averiguado antes que nadie que el universo se dividía en múltiples espacios, acechados por aves de rapiña que, bajo forma humana, se disponían a poseer sus bienes y cultura.

Al verme débil, Amélia me sugirió que descansara. Era como si me ofreciera unos anteojos para que pudiera ver sin esfuerzo. Y como si, a través de los recuerdos, fijara la vista en aquel promontorio habitado por mitos, por muertos, y oyera los cantos de las sirenas, pues la había convencido de que estas existían.

119

Amélia ampliaba sus conocimientos. Le espantaba el tamaño de la Tierra, la idea de que superara tanto lo que ella había calculado. Su imaginación reflejaba un espíritu discreto, sensible. Se creía cuanto yo le decía. Cuando le aseguré que había estado en Brasil, se sentó en el suelo, dispuesta a escucharme.

—Yo te lo contaré, Amélia, si de verdad quieres saberlo. Porque es un país en las antípodas del tuyo. No puedes estar en él y en el tuyo al mismo tiempo. Si tú y yo tuviéramos alas, multiplicaríamos la visión del universo.

Le dije el año del siglo XIX en el que había desembarcado en Río de Janeiro, una ciudad profundamente bella, que no se ajustaba a la idea que yo tenía de ella.

Al llegar, el barco atracó en un muelle abarrotado de hombres. Blancos dando órdenes a negros con el pecho desnudo, sudado, que eran esclavos, de lo cual no me di cuenta al momento. Nos quedaríamos en la ciudad el tiempo que tardaran en desembarcar las mercancías que llevábamos en las bodegas para luego llenarlas de nuevo con las que irían destinadas a otro puerto. Pero, en aquella ocasión, nos comunicaron que tendríamos un día libre y pernoctaríamos en la ciudad.

Hacía años que realizaba estos trayectos oceánicos, ingratos y agotadores, entre países e islas. Llegábamos al Pacífico cruzando el llamado triángulo escaleno y seguíamos por este océano. Pasé dos años en Angola, sin duda hermosa, pero ya ni recuerdo qué hice allí. Poder hablar portugués era un alivio. Recorriendo los océanos, me desalentaba ver tanta miseria de cerca. En estos barcos envejecía deprisa, empezaba a faltarme energía, en tanto que el pasado me acompañaba. Hacía mucho tiempo que deambulaba de un polo al otro de la Tierra. Cuando cruzara otra vez el ecuador, debía concebir otra forma de vida con el dinero que había ganado, olvidar lo vivido, abreviar el epílogo, en fin, escribir mi epitafio.

En cuanto puse los pies en Río de Janeiro me di cuenta de que no conocía aquella sociedad, las turbulencias políticas, ni que funcionaba con mano de obra esclava. Es decir, que era dada a esclavizar al prójimo a pesar de las voces discrepantes. No sabía nada de aquel país que había sido nuestro. De sus costumbres, de sus prácticas, de sus olores, de su forma de vivir. En fin, ni de cómo desahogaban su apetito y su lujuria.

Hacía poco me había enterado de que el infante don Enrique incluía esclavos negros entre sus propiedades, había participado de este comercio vil y había sido uno de los primeros en hacerlo en Portugal. La revelación de que el Infante estuvo vinculado a este horror histórico mancilló mi conciencia y ensombreció mis días. ¿Ni siquiera los héroes se salvaban? ¿También ellos se hundían en el lodazal de las tentaciones carnales?

—Ah, Amélia, ¿qué vamos a hacer con nuestros mitos? —dije, y de pronto me invadió la tristeza.

¿Qué iba a contarle del Infante y de Brasil?

La mirada de Amélia me pedía que prosiguiera. Que siguiera contándole cómo desembarqué con mi bolsa al hombro, con la intención de pernoctar en la ciudad. Oía la lengua local y los entendía. Blancos y negros la hablaban, señores y esclavos, solo el acento era distinto del mío.

En un periódico abandonado en un banco del parque había leído la noticia de que la princesa Isabel, en ausencia de su padre, que al parecer se hallaba en París, había firmado la ley de vientres libres.* Corría el año 1871 del segundo reinado, con el emperador Pedro II a la cabeza, que era considerado un hombre ilustrado. La lectura me causó malestar. La esclavitud persistía en el país continental, una tierra exuberante, dada a un pragmatismo que sometía a los individuos a la degradación y no se atenía a su religiosidad.

---

* Ley también conocida como «libertad de vientres». Esta nueva legislación otorgaba la libertad a los hijos e hijas de esclavas al nacer. Hasta que no fue implantada, también nacían bajo la condición de esclavos. *(N. de la T.).*

Al parecer, seguía habiendo protestas contra la esclavitud. Los defensores de la ley abolicionista decían que esta no se correspondía con los designios propios de una civilización. Había que erradicar semejante ignominia, exigir la liberación absoluta de los esclavos y una red de protección social para los emancipados. Esto entendí de las noticias que leí. Pero ¿por qué me sorprendía que la civilización occidental conviviera cómodamente con la esclavitud? Si en la península ibérica y el resto de Europa lo que faltaba era inocencia. En general, eran fabuladores de utopías que negaban la práctica. No querían renunciar a la comodidad de tener esclavos.

No acababa de entender los fundamentos históricos que reflejaba el artículo, en qué estadio estaban los adelantos que habían propuesto los abolicionistas, sus apasionadas protestas. ¿Representaban sus reivindicaciones un sentido real de la justicia o formaban parte de la esfera de un ideal?

Decidí dormir con este pueblo. Paseando, me tropezaba con hombres en chaqueta, damas con vestidos largos y esclavos que se lavaban la cabeza en tinas que desprendían olores insufribles. Estos fueron los brasileños que vi.

Cuando me dirigía a ellos, me devolvían una mirada opaca, indiferente a mi persona, que desentonaba con el mestizaje ya arraigado. No entendía algunos matices de la lengua que hablaban. Para ellos yo no era una novedad, les daba igual que estuviera allí, en Brasil, siempre que no fuera para buscar pepitas de oro, que les pertenecían.

Quería decirles que, en cierto modo, ellos también habían estado conmigo en el siglo XV en Sagres, donde se originó aquello que compartíamos. ¿Acaso Brasil no se creó cuando se creó el mundo?

Hacía algún tiempo que me rondaba la idea de abandonar la vida en el mar, establecerme en una isla, como la que había concebido el vate de todos los vates, y vivir entre palmeras e indígenas que me cuidaran.

—Pero la vida no me lo permitió, Amélia. Después de pasar un tiempo en la isla que escogí, acabé volviendo a Lisboa.

Después de Río de Janeiro, se sucedieron otras ciudades, hasta que un día me despedí de la navegación. En cuanto a Brasil, recuerdo la noche que pasé en la pensión, escuchando de cerca el portugués que hablaban los nativos. Me habría gustado conocer al emperador Pedro II, de larga barba canosa, de la misma sangre que la difunta María II y de su hijo Pedro IV, que murió a tan temprana edad.

—Mi paso por Brasil fue fugaz, como si no hubiera estado allí. Al partir, le di la espalda y nunca más regresé.

120

Inicié una reflexión verbal cuya esencia coincidía con una realidad que Amélia podía entender bien.

Amélia lo agradecía y, a veces, después de terminar los quehaceres de la casa, se sentaba sobre el borde de la cama. Sin exigir nada, aguardaba en silencio el inicio de un relato que, para ella, siempre era una lección de vida. Un fragmento con el que se identificaba. Esto se debía a que poco a poco le iba descubriendo otra forma de existencia que, sin excluir sus misterios ancestrales, incluía a nobles y siervos como ella.

Amélia revelaba voracidad, no por la comida, sino por las palabras que parecían cantar. Ella, que se contentaba con tan poco y había sido víctima de privaciones, conservaba un espíritu sensible. Pese a que hubieran mutilado alguna parte de su cuerpo para que nada pudiera germinar, tenía el aura de una persona que todavía soñaba.

La había conocido vieja, como ella a mí. Ahora, sin embargo, cada vez que me contaba inquietudes de su infancia, la veía hermosa. Y desde su lugar, sentada en el borde de la cama, como si esta fuera un refugio en su vida, yo la ayudaría a progresar. Y así fue. Dada su escasa exigencia, decidí contarle un hecho ocurrido en Sagres, sin ahondar todavía en la intimidad de mi sufrimiento. Entonces, alzando el vuelo, susurró en un tono dulce:

—¿Y cómo fue la única noche que viviste en aquel país tan lejos de aquí, cuyo nombre he olvidado?

Sacaba a colación Brasil sin pronunciar su nombre. No le hacía falta. Lo que quería era visitarlo, que le describiera la belleza de los paisajes, los olores, la gente. Que le demostrara que Brasil existía.

—Brasil es una monarquía de origen portugués.

Y, después de aclararle quién gobernaba aquellas tierras, le hablé de ellas apresuradamente.

Amélia tenía razón al reclamarme el final del relato. Pues yo no había cumplido con la obligación que tiene un narrador de proporcionar un epílogo a cualquier historia que se empieza. Así es, había pasado una sola noche en un modesto albergue, cerca del muelle donde mi barco estaba anclado.

La amplia habitación de la pensión incluía diversos catres, próximos entre sí. Y todos contaban con sábanas y fundas de almohada limpias. Las ventanas abiertas, tal vez debido a las paredes mohosas y el calor, daban a un patio con cuerdas en las que había ropa blanca tendida. No había vistas más allá de las prendas puestas a secar. La breve brisa que las agitaba me recordó a un circo que había visto en Angola, un día que una compañía de teatro ambulante escenificó una obra de contenido confuso, grotesco, de vestigios medievales, que sin embargo fue de agrado general. Las sábanas agitándose como banderas prestas a rendirse o como hojas de los árboles al viento, ambas imágenes me conmovieron.

Un hombre de tez crispada escogió la cama próxima a la ventana. Al cruzar miradas, algo reservado a enemigos mortales, temí que fuera a robarme la bolsa. Pero se puso a hablar y lo hizo durante horas. Con todo lo que me contó arrojó luz sobre la esencia de Brasil. Aunque hubiera decidido permanecer años allí, amancebado con una negra, una india o una blanca, no habría quedado al margen de sus intrigas. Pues este Brasil impregnaba su manera de hablar.

Subí a la cubierta del barco a la tarde siguiente. Decidido a despedirme en un futuro próximo de aquella vida que me privaba del rayo de luz nacido en Portugal. Aquel día daría la espalda a Brasil, que también era portugués. Me llevaba conmigo un paisaje que jamás se disolvió en otros y que jamás olvidé.

121

Amélia dice que estoy febril, que me conviene guardar cama. Me toma en sus brazos escuálidos. Imagino que es Leocádia dispuesta a rescatarme. Al gritar su nombre varias veces, Leocádia, Leocádia, junto al de mi madre, Joana, reúno a las dos, a la santa y a la puta.

Me pasa un paño mojado por la frente, procuro no confesarle aquello que aún no debe saber. Necesito desentrañar su persona y su sufrimiento. Me apiado de aquellos que, como ella, después de sufrir abusos, fueron abocados a la miseria. No le concedo el aura de la santidad, pero le pido perdón por la crueldad humana. He estado a punto de preguntarle a Amélia si la historia de absoluta perversión que me contó la obligó a matar al ofensor.

Se resiente con mi silencio repentino. No sabe si significa un golpe mortal contra la fe en la humanidad que todavía le queda o si estoy pensando en echarla. O si solamente sufro por ella y por mi abuelo, cuyos restos mortales cargo en mi corazón, sin conseguir resignarme. Llevo sus cenizas esparcidas en el alma. Y apenas soporto lo que hicieron con ella.

—Quise a mi abuelo Vicente más que a mi propia vida. Dejé sus restos sobre la losa de piedra que era mi aldea.

Y, apiadándose de mí y de sí misma, Amélia murmuró:

—Yo, en cambio, ni siquiera tengo memoria.

Tengo la suerte de llevar grabadas en la retina las imágenes de los animales, del monte, del roble del patio, del huerto, de la ropa gastada, del único abuelo del mundo. Y siempre que mi vista alcanza más allá del horizonte del Tajo, hasta el Atlántico, comparto con mi abuelo la fisonomía de Portugal. Desde la vejez, le regalo el pedazo de reino que le corresponde, que el Navegante me brindó.

Ayudé a Amélia con la lengua lusa, que no era la suya. Le iría bien enriquecer otras partes de su vida con la lengua, con la voz del experto que era Camões. Amélia aprendió que el bardo había brindado el portugués al pueblo y a los cronistas para deslumbrarlos con sus efectos prodigiosos. Ningún humilde portugués debe languidecer al hablar o pensar en ella.

—Debes saber, Amélia, que solo se puede ensalzar o maldecir la vida con la lengua.

Y a continuación le contaba una serie de recuerdos, para que recorriera en alfombra voladora el universo y conociera los misterios de las culturas perdidas. No siempre conseguíamos mantener una conversación. A veces me excedía, hablaba demasiado y me daba cuenta de su perplejidad. Aun así, Amélia insistía en que prosiguiera.

Subrayé que, debido a que la vida era breve, convenía acelerar los relatos. Pero mi esfuerzo no siempre surtía efecto. ¿Cómo entender experiencias que al avivar la imaginación se rebelaban contra la realidad?

—Soy un eco que hace resonar su propio grito —le dije, y Amélia lo apreció.

El comentario había servido para hacerla sonreír discretamente, gracias a mi empeño en deleitarla. De este modo, superábamos juntos los obstáculos que nuestras respectivas culturas nos imponían. ¿Cómo, sino, podía adaptarme a su menguada sensibilidad, para que pudiera acceder a las ventajas de mi conocimiento del mundo?

Sentí que deliraba por la fiebre. Si confesaba algo, lo perdería para siempre. También temía confundir los matices de la historia con los míos.

Ella advirtió que estaba desorientado, aunque luego me recuperé. Volvió a sentarse en el suelo, preocupada por mi estado, para seguir pidiéndome relatos. No sabía nada de los navegantes, como, por ejemplo, cuál de todos había naufragado cerca de su casa en Oriente. Le dije que muchos dieron sus propias versiones, que, aunque antagónicas, aún hoy circulan por Portugal.

Amélia se deshacía en cuidados, su alimento me fortalecía. A cambio, yo le garantizaba que la imaginación, con su capacidad didáctica, nos inventaba.

Seguía teniendo la fiebre baja, pero aún corría el riesgo de hacer alguna confidencia sin control. De permitir que aflorara el pecado más grave, el crimen innombrable. Y entonces ella sabría que yo había nacido salvaje por culpa de mi madre, y de mi padre, que tal vez había sido un hombre del desierto. Los dos eran personas diferentes de mi abuelo, que me intentó domesticar para poder ser amado algún día. Gracias a él y al profesor Vasco entendí que formaba parte de la vida y que esta exigía una puesta en escena. Sin embargo, viví sumido en la desdicha y nunca llegué a cruzar el umbral del arte.

Amélia me acarició la mano a modo de consuelo. Me sugirió que sus monjes y profetas aliviaran mis aflicciones. Fingí creer, pero el Señor de mi pueblo reprimía intimidades, si bien nunca fuimos cómplices. Siempre discrepé de sus métodos, y Él, a cambio, no podía enmendarme. Había nacido para extraviarme, me había convertido en un saltimbanqui que se había desvinculado de la humanidad para gobernar solo sus días, llevaba ventaja a este Dios.

—Yo soy un campesino, Amélia.

La obligué a reconocer mi origen. El hecho de haber nacido en una aldea que dejé atrás. De camino a Lisboa, crucé ríos, ascendí laderas y atravesé bosques frondosos. Dondequiera que fuera, allí estaba el mundo. Es más, este siempre estuvo en mi propio mundo. Después de jurar no regresar jamás a aquellas tierras, moriré lejos de mi presepio. Tal vez en brazos de Amélia, que vela por mí.

Gracias a Amélia, sigo evocando recuerdos que no están sobre el papel. Aunque son ingratos, me traicionan, no me dan lo que les pido. Entonces dejo vagar mis pensamientos mezclando recuerdos y pierdo sintonía con la realidad. Y, al fin, todo empieza a caber en mi horizonte infinito, al que la vida me ancló. Mi cuerpo es mío por partes.

122

Amélia me arrastra hasta la cama contra la pared blanca descalichada. Me quita la camisa y me hace friegas con un paño empapado de alcohol. Me pasa el mismo paño sobre el rostro, estampa en él una copia del sudario de Cristo, las manchas del rostro, las lágrimas que caen, las gotas invisibles de sangre. Trataba de bajar la calentura por miedo a que me muera sin aviso.

Conozco bien los efectos de un estado febril, que te hacen confundir la realidad. Nos lleva a confesar lo que guardamos en el cofre de la conciencia. Aunque soy cauto, tengo la tentación de contarle a Amélia algo que me pesa en la conciencia desde hace años.

Tantas décadas después, la memoria atribuye a Matilde algo que corresponde a Leocádia, y reitero que su busto es como el del Infante, como si fuera hija suya. Nunca acepté que el príncipe no hubiera fecundado a una mujer, que no hubiera transmitido su sangre a un portugués. El testamento que escribió de su puño y letra contempló a muchos como posibles herederos directos, pero no designó a nadie. Se doblegó a los caprichos de la gloria, obedeció a rajatabla a sus propósitos y se olvidó de dejar descendencia. Mientras su pueblo, sumido en el anonimato, se iba despidiendo de la tierra sin dejar un registro histórico.

La muerte me extinguirá. Sin embargo, me consuela el triste hecho de que el Infante cargó su conciencia con el insoportable peso de haber sacrificado a su hermano Fernando, prisionero en una sórdida mazmorra africana, por proteger al imperio. ¿Cuántos más actos viles que desconozco debió de cometer?

Amélia ahuyenta la enfermedad. Me quiere vivo, y yo mejoro. Al sentir la proximidad de su latido, recordé una ilustración que vi en casa del anticuario. Esta representaba a Moisés en el monte Sinaí, con el sol proyectando sus rayos sobre su cabeza en señal de que estaba preparado para acatar las recomendaciones de Dios, sin saber que a los pies del monte, en la llanura, el pueblo hebreo, al que había guiado desde Egipto, estaba adorando un becerro de oro.

Entonces pensé que, ante la agonía y el miedo a la muerte, valía la pena elegir una creencia y un rostro divino que nos amparara. Cualquier recurso vale para atenuar la angustia humana. Pero ¿es legítimo que apele a un razonamiento así cuando Amélia está llena de cicatrices?

¿Es posible que tenga que despedirme en breve de ella? ¿Tendré tiempo para saludar a las aguas del Atlántico, del Tajo o del Miño, que son de mi sangre? En el pasado soñé que me bañaba en ellas, pero ahora evito los impulsos de la imaginación, prefiero que esta me deje en paz.

Doy las gracias a la oriental, porque no se ha movido de aquí desde el amanecer. Desde que la traje a mi casa, se ha ido instalando poco a poco en mis días y en mi cuerpo. Hemos coincidido en Lisboa en este momento de nuestra vida, es un milagro. Y sé que nada perdura aparte de mí y de Amélia. Ella sí perdura en mí.

Quisiera aplacar la furia del tiempo, que tiene a su favor el avance de las agujas de todos los relojes colgados en las paredes, que ahora están detenidos. Ese tiempo, atento al murmullo de las calles de Lisboa, se obstina en consumir los días. Pero Amélia me va ganando poco a poco con su aura. El pasado todavía me atrae, pero sus destellos son fugaces, resplandecen y tienden a disolverse.

Todo lo que veo nace del pensamiento. Y de Amélia.

123

Dondequiera que la muerte me lleve, seguiré sus pasos. No creo que sea más poderosa o difícil que la vida. Como Jesús, yo nací en un establo, entre los animales, de una madre relapsa, de un abuelo que acogió a su nieto envuelto en sangre entre sus brazos robustos de labrar. Con semejante estigma, no merezco privilegios. No puedo exigir que el señor de la vida y la muerte prediga el camino que debo seguir, que me diga hacia dónde ir cuando cierre los ojos.

Le pregunto a mi cuerpo cuándo llegará el fin. Él me susurra que todavía me concederá un tiempo. Que tendrá en consideración los ruegos de Amélia, que solicita mi presencia. Prevé el dolor que sentirá cuando me vaya.

En invierno, la habitación es asfixiante, con las ventanas cerradas circula poco aire. Amélia, que me acompaña en esta etapa, el epílogo, me abanica. Y yo también le hago compañía. Cuando el rostro envejece, no conserva las facciones de la belleza de antaño. La veo tan frágil, ¿cómo hará para cumplir con el deber de darme sepultura cristiana? ¿Quién se ocupará, sino ella, de enterrarme en una tumba rasa, dentro de un ataúd con tapa, para que los buitres no se ceben con mi carne?

Amélia me alimenta, no paso hambre. Cuando algo falla, recurre a las iglesias, que alivian la culpa repartiendo pan y sopa. Yo lo agradezco, poco a poco voy abandonando mi antigua arrogancia. Bajo el cuidado de esta oriental de la que poco sabía hasta hace un tiempo. La liberé para que presentara ante mí su tragedia, y lo hizo con tremendo sufrimiento. Ahora sé muchas cosas de ella y he llorado sin que ella lo advirtiera. Maldigo el sudeste asiático del que proviene, aunque maldigo asimismo a Occidente por castigarla. Aquí la trajeron como sierva, esclava y prostituta. Está muy cerca de mí, como si fuera una amante.

Pero jamás he acariciado su piel y apenas si aspiro su olor. Ahora lleva recogida su larga cabellera, lo cual indica que cultiva cierta vanidad. En algún momento se ha mirado al espejo roto que hay sobre la mesa y se ha decidido a hacerse un moño.

Amélia sufrió la más ingrata forma de degradación. Después de ser sometida a toda clase de bajezas, un día la arrojaron al cubil de los leones para que se la comieran. ¿Somos humanos realmente? Pues que llegara a mí debilitada, sin dinero, sin abrigo, confirma nuestra falta de humanidad. Nada puedo hacer para remediar su dolor. A pesar de sentir que la vida me ha inmolado, reconozco que mi abuelo me tendió la mano que Amélia tiene entre las suyas.

Pronuncio su nombre con voracidad, me alivia, y ella lo aprueba. A veces lo digo tres veces, como una letanía o como si se tratara de una escena de teatro cuya trama me hubiera relatado el anticuario. Sobre todo porque me contó que el otro gran bardo, el inglés, en algún momento de la obra, su personaje pide atención al público. Y entonces pensé que la función del corifeo es una misión humana. Esto es, exigir que nos escuchen.

De repente, afectado por la fiebre, oí la voz de mi abuelo ordenándome abrir el alma a la vida. Parecía decir: haz lo que te pido, nieto, sé generoso al menos una vez.

Yo dudaba de si obedecerle o no. ¿A qué se refería? ¿Y de qué se quejaba: no lo había amado todo lo que quiso? ¿Por qué iba a ser bondadoso, cuando solo había recibido las migajas de la compasión ajena?

Agarré la bolsa de cuero gastada en la que guardaba algunas pertenencias. Carecían de valor de mercado, nadie habría dado nada por ellas. Acaricié la Biblia que heredé de mi abuelo y que ya pertenecía a la familia antes de nacer él. El único objeto digno de consideración, testimonio de una genealogía orgullosa de poder demostrar que nunca había sido bárbara, que había recibido la bendición de la Iglesia desde muy temprano.

—Amélia, ¿me escuchas? —dije con contundencia.

Ella dio un paso al frente, asustada. Siempre se había sentido rechazada por el mundo. Se arrodilló cerca de mí, dispuesta a pedir perdón por la falta que hubiera cometido, no podía echarla. El miedo del desheredado.

—Es para ti. Te dejo este recuerdo. Esta Biblia es lo único que tengo de valor, perteneció a mi abuelo Vicente.

Ella acarició el volumen. El libro de los libros pasaba a las manos de una infiel, con creencias opuestas a las mías, pero una mujer de alma noble.

—Poco importa cuál es tu Dios, recibe el mío. Es un regalo, Amélia.

Cogió la Biblia y se la llevó al pecho. La mantuvo allí un rato, la cubrió y, con el rostro vuelto para que no la viera llorar, le dio su calor. Y así permanecimos. Solo existíamos nosotros en el universo. Nos teníamos el uno al otro. Juntos formábamos la pareja que Dios concibió al crear el mundo.

124

Dentro de poco le contaré a Amélia alguno de mis tormentos. ¿Acaso estoy a punto de perder el control que he mantenido hasta ahora y voy a exponer mis pecados? ¿Necesito comprensión o necesito perdón?

Debo desmenuzar las historias que relataré a Amélia por fragmentos, como si fueran pedazos de carne. Con todo, una vez contadas, no perdurarán ni en ella ni en mí por mucho tiempo. Al no ser la dueña de mis relatos, no tendrá derecho a divulgarlos, a hacerlos suyos. Deben morir con nosotros. Es más, el destino natural de cada uno es fenecer, sin impedir a sus herederos hacerse con sus restos mortales para concebir con ellos nuevas líneas de sucesión. Las palabras que salgan de mí Amélia las silenciará.

El malestar que me aflige me obliga a confesarle a Amélia que mi dolor reside en el corazón. Lo que le contaré no perjudicará a nadie. Cierto, fui infiel a las tablas de la ley que Dios entregó a Moisés. Cometí pecados que a mi abuelo le habrían dolido, incluso muerto, delitos del cuerpo desmedidos, que jamás aceptaría. Aunque debía considerar que, al estar hechos de una materia sombría que no inspiraba confianza, el pecado se justificaba. Bajo el peso de las carencias y las incongruencias, también nos habríamos postrado en adoración ante cualquier símbolo. Puesto que estaba dispuesto a perder cuanto tenía, cometí el abominable pecado. Me negué a renunciar al gozo en nombre de la oración.

—¿Le he dicho ya que el Infante, como Neptuno, solo rendía cuentas al mar?

En aquel instante, mi memoria era como una carabela con el mástil combado. Casi había perdido el rumbo y, delante de Amélia, me topaba con el Navegante, que había muerto casto, tal vez sin haber amado a una mujer ni a un marinero.

Amélia me sosegó con un caldo caliente. Distraía a la muerte con su presteza. Ella no quería acopiar mis monedas y bienes, abandonar mi cuerpo y huir, como le había indicado que hiciera. Y yo me entregaba por entero a ella mientras adivinaba qué me exigía la vida.

125

Hice un gesto como si estuviera a punto flaquear. A partir de aquel momento, Amélia luchó para que nuestros lazos se eternizaran, seríamos amantes, hermanos, nunca rivales.

Cerca de mí, cruzó las piernas con agilidad, pues hacía días que había recuperado la juventud. Era solidaria, concordaba con todo lo que le contaba y pronto comprendió el declive de Occidente y de su civilización, así como su perversidad, pues ambos la habían esclavizado.

No aparté la cara, quería que estuviera tan cerca de ella que pudiera besarla con la excusa de exigir su atención. Mis pecados me obligaban a negarme la distracción. Si mis palabras eran demasiado descarnadas, podía quejarse.

—Cargo con un crimen en el alma, Amélia.

Se hizo atrás, apartándose de mí, y enseguida recuperó el equilibrio. Pero yo quería liberarme de una culpa que me pesaba, pues era una carga. Proseguí, mascullé contándole delitos varios, para decirle, por último, con frases imperfectas, algo que yo me repetía desde hacía tiempo. Debía hablarle como si estuviera sometido al juicio de Dios. A mi favor, contaba con la dosis de sufrimiento que ella había acumulado a lo largo de una vida angustiosa, que le había enseñado a entender la medida de las cosas, a tratar con las amarguras del corazón humano.

—Escucha con atención, Amélia, por favor.

Amélia debía saber que, gritara o susurrara, no estaría atenuando mi karma. En aquellas circunstancias, me costaría graduar la voz, modularla según cómo me sintiera, hablar en un tono neutro, ajeno al drama, a lo patético, a lo histriónico o lo turbador, pues lo que estaba a punto de contarle me había asfixiado, me había exiliado del mundo.

Tal vez le estuviera hablando a borbotones, de una vez hasta perder la respiración, con una voz ronca, deteriorada, que le impidiera entenderme bien. Aun así, podía seguir mis huellas. Ya que después completaría los vacíos.

—Eso sí, te pido que me perdones como si fuera Jesús en el jardín de Getsemaní.

La fiebre se agravó en la inminencia de lo que estaba a punto de contarle. Por unos instantes, los horrores incrustados en mi cuerpo buscaron consuelo en Amélia, que también había sufrido. Como si juntos, en un abrazo animoso, nos preparáramos para apestar a los vecinos con nuestras muertes.

—«Tu alma gentil», eso dice Camões. Y tú, Amélia, eres su Bárbara y la mía. Solo consentiré que mueras si muero yo antes.

Ahora dudo. El drama me supera. Empiezo a contarle, con realismo e intensidad, a partir de los enfrentamientos con Matilde, que, armada con un puñal, una pistola y los maleficios que preparaba con las infusiones de menta, me expulsó de Sagres sin que pudiera defenderme. Su mirada colérica me decía que estaba dispuesta a comunicar en la taberna y al anticuario que yo era un incapaz, que solo me perdonaría la existencia si desaparecía de Sagres. El argumento de su acusación se basaba en mi sexualidad promiscua y voraz. Que amenazaba a quien se acercara a mí, como el Africano, en el que había despertado un desafortunado deseo. Yo mismo había provocado el abominable pecado que la Biblia condenaba sin atenuantes.

En la soledad de la habitación que me había cedido el anticuario, las acusaciones de Matilde me pesaban. Su convicción de que yo estaba dispuesto a introducir a la fuerza mi incestuoso miembro en el cuerpo sagrado de Leocádia. Cual depredador presto a invadir el vientre de cualquier hembra. Capaz de cometer la locura de consentir que el Africano palpara mi virilidad y se sirviera de ella, como un salvaje, hasta alcanzar el éxtasis. Aquel extranjero venido de África, que en un momento de debilidad había firmado su última nota como Alfonso, es decir, Alfonso I, fundador de Portugal. Por lo que vi, tanto él como yo éramos para Matilde unos miserables vagabundos sin oficio ni beneficio. Él, un negro africano de piel tiznada, y yo, un infame campesino del norte.

El Africano no cejaba en expresar su pasión por mí. Sobre todo al anochecer, en los aledaños de la fortaleza, se ofrecía para que lo penetrara por el orificio que quisiera. Y al entregarse a mí, me juraba que el placer que aquello le hacía sentir era un homenaje al macho. Tal fatalidad sucedería a menos que yo huyera a Lisboa.

—¿Comprendes mi tormento, Amélia? ¿Mi viacrucis?

Asintió con la cabeza. Se preparaba para conocer mi secreto. Reanudé la historia, dispuesto a seguir hasta el final. Señalando de nuevo a Matilde como responsable de tantas desdichas. Aquella mujer que sin duda se despertaba todas las mañanas con ansias de venganza. Pero ¿contra quién?, ¿contra mí? ¿Qué motivos le había dado? ¿De qué injurias podía acusarme? ¿O quería denunciar al Africano que, como yo, había caído en su trampa?

No cabe ninguna duda de que el agudo instinto cazador del extranjero le indicaría mi paradero. Yo trataba de huir, tropezaba con las piedras, con mi propia ceguera. Solo Matilde, que casi no salía de casa, podía someternos. Maestra de ardides, disfrutaba con intrigas que tramaba con la expectativa de un desenlace en consonancia con su lógica. Yo, ingenuo como era, no supe leer en su mirada que había entablado conmigo una batalla. En mi interior solo crecía una mezcla de rabia hacia ella y deseo por el extranjero.

Lo quería mal, quería que volviera a su bella y misteriosa África aunque yo me hundiera en lo más profundo del infierno. Quería que su presencia dejara de sembrar la discordia. De envilecerme. Casi le daba la razón a Matilde, yo debía partir para evitar un desenlace trágico.

Desconcertado, ya con la bolsa al cuello, dudaba de si despedirme o no del anticuario, de si dirigirme a la fortaleza para verla por última vez. No sabía qué hacer. Mi intención no era volver a ver al Africano para rechazarlo de viva voz. Su conducta reciente había acentuado mi malestar, me había sumido en una tristeza infinita. Y me obligaba a abandonar Sagres con un destino incierto. Pero, en el fondo de mi corazón, no le habría impuesto la pena máxima. Pues los dos éramos criaturas atormentadas, yo no sabía cómo definir la emoción que me exaltaba, el origen de la cual era él. Un hombre que tenía un cuerpo como el mío, del mismo modo que nuestros gozos eran equiparables, pues eran de naturalezas de origen similar. Nos ofendíamos el uno al otro porque aspirábamos al mismo placer. Despojados de todo escrúpulo, a causa de nuestra horrible semejanza, yo mismo me condenaba al eterno exilio. A riesgo de excluir a Leocádia de mi deseo, pese a reconocer que ella jamás me había brindado la pasión de su belleza femenina. Así, fui al encuentro del infante don Enrique.

—Es una lástima que nunca vayas a conocer el promontorio que anunciaba el fin de la Tierra. ¿Cómo te lo describiría, Amélia?

126

En Sagres me sentía como un alma en pena en medio de pesadillas y excrementos. Vivía sin ilusión, con la frágil convicción de que era parte de una humanidad formada por hombres menos dignos de confianza que Infante, el perro que actuaba como un hermano y me seguía adonde fuera.

Observaba a las gentes que acudían a la taberna, que me consultaban cómo debían de practicar la bondad, en qué momento tender la mano al vecino en un gesto de compasión. Sus miradas se endurecían ante la necesidad del prójimo, lo cual los apartaba del camino a la redención. Y yo era como ellos.

—Teniendo en cuenta lo que te estoy contando, Amélia, ¿quién sino tú me perdonará?

Volvió a extender la mano como si anticipara clemencia. No dijo nada. Necesitaba escucharme, conocer la gravedad de mi crimen. Estaba dispuesta a oírme hablar de la Lisboa donde había vivido de joven, antes de iniciar el viaje a Sagres, cuando me despedí de aquel cielo cuya luminosidad realzaba la danza de las nubes. De una belleza tan armoniosa que atenúa las penas de la vejez.

En aquella época solía repetir ante el Tajo, como si fuera un refrán, que un día llegaría a Sagres. Animado por la imaginación, pronto me hallaría ante el Infante. Puesto que conocía bien la debilidad de la carne, buscaría un ideal purificador. Al aflorar la fuerza del deseo, me había dado cuenta de que tal erupción podía destrozarle a uno la vida. Hasta entonces, como solo había querido a mi abuelo Vicente y a mi asno Jesus con amor fraternal, desconocía la poderosa implicación pasional que exigía la culminación del éxtasis.

Retrocedí en el tiempo con la intención de mitigar mi emoción delante de Amélia. Y atraer su atención a la circunstancia histórica de que Portugal era un país protegido con castillos, fuertes, monasterios, todo ello al servicio del rey y de Dios. Una tierra de pertinaces pecadores que confiaban en Dios y en el beneplácito del clero.

—He pecado igual que todos. Solo que, por ser pobre, Matilde me sentenció.

Elevé la voz para que Amélia percibiera mi ira. A la vez que recuperaba su complacencia, para que me perdonara forzosamente. ¿Es posible que le hablara de la moral portuguesa con esta intención?

Mientras seguía con mi relato, pendiente de su opinión, de escuchar su suave tono de voz, Amélia me acompañaba a la fortaleza, a la que había ido tras salir de la casa de Matilde con la idea de no regresar jamás.

Y entonces, Amélia, una vez llegué a la fortaleza del Infante, me dirigí al ancestral promontorio romano y pensé: quienquiera que venga, aquí estaré. ¿Tan simple era la moral del cuerpo? ¿Aceptar que estaba dispuesto a sacrificar mi cuerpo si alguien aparecía por el descampado? ¿O que podría cruzar el mar a nado con la ilusión de cumplir el ritual debido a la dinastía de Avís, el delirio de arriesgar mi vida entre las olas? ¿Estaba todavía dispuesto a inmolarme en una plaza pública como prueba de estar libre de culpa por las sanciones que Matilde me había impuesto por la fuerza de la pasión del Africano? Quise castigarme por no soportar que los dos viviéramos a ciegas la intensidad que nos imponía la lujuria.

Al aire libre, casi pegado a la muralla, junto al fortín abovedado, la soledad del lugar me intimidaba. Todo en Sagres me había negado el alma de Leocádia. Estaba subyugado a este sino y pedía misericordia. ¿Cómo iba a reaccionar si aparecía aquel hombre cuya existencia yo aborrecía, cuyo nombre me empeñaba en no pronunciar? ¿Qué actitud sería más eficaz, una amistosa o una distante, para dar a entender que no estaba dispuesto a alimentar una fantasía que sostenía mi alma en un hilo cuando ya estaba en el lodo? Pero pensé que esa persona cuyo nombre aún no osaba mencionar tal vez me infundiera aliento.

Empezaba a caer la noche, hacía frío. Era difícil partir, pero tenía tiempo. Ya me había adentrado en la zona de misterio, estaba a las puertas de un capullo que aún estaba cerrado. No tenía mapa, las líneas geográficas eran mías y de quien se presentara. No esperaba a nadie, solo a mí, que no estaba en mi sano juicio. No había sabido a quién amar. Y estaba dispuesto a amar a quien apareciera. Ni siquiera hizo falta decir su nombre. En cuanto lo pensé, surgió del fondo de la Tierra, dueño de un cuerpo opulento, hermoso, cual estatua griega o africana, y, al gritar mi nombre, como hacía ahora, proyectó una voz ronca y rutilante, recitando una frase propia de un poeta, y a continuación, sin temor a equivocarse, fue indicando los senderos que nuestros sexos despiertos seguirían hasta el fortín.

Y así fue como, Amélia, por milagro, en el crepúsculo, al abrigo de la fortificación, yo, cual maestro experimentado, penetré al hombre al que llamaba Africano imaginando que poseía a Leocádia.

127

Amélia me escuchaba, parecía incrédula, escéptica ante mis palabras, que nada valían. ¿Pensaría que faltaba a la verdad, que había distorsionado los hechos por el paso de los años? ¿Pensaría que nada de cuanto pudiera contarle ahora en Lisboa, en el miserable cuartucho donde vivíamos, en compañía el uno del otro, tenía sentido?

Le hablaba de forma inconexa, dispuesto a narrarle cuanto me había guardado y me asfixiaba. No le escatimaría detalles, y menos a mí mismo.

Amélia, escucha bien lo que le gritaba: así es, te he penetrado, Akin, pensando que poseía a Leocádia. ¡Dios mío! ¿Qué tragedia me indujo a pensar que el cuerpo de la mujer a la que amaba había sido concedido al Africano? ¿Y cómo era posible que aquel hombre al que yo había querido amar desde hacía mucho tiempo se hubiera prestado a gozar, exclamar, bramar, exaltarse, para hacerme creer que él era la sobrina de Matilde, que su voz, súbitamente femenina, me obligara a embestir su cuerpo, a penetrarlo, a ensartarlo, a meterme en su interior cuantas veces fuera necesario, sin poder renunciar a mi sexo, ni yo al suyo, pues los espasmos que le provocaba eran ya irreversibles. Y mientras me hundía en él me engañaba a mí mismo, diciéndome que actuaba siguiendo el reclamo de la naturaleza, la de ambos. ¿Cómo no iba a ser así, si los dos creíamos estar acatando el dictado de Dios, ávido de aliviar las culpas humanas? ¿Acaso no habría sido esta la medida de mi acto pecaminoso? ¿Qué había hecho, Señor, si estaba haciendo lo que quería hacer y siempre había mentido?

Y se lo dije después de separarnos como dos animales que no quieren volver a verse. Se lo dije incontables veces, se lo repetí, que se apartara de mí o lo mataría. Me escuchaba como si no fuera con él, como si otro lo hubiera suplantado para afrontar mi arrebato de odio. En ese momento estaba sumido en el dolor, en su rostro llevaba impresas las aflicciones del mundo, que no soportaba arrastrar él solo, y por las que no respondía desde que se fundaran África y Portugal, dos lugares licenciosos, preñados de pecados. Mientras, yo, dominado por la rabia, cual salvaje en estado puro, blandiendo armas invisibles, quería aniquilar a aquellos que me habían convertido en un hombre, que me habían dado un lugar en este mundo que no me respetaba, que no tenía motivos para conservarme como una reliquia de la humanidad. Y, en mi afán de suprimir el amor que acabábamos de consumar, seguí ofendiendo al Africano.

—¿Me oyes, Africano? ¿Me oyes? —le repetía.

Debía de oírme, porque parecía estar escuchando las palabras de un profeta desesperado que anunciaba el final de la especie humana. Así es, yo gritaba, repetía, enunciaba, vociferaba: yo te he pegado, te he ofendido, he renegado de tu carne, de tu savia, he despreciado mi gozo, lo he mancillado con mi esperma y me avergüenzo. Luego, como si fuera un animal leproso, lo empujé lejos de mí, lo aparté cuando se rebajó para intentar tocarme otra vez, pidiéndome perdón por existir, por desearme, por amarme.

—¿Sigo, Amélia? ¿Y este Dios cristiano? ¿Es posible que me oiga?

No sé, no sé cómo explicar lo que ocurrió ese día. Derrotados por el deseo en un acto carnívoro en el que tú me engullías a mí y yo a ti, Señor, sentí repugnancia por lo que hice. Entonces me asaltó el pánico y el Africano creyó que debía hacer algo para salvarme, para subsanar mi alma y mi cuerpo y liberarme de nuestros excesos, del malestar que me amedrentaba por haber cedido a la incitación de su carne y la mía. Entonces dijo en un tono audible:

—No tienes que matarme. Yo mismo lo haré, y no te culparé, no te maldeciré. Hace mucho que perdí el alma y a la madre que amaba.

Se dirigió hacia el borde de la muralla, desde donde se divisaba el furioso oleaje atlántico al fondo del precipicio, y miró atrás.

—Quiero limpiar tu vida, quiero que me olvides. Y, si hago lo que estoy a punto de hacer, jamás te librarás de mí. Debes odiarme, sí, con un odio que es puro amor. No pienso permitir que relegues al olvido que tú me poseíste y que yo te amé.

El Africano era un gigante que había venido de un África donde, después de entregarse al amor, en taparrabos y con el pecho descubierto, se enorgullecía de haber cumplido sin temor las leyes de la pasión, de haberlas acatado sin esquivarlas. Con sus enormes ojos clavados en mí para que jamás los olvidara, se acercó a la muralla, saltó sobre el banco más próximo y agitó los brazos para atraer la atención de Infante. Este, que estaba alerta, dio un salto inesperado para atacarlo. Lo mordió, rabioso, para interceptar sus movimientos, y entonces Akin, para defenderse, lo abrazó con fuerza por la cintura, lo levantó a la altura del pecho y, sin vacilar, se arrojó con él al mar. Todavía pude oír la vibrante voz del Africano gritar:

—Adiós, Mateus.

128

El Africano fue mi amante durante unas pocas horas de una noche interminable. Un tiempo que se prolongó y que aún hoy me confunde. Entre él y Matilde urdieron una artimaña que jamás fui capaz de esclarecer. Cada vez que flaqueo, los maldigo.

Me apenó verlo morir. Y el hecho de que arrastrara a Infante con él, extrañamente, aún hoy me alivia. Dondequiera que fueran a parar, llegaron juntos, uno le hace compañía al otro. Con los días, ¿o fueron años?, se fueron desvaneciendo. A Infante nunca dejo de darle las gracias en silencio ni de contarle cómo es mi vida actual, en la que él no está presente. Su alma perdura en mí.

Cuando ambos desaparecieron de mi vista en el abismo y fui consciente de que jamás regresarían después de aquel salto, grité, bramé, lloré. Me eché al suelo, pero no quería recrearme en el dolor, sabía que debía marcharme sin demora, antes de que descubrieran los cuerpos, en caso de que las corrientes no los arrastraran lejos de allí. A la costa africana o a Brasil.

—Y eso hice, Amélia. Partí con mis pertenencias y sin despedirme de nadie. Fui ingrato con el anticuario, a quien tanto debía. No sentía lo mismo respecto a Nuno, el tabernero, y su mujer, Maria. Pues entre nosotros no había saldo deudor. En cuanto a Matilde, la borré de mi memoria. En cambio, de Leocádia conservo algunos retazos.

El viaje de vuelta fue muy triste sin Infante. Llevo en el recuerdo la cinta negra de aquellos que padecen. Era el luto acumulado desde que nací. Mi llanto no tenía nombre, debía ser anónimo, sin razón para existir. Al fin y al cabo, solamente había confiado en mi abuelo.

—Hasta el día de hoy, Amélia, he sido un hombre de madrugadas solitarias.

No quería conocer su reacción, si me maldecía o me redimía. Las lágrimas que se deslizaban por su rostro la embellecían, expresaban compasión o quizá miedo a perderme. Pero su silencio no acallaba mi congoja.

A la deriva, temporalmente sin rumbo, entregado a una oriental que se ocupaba de mí, recordé la visita a la iglesia después de llegar a Lisboa, antes de subir por fin a bordo de un barco en el que me habían empleado para un viaje al fin del mundo sin fecha concreta de retorno. Iba a iniciar una aventura y esperaba que fuera más afortunada que la que había vivido hasta el momento.

La suntuosa catedral era la Sé. No era digno de poner los pies en ella. Para aliviar mis penas, sin ningún tipo de pudor me confesé como siervo de la iglesia. Lo cierto es que tal vez lo fuera. A fin de cuentas, el templo era dominio de Dios y yo reconocía que, fuera de sus límites, el diablo campaba a sus anchas y me gobernaba. Se disputaba con Él su hegemonía sobre el alma humana.

Caminé entre las espléndidas naves, concebidas por hombres de fe siglos atrás. ¿Por qué no iba a confiar en la fe que habían depositado en cada piedra? Me senté en un banco cerca del altar y reflexioné sobre mi destino. Desmenuzaba mis toscas hazañas, cuanto había quedado atrás desde Sagres, desde la aldea. Y, con la herida reciente, recordé a Leocádia, cautiva en la butaca o en la silla de ruedas para cruzar el patio, camino de la iglesia, empujada por las mujeres al servicio de Matilde.

Los relojes siguen en su lugar. Enseñé a Amélia a ponerse delante de ellos y estudiar la naturaleza de los punteros. Antes pensaba que los minutos traían buenos augurios, pero el culmen del tiempo lo marca la hora. Tenía esperanza, como yo ahora, mientras espero que Amélia se apresure a consolarme con la sopa que me está preparando. Y conoceré su cuchillo afilado.

El crepúsculo se anuncia en esta casa. Siempre que paseo por la Lisboa del marqués de Pombal, se incendia al ponerse el sol, pues todo reverbera en la despedida. Mirando la figura de Amélia, que intimida mi corazón y a la que no puedo perder, regreso a los relojes. Con Amélia, el tiempo se ha vuelto de pronto eficaz, ha dado un nuevo sentido al almanaque. Ya no necesito pensar como antes hacía, ni siquiera como súbdito portugués, en el Navegante. Ni en reyes como Carlos V, que, pese a haber tenido el mundo en la palma de la mano, aguardó la muerte sentado en una mecedora, tal vez tan decrépita como la mía, fascinado por el enigma del tiempo, el mismo que se encargó de llevarlo al cielo y que me llevará a mí al infierno.

Finalmente, Amélia, que había salido sin yo darme cuenta, ha vuelto y ha terminado de preparar la sopa. Me la ha traído como si llevara la corona de los reyes, que cada día me importan menos. Tal vez se pronuncie después de consumir su manjar. Tal vez diga algo sobre el relato de mi vida que acabo de confesar. Quizá piense que no es la persona más adecuada para entenderla. Pero, al menos, que conserve en la memoria quién fui, y que en sus días, que se prolongarán más allá de los míos, recuerde estos meses que vivimos juntos.

Amélia se acomodó sobre el borde de la cama y comió conmigo por primera vez, acompañándome, como si después de la confesión hubiera descubierto que, al fin, nos hemos igualado, que está a la atura de cualquier portugués.

Después de la comida, sentados muy juntos, hice un gesto de aprecio por el calor, que me reconfortó el corazón.

—Hágase justicia, Amélia. Te pido clemencia —dije, y esperé a que se pronunciara.

Le había expuesto mis vivencias sin antes conocer todas las suyas. Se levantó, se inclinó sobre mí, me besó la frente y me acarició la cara con una discreta sonrisa. No habría sabido decir cuándo había sido la última vez que me habían besado.

—Tuviste la suerte de conocer el amor. Yo no. Te envidio, Mateus.

Nunca antes había dicho mi nombre, y lo repitió, prometiéndome que lo diría siempre. Como si esta fuera su única manera de limpiar los pecados del mundo, de liberar a todos del yugo y de liberarse a uno mismo. Solo se mantenía en pie lo que sentíamos el uno por el otro. Y, después de haber pronunciado una sentencia amable y regeneradora, se tumbó a mi lado y apoyó la cabeza en mi hombro.

—Seguiremos juntos, Mateus. Hasta el final.

Y quedamos sumidos en un silencio que no romperíamos hasta la mañana siguiente, todavía en Lisboa. Yo tenía la esperanza de vivir algo más de tiempo. Amélia aliviaba la pobreza.

La vista que tengo del Tajo desde aquí arriba es de todos. El paisaje íntimo de Amélia es mío.

Este libro se terminó
de imprimir en
Móstoles, Madrid,
en el mes de
octubre de 2021